UNE POIGNE DE FER

DE FER

CATT FORD

UNE POIGNE DE FER

CATT FORD

Publié par
DREAMSPINNER PRESS

5032 Capital Circle SW, Suite 2, PMB# 279, Tallahassee, FL 32305-7886 USA
www.dreamspinnerpress.com

Une poigne de fer
Copyright de l'édition française © 2013 Dreamspinner Press.
Titre original : A Strong Hand
© 2009 Catt Ford.
Première édition : avril 2009
Traduit de l'anglais par Jade Baiser.

Illustration de la couverture :
© 2009 Catt Ford.
Les éléments de la couverture ne sont utilisés qu'à des fins d'illustration et toute personne qui y est représentée est un modèle

Édition imprimée en français :978-1-63477-882-4
Première édition française en version papier : septembre 2016
Édition ebook en français : 978-1-61372-869-7
Première édition française : décembre 2013
v 1.0

Édité aux Etats-Unis d'Amérique.

Dédié à mes amies les plus chères, Liriel et Kennedy, qui croient en moi, m'aiment, et sont toujours de mon côté.

Pour Liriel, qui a demandé cette histoire, parce que sans sa conviction absolue que je pouvais le faire, cette histoire n'aurait jamais été écrite.

Et pour Kennedy, qui m'a encouragée et tenu la main jusqu'au bout, même si ce n'est pas sa tasse de thé.

Et pour E.N. Merci

PROLOGUE

EN ENTENDANT le remue-ménage, Damian leva les yeux au ciel en se demandant pour la centième fois ce qu'il lui était passé par la tête le jour où il avait engagé un assistant aussi maladroit, maussade, irritable, énervant, immature, et inexpérimenté.

Prenant une grande inspiration histoire de calmer son irritation, il éleva la voix pour demander :

— Est-ce que tout va bien, Nicholas ?

— Ouais, lui parvint la réponse étouffée.

Même à distance, Damian pouvait capter sans mal la colère et la frustration du gamin.

— Qu'est-ce qu'il y a *cette* fois ? demanda-t-il.

Les yeux plissés dans un rire silencieux, Ashley s'était perché sur son tabouret, d'où il regardait Damian mettre en place les éléments de la prise de vue.

— Rien de cassable, lui répondit-on, sur la défensive.

— Il vaudrait mieux que tout soit nettoyé avant que je n'arrive, ordonna Damian avant de marmonner… ou que je n'aie une crise cardiaque.

La réponse fut inintelligible, mais le ressentiment, perceptible dans la voix désincarnée, était parfaitement clair.

— Pourquoi est-ce que je m'inflige ça ? soupira Damian, comme pour lui-même.

— En effet, pourquoi ? répéta Ashley en riant.

Il était pratiquement sûr de connaître la réponse à cette question ; l'infortuné assistant était de loin le plus beau jeune homme que Damian n'eût jamais engagé. Les assistants ne restaient jamais très longtemps en place, mais Ashley était convaincu qu'ils avaient tous des 'compétences' sans rapport aucun avec la photographie.

— C'était le meilleur candidat qui se soit présenté après le départ de Derek, grommela Damian, les yeux fixés sur le viseur de son appareil photo.

Le sujet de la séance d'aujourd'hui était une simple nature morte, mais Ashley en avait quand même le souffle coupé. Il n'y avait pas de

1

meilleur photographe à Londres ces derniers temps ; Damian Wolfe pouvait transformer l'objet le plus simple en quelque chose d'exquis et d'enchanteur.

Cela avait pris une éternité, et tout le poids d'une longue amitié, pour qu'Ashley réussisse à convaincre Damian de prendre en photo son catalogue. Bien que ce dernier soit de nationalité américaine, avec un père français et une mère italienne, il était plutôt cosmopolite. Ses parents et lui avaient vécu un peu partout dans le monde, avant qu'il ne s'installe définitivement aux États-Unis une fois adulte. Après s'être retrouvé devant la Cour Suprême de Justice des États-Unis où son travail avait été jugé comme un exemple d'indécence, mais qui avait également confirmé son droit à la liberté d'expression, Damian avait constaté qu'il était plus à l'aise en Europe pour travailler et exprimer librement son art.

Il avait coutume de dire que, même si la Cour Suprême était de son côté, les États-Unis étaient tout simplement un pays trop jeune pour pouvoir apprécier l'érotisme. Ses compatriotes préféraient le sentimentalisme à la beauté. Calendriers sirupeux avec cottages recouverts de lierre et fleurs dans des vases ou, pire encore, bébés en costume d'animal, voilà tout ce que certains Américains méritaient aux yeux de Damian.

Il fut accueilli à bras ouverts sur la scène artistique londonienne, le procès ultra-médiatisé ayant fait de lui une célébrité. Et s'il dédaignait la renommée, il appréciait le fait que cela ait attiré l'attention de collectionneurs tels qu'Ashley.

Travaillant presque exclusivement dans le domaine de son intérêt personnel, Damian créait un magnifique érotisme masculin ; il pouvait photographier un nu montrant toute la délicatesse d'une rare orchidée, et pourtant utiliser le même modèle pour produire un cliché d'une puissance sexuelle graphique si brute, qu'il soulevait des doutes troublants dans l'esprit d'hommes qui n'auraient jamais considéré le corps d'un autre homme comme sexuellement excitant.

Bien sûr, tout cela était une source d'amusement inépuisable pour Damian.

Ashley Winthrop était un homme d'affaires spécialisé dans les jouets érotiques haut de gamme, et un mécène reconnu dans le monde des arts ; c'était aussi un fin connaisseur en matière d'érotisme. Il avait acheté plusieurs photos de Damian Wolfe, s'arrangeant pour rencontrer l'artiste au vernissage d'une de ses expositions.

Conscients de leurs intérêts communs, ils étaient rapidement devenus amis. Ashley n'avait pas hésité à harceler Damian pour qu'il fasse quelques clichés des objets qu'il vendait, et au vu du résultat, il avait continué de faire pression sur l'artiste jusqu'à ce qu'il accepte de photographier l'ensemble de son catalogue.

Ashley savait déjà que ce catalogue d'exception était destiné à devenir lui-même un objet de collection. Prenant un sujet ordinaire tel qu'une paire de menottes, Damian avait créé un ensemble simple mais élégant. La lumière se reflétant sur l'acier était le vecteur d'une promesse à laquelle aucun soumis ne serait capable de résister. Il était impatient de voir ce que Damian pourrait faire avec un fouet.

Damian se déplaça pour ajuster l'angle d'une des menottes. Il enfila une élégante paire de gants en cuir noir pour s'assurer qu'il ne transférerait aucune empreinte ou grain de poussière sur la surface hautement réfléchissante.

L'entrejambe d'Ashley se contracta tandis qu'il regardait les mains sûres et gracieuses frotter le métal. La première fois que Damian avait pris une cravache dans le bureau d'Ashley, caressant distraitement le cuir tressé, Ashley avait reconnu en lui un autre Dominant. Il n'avait aucune envie de sentir la morsure du fouet lui-même, bien qu'il trouve le photographe des plus attirants, mais il désirait ardemment voir Damian en pleine action, avec le corps mince d'un soumis à genoux devant lui, s'abandonnant avidement à quelque délicieuse punition que Damian puisse concevoir.

Damian reprit sa position derrière la caméra et prit sa photo, parfaitement inconscient des pensées qui traversaient l'esprit de l'autre homme. Il était relativement satisfait. Ce n'était pas le mieux qu'il puisse faire, mais c'était un bon début.

— Je ne comprends pas pourquoi tu m'as harcelé pour que je fasse ça, grommela Damian, en repoussant ses longs cheveux sans quitter des yeux le viseur de la caméra. Je dois être au moins deux fois plus cher que n'importe quel autre photographe, et trois fois plus lent.

— Quatre fois plus lent et cinq fois plus cher, lui répondit joyeusement Ashley, en se frottant les mains. J'y ai bien réfléchi, Ian, et le rapport qualité/prix est en ma faveur.

Il ne pouvait pas voir le visage du photographe, caché derrière le voile de ses longs cheveux brillants, mais ce n'était pas ce qu'il admirait le plus de toute façon. Damian avait vraiment un corps magnifique ; de larges épaules, une taille fine, et de superbes fesses. Ashley savait qu'il n'y poserait jamais les mains, mais un homme avait le droit de rêver, pas vrai ? Bien qu'il soit futile d'exiger d'un homme comme Damian qu'il se soumette, Ashley ne pouvait s'empêcher d'être attiré. Ce qui le retenait d'agir, c'est qu'il n'était pas sûr de ne pas se retrouver les fesses en l'air dans l'attente, soit de la morsure du fouet, soit du 'baiser' de ce qui promettait d'être un énorme pénis, si le renflement du pantalon de Damian était d'une quelconque indication.

— En quoi est-ce une bonne chose ? demanda Damian, exaspéré par sa propre lenteur.

Ses critères étaient incroyablement élevés, mais il n'avait pas l'habitude que ses clients regardent par-dessus son épaule ; il travaillait selon sa vision des choses, et pour sa propre satisfaction.

— Non seulement les spécialistes de ce milieu vont se battre pour mettre la main sur ce catalogue, mais en plus ils devront payer pour l'avoir, dit Ashley. Et ils vont l'acheter. Ces menottes sont un produit classique de ma collection depuis près de cinq ans, et même *moi*, je me surprends à saliver devant elles. Je les achèterais dans la minute si j'avais quelqu'un à qui les passer.

Damian se mit à rire.

— Je suis sûr que tu as *quelqu'un* qui attend de recevoir tes… *délicates* attentions.

Ses yeux glissèrent avec insolence sur le corps d'Ashley.

L'homme aux cheveux couleur fauve frissonna sous le regard scrutateur de l'alpha dominant, mais le petit sourire qui ourlait ses lèvres ne faiblit pas ; Ashley avait assez d'expérience pour ne pas perdre pied.

— Je ne peux pas imaginer que tu n'aies pas… hum… *testé* tous ces articles avant de les soumettre à l'appréciation de tes clients.

Ashley sourit, ses dents blanches brillant sous la lumière du projecteur.

— Je sais comment utiliser chaque objet, en effet.

— J'en suis sûr, répondit Damian avec un sourire narquois, avant de se concentrer sur sa prise de vue.

Il était parfaitement au courant qu'Ashley était un joueur enthousiaste, et pas seulement un amateur qui vendait des jouets. Non que Damian joue encore lui-même ; il s'était lassé des soumis exigeants qui se comportaient mal rien que pour obtenir la punition qu'ils désiraient. Il avait décidé qu'un verre vide était mieux qu'un verre à moitié plein et il vivait en célibataire depuis cinq ans quand il était venu vivre et travailler à Londres : situation des plus ironiques pour quelqu'un qui gagnait sa vie dans le marché interlope de l'érotisme… Une ironie que Damian appréciait à sa juste valeur, mais il était maintenant convaincu que la satisfaction pure résultant de la stimulation visuelle fournie par ses modèles lui convenait mieux.

À cet instant, Nick ouvrit la porte du studio, laissant entrer la lumière juste au moment où Damian était sur le point d'appuyer sur le déclencheur.

— Merde, Nicholas, tu ne peux pas frapper avant d'entrer ? aboya Damian sans lever les yeux.

Nick referma la porte précipitamment, irrité d'être réprimandé alors que les lumières du studio étaient toujours allumées ; il avait vérifié qu'il y avait bien un rayon lumineux filtrant sous le pas de la porte, même s'il n'allait pas en parler.

— Je désirais juste savoir si vous vouliez votre thé maintenant, demanda-t-il d'une voix sourde.

Ashley regardait avec intérêt les yeux d'un noir velouté du jeune homme passer nerveusement du photographe aux menottes étincelantes, disposées comme un bijou sur un écrin de plumes sombres.

— Éteins les projecteurs, Nicholas.

Traînant les pieds, le grand jeune homme mince se dirigea vers le bloc d'alimentation et s'accroupit pour appuyer sur le bouton. Il y eut un déclic et la pièce fut plongée dans le noir. À ce moment-là, la tension érotique planant dans la pièce se mit à 'hurler' aux oreilles d'Ashley. Le silence régnait. Aucun d'eux ne bougea, mais il ressentit avec acuité le fait qu'au moins une des personnes présentes dans le studio en avait vraiment *envie*.

Puis le flash de Damian déchira soudain l'obscurité en une série de *pops*. Le photographe prit plusieurs clichés, Ashley se souvenant qu'on appelait ça le *bracketing* [1].

— C'est bon, Nicholas. Lumière, ordonna laconiquement Damian.

Un déclic, et les projecteurs furent rallumés. Ashley avait les yeux braqués sur Nick pour éviter de se laisser aveugler. Il était donc dans la position idéale pour voir le doux regard du jeune homme fixer avidement les menottes en déglutissant, avant qu'il ne reprenne son masque impassible.

Ashley jeta un coup d'œil à Damian, qui s'affairait encore avec son appareil photo.

Damian finit par se redresser.

---

1 Le *bracketing*, ou, au Québec, prise de vue en fourchette [I], est une technique photographique couramment utilisée par les photographes, qui consiste à réaliser rapidement plusieurs prises de vue d'une même scène, en faisant varier un ou plusieurs paramètres de prise de vue.

— C'est tout pour aujourd'hui, dit-il d'un ton mécontent.

— Rappelle-moi pourquoi tu prends tes photos dans le noir ? demanda Ashley.

— Le filtre Étoiles, répondit Damian, succinctement. On va faire briller tes vieux standards de police comme autant de diamants.

Les ridules autour de ses yeux se plissèrent alors qu'il souriait en se passant une main dans les cheveux.

Il se rendit compte que Nicholas était toujours accroupi près du générateur.

— Qu'est-ce que tu fais là ? demanda-t-il sèchement.

— Je vous ai demandé si vous vouliez du thé ?

Nicholas parlait d'une voix rauque très douce, et pourtant, Damian se montrait brusque et insolent envers lui.

— Va le faire, ou va l'acheter, peu importe, ajouta-t-il, perdant tout intérêt pour la conversation.

— Qu'aimeriez-vous avec votre thé, monsieur…, demanda Nick à Ashley avec le strict minimum de politesse.

— Winthrop, lui répondit aimablement Ashley, bien qu'il lui ait dit son nom au moins deux fois déjà. J'ai envie de quelque chose de sucré, un éclair peut-être, ou un napoléon. Je prendrai aussi un grand café au lait décaféiné à la cannelle. Avec de la crème fouettée. Sans calories !

— Vous pensez vraiment que ça va changer quelque chose ? murmura Nick avant de se traîner hors de la pièce.

Damian rit dans sa barbe en entendant la pique de Nick ; les poings sur les hanches, il toisait les menottes comme si c'était un modèle récalcitrant refusant de prendre la pose.

— Épouvantable pantalon baggy, murmura Ashley en regardant Nicholas.

S'il avait la stature du jeune homme, il porterait quelque chose de plus moulant, histoire de souligner le superbe modelé des fesses qu'il avait. Car il semblait avoir de belles fesses bien sculptées, mais ces jeans larges étaient trompeurs, comme Ashley l'avait déjà remarqué à ses dépens. Le dernier assistant en date de Damian, Derek, s'était non seulement avéré un peu grassouillet, mais en plus, il n'aimait pas *jouer*.

— Qu'est-ce qu'il y a ? demanda Damian distraitement.

— J'ai demandé une 'gâterie' à ton assistant, dit Ashley, souriant intérieurement devant son espiègle choix de mots.

6

Effectivement, cela attira l'attention de Damian, et il se permit un petit sourire satisfait.

— Il a eu l'air quelque peu consterné.

— C'est certainement parce que je n'ai pas l'habitude de lui demander des gâteaux pour le thé. Je suppose qu'il a pris l'argent dans la caisse de secours et qu'il est allé à la pâtisserie au bout de la rue, répondit Damian d'un ton résigné. Allez, viens. Ce jeune écervelé a sûrement mis la bouilloire sur le feu sans la remplir d'eau, ou bien il aura carrément oublié de la mettre en marche. Je ferais mieux de vérifier.

Ashley se laissa glisser du tabouret et suivit Damian dans la cuisine, les prunelles brillant de curiosité. Quelque chose bouillait en effet, et ce n'était *pas* le thé. Il était impatient de voir ce qui allait se passer.

I

NICK GRAVIT les escaliers du métro quatre à quatre, en espérant qu'il ne serait pas encore en retard au travail, mais le train avait été retardé et il devait maintenant cavaler. Il dévala la rue à toutes jambes, jusqu'à l'entrepôt qui abritait l'atelier de Damian. Là, il attendit quelques instants pour reprendre son souffle. Il n'avouerait jamais à son patron qu'il avait dû courir pour être à l'heure. C'était mauvais pour son image.

Il poussa la porte extérieure et préféra l'ascenseur à l'escalier, en espérant qu'il aurait réussi à récupérer avant d'arriver.

— Encore en retard ? lança Damian, sarcastique, en entendant la porte s'ouvrir.

Il ne prit pas la peine de se retourner et ne vit donc pas l'air penaud de Nicholas.

Comme d'habitude, celui-ci adopta un ton revêche, ne trahissant aucun regret, si ce n'était le voile qui assombrissait ses grands yeux sombres.

— Je suis à peine en retard.

— Oui, eh bien, ça n'a pas vraiment d'importance ; le modèle est encore plus en retard ! fulmina Damian.

— Que voulez-vous que je fasse ? bougonna Nick en jetant son sac à dos devant la porte, là où tous ceux qui la franchiraient ne manqueraient pas de trébucher dessus.

— Va voir si Gabe a besoin de quelque chose *après* avoir écarté du passage ce foutu sac, ordonna Damian. Je serai dans l'atelier.

Nick repoussa son sac du pied et se rendit dans la salle de maquillage bien éclairée, pour que le styliste puisse faire du bon travail. L'homme en question était petit et chauve, vêtu d'une chemise rose à froufrous, d'un jean serré au rendu satiné, et de bottes à hauts talons et embouts pointus. Calé sur sa chaise de maquillage, il était en train de lire un magazine, et il leva un regard taquin sur Nicholas en le voyant entrer.

— Hé, beauté ! Tu es venu distraire une *fille* esseulée ? zézaya le styliste.

Nick secoua la tête.

— Même pas dans tes rêves, Gabe. Tu as besoin de quelque chose ?

— Que dirais-tu d'une leçon de flûte ?

Nick eut l'air perplexe, puis il rougit en comprenant le sous-entendu salace.

— Va te faire foutre, branleur !

— Je n'en aurais pas besoin, si tu voulais bien aider cette *jeune fille*, ricana Gabe tandis que Nick prenait la fuite sans demander son reste.

Il adorait faire rougir les jolis petits hétéros.

Après quelques coups de fils à l'agence et une autre demi-heure d'attente, Damian finit par émerger de son bureau pour congédier le styliste.

— Désolé, Gabe. Tu ferais aussi bien de rentrer chez toi. Il semblerait que le modèle se soit perdu en chemin… Il n'y aura pas de séance aujourd'hui.

— Vous savez que je suis payé de toute façon, pas vrai ? dit Gabe, en commençant à ranger ses pinceaux dans son sac. J'ai dû annuler une autre séance pour venir ici.

— Ouais, je sais. Je verrai ça avec le client. Je ferai à nouveau appel à toi la prochaine fois, lui promit Damian.

Gabe hocha la tête en rangeant son matériel. Damian signa son chèque, et le styliste conclut :

— Merci d'être aussi compréhensif. Certaines personnes dans le showbiz…

— Je sais, le rassura Damian. N'en dis pas plus ; ce n'est pas ta faute.

— Je m'arrache alors, mon chou, dit Gabe en reprenant ses manières habituelles.

Damian regarda la porte se refermer sans un bruit sur le styliste. Il sursauta en entendant Nicholas pousser la porte de la salle de bain, la faisant claquer contre le mur.

— Putain ! Tu n'es pas *obligé* de casser cette foutue porte, hein ?

— Désolé, dit Nick en rougissant jusqu'à la racine des cheveux.

Il baissa les yeux, et Damian se rendit soudain compte combien il était beau quand il était plongé dans la confusion.

— Viens dans l'atelier, ordonna-t-il sans s'assurer d'un coup d'œil par-dessus son épaule que Nicholas lui obéissait.

Nick s'exécuta, suivant silencieusement le photographe, en espérant de toutes ses forces qu'il serait capable de faire ce que Damian lui demanderait.

Une poigne de fer s'abattit au creux de ses reins, le poussant vers une toile de fond où était peinte une barre de ballet.

— Agenouille-toi là une minute, tu veux bien ? ajouta Damian. Je vérifie l'éclairage.

Nick se mit à genoux et croisa les bras en soupirant, l'air renfrogné devant la caméra.

— Tourne-toi ! cria Damian en ignorant l'expression provocante. Non, complètement. Tourne-moi le dos, imbécile !

Nick pivota jusqu'à ce qu'il soit dos à la caméra.

— Retourne-toi vers moi. Par la gauche. *Ta* gauche ! Ton *autre* gauche !

Damian soupira de frustration comme Nick se positionnait vers sa droite, dos à la lumière, avant de reprendre sa position initiale. Il se rapprocha vivement du jeune homme pour le saisir par les épaules, lui faisant adopter la posture qu'il voulait.

— *Là !* C'est comme ça que je te veux. Reste là et ne bouge pas.

Damian se précipita derrière la caméra en jurant dans sa barbe. Il se demanda pourquoi il n'avait jamais remarqué les pommettes sculptées et la mâchoire élégante de son jeune assistant – au contraire de ses yeux ; difficile de les rater avec leurs longs cils. Mais le nez de Nicholas, lui, l'obsédait, canalisant toute l'irritation que lui inspirait l'incompétence de son assistant. Sa légère asymétrie semblait avoir capté la vision de Damian lorsqu'il regardait Nicholas, mais quelque chose, dans la façon dont les lumières venaient caresser le visage du jeune homme, faisait ressortir toute sa beauté.

— Nicholas…, dit doucement Damian, fasciné par cet instant de grâce.

Comment avait-il pu être aussi aveugle ?

— Oui ? répondit Nick, sans oser bouger.

— Le modèle a annulé la séance. Et j'ai cette idée, un concept ; ça ne me quitte pas. Je veux faire cette photo. J'ai *besoin* de la faire, expliqua Damian.

Nick se retourna pour lui faire face et acquiesça. Damian le dévisagea, surpris. On aurait dit que Nicholas comprenait son besoin de créer l'image qu'il avait en tête et qu'il était d'accord avec lui ! Qu'est-ce qu'il étudiait à l'université, déjà ? Peu importe. Damian ne se rappelait même pas le lui avoir demandé.

— J'ai besoin d'un modèle pour cette photo. Je peux me servir de toi ?

— Que voulez-vous que je fasse ? demanda Nick d'une voix intriguée que Damian ne se souvenait pas lui avoir jamais entendue.

— J'ai besoin de travailler la pose, et tu me coûteras moins cher qu'un modèle. Juste avec quelques objets d'Ashley, ajouta Damian, en désignant d'une main cavalière la table où étaient disposés divers fouets et objets à lanières.

— D'ac… D'accord, fit Nick d'une voix faible, avec une fascination nerveuse.

— Bien. Lève-toi et débarrasse-toi de ton accoutrement, ordonna Damian. J'ai besoin de voir ta peau nue.

Il sourit malicieusement, s'attendant à devoir convaincre le jeune homme qui allait certainement lui opposer un refus… Mais non ! Il eut la surprise de voir Nicholas se déshabiller sans aucune hésitation, jetant son tee-shirt de côté. Il se levait pour enlever ses chaussures et ouvrir son pantalon, quand il réalisa que Damian le fixait. Et là, il hésita.

— Je ne m'y prends pas comme il faut ?

Damian se mit à rire.

— Il n'y a pas de bonne ou de mauvaise façon de se déshabiller. Surtout…

Il se tut, pensant qu'il ne serait pas très sage de faire un commentaire osé avec son assistant. D'un autre côté, vu la façon dont les choses se passaient d'habitude, Nicholas ne resterait pas de toute façon.

— Surtout avec un joli petit cul comme le tien, continua-t-il, se disant que ça ne changerait pas grand-chose si Nicholas s'enfuyait dans la nuit en poussant les hauts cris.

Pas de modèle, pas de photo, du moins pour aujourd'hui.

— Des chaussettes vertes ?

— Oh. Je pensais juste que je ne devrais peut-être pas jeter mes vêtements au sol, murmura Nick, ignorant le commentaire sur ses chaussettes de couleur vive.

— Jette-les où tu veux, tant que ce n'est pas sur le décor, dit Damian, magnanime, excité à l'idée d'avoir un modèle obéissant pour jouer pendant quelques heures.

De cette façon, il pourrait mettre son idée en scène avant que le modèle hors de prix n'arrive.

Nick finit de se dévêtir, se sentant un peu troublé. Comme Damian ne lui prêtait plus attention, il ne traîna pas. Et, nu, attendit l'instruction suivante.

Damian se rapprocha et le prit par le bras, l'entraînant vers un petit monticule.

— Agenouille-toi là-dessus ; j'ai mis de la mousse dessous. Ce sera moins douloureux pour tes genoux.

— Dos à la caméra ? demanda Nick.

Damian leva les yeux au ciel.

— Oui, dos à la caméra. Juste là.

Il tendait un bras impérieux de façon insultante.

Nick se mit à genoux, soulagé qu'il y ait un rembourrage sous la toile. Il avait des genoux cagneux, et le sol nu lui avait fait mal quand il s'était agenouillé la première fois.

Damian revint vers lui avec un bruit de cliquetis, et Nick jeta un coup d'œil anxieux au photographe. Il portait des restrictions en cuir noir, reliées entre elles par une chaîne en argent.

— Donne-moi tes mains, ordonna Damian.

Nick lui tendit ses poignets.

Les manchettes en cuir, de la longueur d'un gant, s'étiraient à peu près jusqu'aux coudes de Nick. Damian fixa les boucles sur son bras droit et fit passer la chaîne par-dessus la barre qui se trouvait en face de Nick. Elle était haute, arrivant presque à la hauteur des épaules de Damian, et Nick dut soulever les bras pour que photographe puisse lui fixer la seconde manchette.

Après qu'il l'eut solidement attaché à la barre, Damian caressa l'épaule couleur miel de Nick.

— Ça va ?

— Ouais.

Damian trouva la voix de Nicholas un peu essoufflée, mais il était tellement excité de voir sa vision artistique prendre vie qu'il n'y prêta guère attention, bondissant de nouveau derrière la caméra pour régler les angles et les éclairages.

Il réprima un sursaut en voyant les muscles souples et fermes qui tendaient les frêles épaules, les fesses rondes et tentatrices, et les boucles sombres qui brillaient sous la lumière des projecteurs. Il avait vraiment été aveugle, se dit Damian, émerveillé. C'était une chance que le modèle blond insipide qu'il avait engagé pour cette séance ne soit pas venu. Nicholas était parfait. Il se délecta de la vue des muscles des cuisses nues qui se contractaient légèrement tandis que Nicholas s'efforçait de rester immobile.

Damian vérifia sa mise au point et prit rapidement quelques clichés.

— Tout va bien ? demanda-t-il.

— Oui, ça va, dit Nick en se retournant pour jeter un coup d'œil par-dessus son épaule au moment où Damian prenait une photo.

— Évite ça si tu ne veux pas qu'on te reconnaisse, nu et menotté comme tu l'es. Reste... parfaitement... immobile ! grogna Damian.

Nick reprit vivement la pose, son cœur battant la chamade. Il était surpris que Damian n'entende pas ses battements de cœur affolés. Savoir que l'autre homme allait posséder une photo de lui, nu et attaché à une barre, fit se contracter son sexe, et il n'était même pas gay ! N'est-ce pas ? Non, pensa Nick résolument, il ne l'était pas, et il ne le deviendrait pas. Il rendait juste service à son employeur. Rien de plus.

Son cœur reprit un rythme normal quand les flashs cessèrent. Le silence s'éternisa un peu trop, et il allait de nouveau se retourner pour voir ce que Damian mijotait quand il sentit quelque chose de froid, sur sa cheville.

— Que... Qu'est-ce que c'est ? demanda nerveusement Nick, tressaillant alors que le métal froid se refermait sur sa cheville.

Damian lui écarta les jambes d'un coup de pied, sans répondre. Nick se sentit soudain très vulnérable et exposé, son sexe à demi gonflé, ses testicules pendant là où il était sûr que Damian pouvait les voir. Bon Dieu, le photographe voyait probablement tout ce qu'il y avait à voir !

Nick sursauta quand Damian lui écarta encore plus les jambes et qu'un autre métal froid se refermait sur son autre cheville. Lorsque les mains puissantes le relâchèrent, il essaya de resserrer les cuisses, mais cela lui était impossible.

— Tu n'as aucune raison de t'inquiéter ; c'est juste un écarteur, dit Damian d'une voix satisfaite. Excellent. Ça te va à merveille. À croire que tu es né pour en porter un.

Des bruits étouffés firent comprendre à Nick que Damian était retourné derrière sa caméra. Il se sentit un peu plus en sécurité, mais pas complètement. Ligoté comme il l'était, il pouvait à peine bouger Nick n'avait jamais pu satisfaire Damian auparavant, et entendre l'approbation dans la voix de son employeur était... enivrant. D'un autre côté, il n'avait jamais eu non plus les jambes maintenues écartées et immobilisées. Une expérience dérangeante. Il était en train de calculer s'il pouvait se lever avec l'écarteur, quand les lumières du flash commencèrent à crépiter en l'aveuglant pratiquement.

— Vous auriez pu me prévenir ! cria Nick avec une énergie qui le surprit lui-même.

— Désolé, répondit Damian d'une voix distraite.

Nick savait très bien que le photographe ne penserait pas non plus à le prévenir la prochaine fois. Il se tortilla inconfortablement ; porter ces liens le faisait se sentir encore plus nu que lorsqu'il avait enlevé ses vêtements. Il se demandait combien de temps Damian…

Les flashs l'aveuglèrent encore, mais cette fois, il ne dit rien.

— Cambre un peu les fesses. Non, vers moi. Un peu plus. Non, là c'est trop, remets-toi comme tu étais. Bien, un peu en arrière. Là ! Ne bouge plus !

Les flashs crépitèrent en une succession rapide, et la hanche de Nick commença à lui faire mal. Il espérait pouvoir tenir la pose aussi longtemps que Damian le voudrait sans avoir de crampes dans le dos.

— D'où vient cette cicatrice?

— Oh, désolé, murmura Nick. Euh, un accident. J'ai dû être opéré.

— Elle est magnifique, répondit Damian.

Nick fut indigné ; comment pouvait-il dire ça ? Le jeune homme savait très bien qu'elle était horrible ; il avait connu l'enfer quand il l'avait eue.

— Ha ha ! s'exclama-t-il d'une voix sarcastique.

— La ferme, dit Damian d'une voix rêveuse.

Nick se tut. Le photographe n'écouterait pas ce qu'il avait à dire de toute façon. Et lui, il commençait à avoir des fourmis dans les bras.

— D'accord, tiens-toi un peu plus droit. Maintenant, tourne légèrement la tête sur ta gauche. Oh, *très bien*, tu te rappelles où est ta gauche. Je veux que la lumière capture le contour de ta pommette et la ligne de ta mâchoire. Voilà. Ne bouge plus.

Il y eut à nouveau une succession de flashs. Maintenant qu'il savait que Damian ne prenait pas son visage en photo, Nick s'autorisa à fermer les yeux. Quand les crépitements cessèrent, il tendit ses bras pour étirer les muscles de son dos, essayant d'apaiser la tension croissante dans ses épaules.

— Tu veux bien arrêter de te tortiller ? Reste immobile jusqu'à ce que je te dise que tu peux bouger, ordonna Damian avec irritation, s'avançant à grandes enjambées pour lui faire reprendre sa position initiale. Fais ce qu'on te dit, mon garçon.

— Oui, *Monsieur* ! siffla furieusement Nick.

— Et arrête de parler, ou je te muselle, le menaça Damian.

Le jeune homme se figea tout entier, à l'exception de son sexe qui gonfla sous un soudain afflux de sang. La chaleur de son entrejambe le mit mal à l'aise, mais il ne voulait pas savoir si Damian était sérieux à propos de sa menace. Il avait toutefois l'air de l'être.

Nick sursauta en sentant des mains chaudes se poser sur ses hanches. Quelque chose effleura ses fesses et il glapit, même si ça ne lui avait pas du tout fait mal.

— Ne bouge pas, bon sang !

Merde, pensa Nick, *il avait vraiment l'air sérieux !* Il se concentra pour maintenir son corps dans la position exacte que Damian lui avait fait adopter.

Son dos et ses hanches finirent par donner des signes de faiblesses et Nick dut bouger, en laissant échapper un petit gémissement. Il poussa un cri et tressaillit alors qu'une main s'abattait avec force sur le bas de son dos, envoyant un éclair de chaleur sur sa fesse gauche.

Il se retourna instinctivement juste au moment où le flash se déclenchait.

— Est-ce que tu vas te tenir tranquille maintenant, ou bien tu veux que je te donne encore une fessée ?

La voix de Damian s'était élevée directement derrière lui, alors que le photographe tenait son déclencheur à distance dans la main. Nick resta silencieux et se retourna de nouveau dos à la camera. Il voyait très bien en esprit la trace de la main de Damian, rouge sur la peau blanche de ses fesses. Il fut soudain très mal à l'aise et humilié à l'idée que Damian ait pris une photo de lui dans cette position compromettante. Quelle mouche l'avait donc piqué de s'être déshabillé et agenouillé sans résistance, tandis que Damian prenait encore plus de photos ? Non qu'il ait vraiment le choix maintenant qu'il était attaché. Cela seul suffit à le faire frissonner tout entier.

— C'est bon, souffla Damian en prenant le dernier cliché.

Il sembla revenir à lui et gloussa devant le corps mince de son assistant, ainsi étiré et attaché, les muscles jouant sous sa peau douce tandis qu'il se forçait à rester immobile ; l'image même d'une promesse sensuelle.

— Désolé, Nicholas. Je me suis laissé un peu emporter par ma vision, s'excusa-t-il en s'approchant pour délivrer le jeune homme.

Il eut un petit rire en voyant l'empreinte de sa paume s'inscrire sur la fesse ronde du gamin. Il avait vraiment fait ça ?

Il s'agenouilla derrière Nicholas, se penchant un peu plus que nécessaire afin de humer le léger parfum de vanille qu'exhalait la peau du jeune homme, tandis qu'il libérait ses chevilles.

15

Nick frissonna et les poils de duvet fin, dans son dos, se hérissèrent sous l'effet de la chaleur du corps de Damian, si près de lui. L'autre homme resta agenouillé derrière lui pendant un moment, alors que Nick était toujours menotté, jambes écartées. Si Damian décidait de prendre son plaisir, Nick ne serait pas capable de l'en empêcher. Il était terriblement effrayé, et pourtant son sexe le trahissait, en restant douloureusement dur.

Damian remarqua que le gamin tremblait, et relâcha doucement un bras en maintenant l'autre, sentant que Nicholas était sur le point de prendre la fuite avec une menotte toujours attachée à son poignet. Une fois qu'il l'eut libéré, le jeune homme sauta sur ses pieds avec une grâce un peu empruntée. Toujours dos à Damian, il courut ramasser ses vêtements et s'engouffra dans la salle de bains en claquant la porte derrière lui.

Damian resta où il était, faisant courir ses doigts sur les lanières de cuir encore tièdes de la chaleur de Nicholas. Il sentait une odeur d'excitation dans l'air. Le gamin avait donc été excité par cette séance ? Jusque-là, Damian avait été bien trop concentré sur ce qu'il faisait pour examiner les conséquences d'avoir un beau jeune homme nu et attaché, à genoux devant lui.

Il ne put s'empêcher de sourire en entendant la porte du studio claquer violemment. Cela voulait probablement dire qu'il ne verrait plus Nicholas, mais bon Dieu, le gamin était délicieux ! Son sexe pressant douloureusement contre sa fermeture éclair, Damian dut la baisser pour se soulager un peu. Quand il sortit son sexe, l'air frais caressa ses chairs échauffées, et le contact apaisant de sa main fut agréable. Il ferma les yeux, toujours agenouillé là où Nicholas avait été attaché, et commença à se masturber, se réjouissant de la beauté du tableau qu'ils avaient créé ensemble. Il éjacula sur la toile où s'était agenouillé Nicholas avec un petit gémissement étouffé.

NICK N'AVAIT jamais été aussi soulagé de suivre la mode. C'était une chose d'être un libre penseur et d'aller à contre-courant, mais il était quelquefois très utile de porter des pantalons baggy, ne serait-ce que pour cacher une énorme érection.

Il sentait son sexe osciller à chaque pas, son boxer frottant doucement contre le gland. Il redoutait de jouir dans son pantalon sans plus pouvoir se retenir avant d'arriver dans son minable appartement.

Il trouva une place assise car le métro était plutôt vide à cette heure. Mais il se releva vivement en constatant combien son érection tendait son pantalon. Seul un aveugle n'aurait rien remarqué. Il fit mine de s'intéresser aux publicités des stations successives, s'efforçant sans grand succès de calmer son excitation.

En règle générale, il avait plusieurs érections par jour et se masturbait au minimum une fois, mais il était maintenant plus dur que de la pierre. Quand il descendit à sa station, chaque pas lui fut pénible. Il se demanda pour la première fois s'il n'aurait pas mieux fait de porter un slip. Il serait à coup sûr plus… confiné quand il était dans cet état, non ? Nick grogna ; rien que de penser au mot 'confiné', ça le fit bander de plus belle.

Il n'y avait rien à faire, sinon se dépêcher. Il franchit le vestibule de son immeuble et se rua dans les escaliers. L'effort fourni permit à son érection de retomber un peu. En ouvrant sa porte, il espérait avoir son excitation sous contrôle, car il ne voulait pas satisfaire ce qui l'avait causée… quoi que cela puisse être.

Il se rendit dans la minuscule salle de bain et baissa son pantalon et son caleçon dans un seul geste. Debout sur le rebord de la baignoire, il se contorsionna pour voir ses fesses et l'empreinte de la main qui rosissait encore sa peau.

— Quel imbécile, Nicky, murmura-t-il en se moquant de lui-même. Mais à quoi est-ce que tu pensais ? Si tu *pensais* tout court !

En tout cas, elle était bien là ; une marque rouge aux contours un peu pâlichon. Sous son regard scrutateur, l'empreinte de la paume 'palpita', envoyant des impulsions rythmiques dans son aine. Son membre recommença à gonfler en pointant vers le plafond. Il ne se rappelait pas avoir jamais été aussi dur, et ça le tuait.

Il essaya de se remémorer les seins de sa dernière petite amie en date – ou à défaut, ceux de la précédente – tandis qu'il se caressait, faisant passer son pouce sur le méat de son sexe déjà humide. Il accéléra la friction en haletant, ajoutant une légère pression à chaque passage, mais il n'arrivait toujours pas à… Soudain, le claquement de la main de Damian s'abattant sur ses fesses résonna dans sa tête, et il éjacula avec un cri rauque, plus longuement et plus violemment que jamais.

Quand il reprit ses esprits, il était à genoux, se retenant d'une main au lavabo, l'autre enroulée autour de son sexe mou, pantelant rien qu'au souvenir de ce qui s'était passé entre son employeur et lui.

— Oh, merde ! chuchota-t-il.

APRÈS QUE Damian eut nettoyé et se fut remis de ses émotions, il apporta sa caméra dans la chambre noire pour développer le film. Il lui arrivait de prendre des photos numériques, mais il préférait son vieil appareil photo ; cela lui permettait plus de contrôle sur l'éclairage, la profondeur du champ, et la netteté de l'image.

Il était impatient de développer ses clichés et de voir ce qu'ils donnaient.

Il mélangea patiemment les produits chimiques, y ajoutant l'accélérateur. Il plaça le film dans le dérouleur et attendit de voir ce qui allait sortir. Quand l'extrémité du négatif apparut, il se pencha plus près, l'odeur âcre lui remplissant les narines. Il souleva le bord pour l'examiner sous la lumière rouge et un sourire flotta sur ses lèvres.

Une fois le film entièrement déroulé, il le posa sur la vitre éclairante bien qu'il soit encore humide. Même sans l'aide de la loupe, il put se rendre compte que c'était une pose parfaite pour mettre en valeur les écarteurs et les menottes. Ashley serait ravi.

La soumission de ce corps ligoté, associé à l'indéniable élégance de ses courbes, faisaient de Nicholas le modèle parfait pour ce travail.

Sauf que Nicholas n'était pas un modèle. En fait, le jeune homme ne reviendrait sûrement jamais travailler ici. Damian sourit tristement en survolant le reste des négatifs. Il marqua une pause en voyant le cliché où il avait donné une claque sur les fesses de Nicholas.

Il s'humecta les lèvres. Délectable ! La caméra avait capturé l'instant où Nicholas regardait par-dessus son épaule, la bouche entrouverte sous le coup de la surprise, les yeux écarquillés dans lesquels brillaient la peur, le choc, et une excitation que – Damian en était sûr – il aurait préféré cacher.

La contorsion de son corps révélait un mamelon affriolant, à la large aréole sombre, qui ne demandait qu'à connaître la petite morsure de la pince-téton. Nicholas s'était suffisamment tourné sur cette photo pour que l'on distingue – tout juste – son sexe, un sexe dur et tendu, assoiffé de caresses.

Damian effleura le renflement de sa verge excitée, sous son jean, en admirant l'empreinte de sa paume sur la fesse de Nicholas, telle une marque de propriété, la peau rougie contrastant avec la pâleur laiteuse des chairs subtilement incurvées.

— Il faut que je me fasse une copie de cette photo, murmura Damian.

18

Ce cliché allait devenir la pièce maîtresse de sa collection privée, celle qu'il n'avait jamais montrée au reste du monde.

Il se caressa jusqu'à ce qu'il explose dans un orgasme colossal, les yeux fixés sur le meilleur cliché qu'il ait jamais pris. Il baissa enfin les paupières en atteignant le septième ciel.

NICK SE réveilla en sursaut. Le réveil n'avait même pas sonné. Il sourit tristement. Après avoir éjaculé dans la salle de bain, il avait essayé de se remettre à ses études, mais son esprit s'évadait de ses livres toutes les deux secondes.

À présent, il était couché dans une flaque de sperme qui refroidissait rapidement. Et son sexe était à nouveau presque dur.

— Mec, se dit Nick à haute voix, il faut que tu arrêtes de penser à ça.

Mais non, rien à faire… Son bas-ventre se contracta tandis qu'il se repassait en esprit les événements de la veille, étape par étape. Il avait cru savoir ce qu'il faisait quand il s'était déshabillé. Il étudiait l'art, et il avait déjà servi de modèle ; en plus, il avait regardé Damian travailler, et l'homme n'avait jamais peloté un de ses modèles sous couvert de leur faire prendre une pose ou une autre.

Il devait y avoir quelque chose en lui, pensa-t-il tristement. Quelque chose dont il n'avait pas conscience, mais que Damian avait décelé, le poussant à l'attacher. Non, pas simplement l'attacher, mais lui mettre des restrictions en cuir aux poignets, et lui étirer les bras pour le ligoter à la barre. Sans parler des écarteurs. Le métal froid avait contrasté agréablement avec la chaleur des doigts de Damian, qui l'avaient délicieusement effleuré en lui entravant les chevilles.

Il roula sur les genoux. Sans même s'en rendre compte, il se mit à caresser ses testicules de la main gauche et son sexe de la droite. Il repensa à la douceur des doigts de Damian sur son bras, puis à cette poigne de fer qui l'avait 'puni' d'une claque sur les fesses.

Nick jouit encore dans un grand cri, cambrant le dos pour s'offrir à l'homme qu'il imaginait derrière lui.

19

II

ASHLEY ÉTAIT impatient.

— Quoi, le bougre n'est pas venu ?

— Non, répondit Damian, et son agence n'arrive pas à le localiser. Il va falloir qu'on prenne un autre modèle.

Il était un petit peu distrait. Nicholas n'était pas venu non plus, et il avait lui-même passé une nuit agitée. Chaque fois qu'il avait essayé de s'endormir, il s'était retrouvé en train de rallumer la lumière, pour admirer la marque qu'il avait faite à Nicholas, s'attirant son regard choqué.

Il décida de brûler les négatifs. Après tout, le jeune homme n'avait pas donné son accord, il n'était donc pas éthique que Damian les conserve. Oui, il les brûlerait.

Mais pas tout de suite.

— Alors, qu'est-ce que tu préférerais ? Un blond, un brun ? demanda Ashley en feuilletant le catalogue de l'agence. On va devoir les recevoir en personne, pas vrai ?

— Bien sûr. On ne peut jamais savoir s'ils disent la vérité sur ces fiches. Il y en a même qui mentent sur leurs mensurations, fit Damian.

— Ils donnent leurs mensurations ? s'exclama Ashley avec enthousiasme en regardant les fiches.

— Taille et poids, Ash, pas la longueur, répondit Damian avec un petit sourire narquois.

Il se tourna en entendant le léger craquement de la porte qui s'ouvrait. Nicholas se tenait là, posant sagement son sac dans un coin, hors du passage.

— Bonjour Damian, monsieur Winthrop. Vous voulez un café ? marmonna-t-il, les yeux baissés.

Il n'osait pas regarder Damian, de peur que l'autre homme se moque de lui. Ou pire, que Damian devine rien qu'à le voir qu'il avait passé la nuit à se masturber en pensant à lui... et, plus humiliant encore, à *faire* des choses pour lui.

— Oui, s'il te plaît, descends nous en acheter trois, ainsi que des muffins, répondit joyeusement Damian en lui tendant de l'argent.

— Un café au lait pour moi, renchérit Ashley. Un grand, à la cannelle...

— Je n'ai pas oublié, monsieur Winthrop. Grand décaféiné à la cannelle, crème fouettée basses calories.

Nick prit l'argent en évitant soigneusement de toucher les doigts de Damian, et il s'éclipsa pour se rendre dans le café que son employeur préférait.

Ashley regarda Nicholas repartir d'un air incrédule, puis son regard se reporta sur Damian, qui souriait bêtement.

— Que lui as-tu fait pour qu'il se comporte aussi bien ?

— Oh, je lui ai juste donné une petite fessée, lui confia Damian.

Ashley rit de bon cœur.

— Si seulement ! Mais de nos jours, avec toutes ces poursuites en justice, on ne peut plus faire ça à ses employés. Et c'est bien dommage. Beaucoup de ces gamins pourraient s'améliorer sous une poigne de fer. Enfin, quoi que tu aies fait, il semblerait que ça marche.

Damian rit lui aussi, se demandant ce que penserait Ashley s'il savait ce qui s'était vraiment passé.

— Un brun, reprit-il.

— Quoi, qu'est-ce que… ? Oh, le modèle. Oui, j'aurais tendance à être de ton avis, sauf pour ces lanières de cuir noir. Elles ressortent mieux sur un blond, précisa Ashley en penchant la tête pour scruter de nouveau les fiches.

— Je pensais me servir de Nicholas pour quelques clichés, dit Damian, l'air de rien.

Le ton soigneusement évasif qu'il avait pris mit aussitôt la puce à l'oreille d'Ashley. Il décida de taquiner un peu la proverbiale anguille sous roche…

— Je ne sais pas, mon cher Damian, tu ne peux pas entraîner là-dedans un innocent comme lui, dit-il en se frottant le menton, l'air pensif. Il serait choqué. Très choqué.

Damian sourit, se rappelant avec quelle facilité Nicholas s'était déshabillé pour lui.

— Je ne pensais pas aux clichés coquins. Je me disais juste qu'il serait parfait pour certains vêtements en cuir.

Ashley réfléchit.

— D'accord, il est beau garçon, même s'il est énervant. On lui demandera. Tu comptes le payer au tarif d'un modèle ?

— S'il s'en sort bien. Je vais devoir faire une séance d'essai, bien sûr.

— Bien sûr, acquiesça Ashley, un petit sourire sur les lèvres.

La porte se rouvrit, et Nick reparut, portant en équilibre une boîte en carton contenant une sélection de pâtisseries et trois cafés. Il posa le tout sur la petite table de la cuisine, apportant en outre des serviettes et des assiettes en papier. Il sortit la crème du réfrigérateur et ajouta des cuillères pour le sucre.

— Assieds-toi avec nous, Nicholas, dit Damian.

Nick le regarda entre ses cils à demi-baissés, sans lever la tête. Allait-il être licencié ou allait-on lui faire des avances ? Damian poussa un des cafés vers lui.

— Ashley a une proposition à te soumettre.

Nick rougit furieusement, se demandant si Damian avait dit au séduisant homme blond ce qui s'était passé la veille. Il fit mine de se lever, mais une main s'enroula à son poignet, le retenant.

Damian prit un ton apaisant pour calmer le jeune homme.

— Ce n'est pas si terrible, Nicholas. Il veut juste savoir si tu serais d'accord pour poser pour quelques vêtements.

Ashley poussa un vieux catalogue sur la table, et Nick vit un pantalon ordinaire en cuir, un peu comme celui qu'il pourrait porter pour aller danser dans un club, du moins s'il avait assez d'argent pour le pantalon, ou le club.

Il leva les yeux et vit Damian lui sourire d'un air rassurant.

— J'aimerais que tu fasses quelques essais si tu es d'accord. Après tout, Ashley aura besoin de te voir sur pellicule avant de prendre une décision.

Nick hocha légèrement la tête tout en poussant un soupir de soulagement. Il comprenait – en somme, Damian lui disait à mots couverts qu'Ashley n'avait pas vu les clichés de la veille.

— D'accord, je crois… que c'est quelque chose que je peux faire.

Sa voix s'était légèrement tendue sur le *'quelque chose'*.

Damian lui fit un large sourire satisfait. Si Nicholas acceptait, il se laisserait convaincre de poser aussi pour des accessoires plus osés. Damian n'en doutait pas. Considérant qu'il détenait la preuve sur papier glacé que Nicholas avait apprécié la séance, il se dit qu'il n'aurait pas de problème pourvu qu'il manœuvre en beauté, avec délicatesse et doigté.

Tout en suivant leur échange subtil, Ashley léchait la crème fouettée le long de sa paille. Damian mijotait quelque chose ; Ashley en était sûr. Il se régalait à les regarder, d'autant que la veille, Nicholas s'était montré rétif, limite grossier. Mais aujourd'hui, il était poli et… prudent. Il avait dû se passer *quelque chose* entre eux.

— Nicholas, appelle l'agence pour ces modèles et arrange une journée portes ouvertes pour les auditions de demain, ordonna Damian. Quand ce sera fait, rejoins-nous à l'arrière. On va te trouver un pantalon à ta taille et je prendrai quelques clichés.

Il se leva et se dirigea vers l'atelier avec Ashley, sans vérifier si Nicholas suivait ses ordres.

— Allez, tu peux me le dire, le cajola Ashley d'un ton persuasif.

— Te dire quoi ? demanda Damian.

— Qu'est-ce qui s'est passé entre le gamin et toi ? Tu ne lui as pas vraiment donné de fessée... pas vrai ?

Ashley s'ajusta inconsciemment dans son pantalon qui semblait avoir tout à coup rétréci.

— Si je l'avais fait, tu crois que je te le dirais ? le taquina Damian. Et peut-être que je ne l'ai pas fait, peut-être que j'essayais juste de t'impressionner.

Ashley s'esclaffa, se penchant tellement qu'il glissa de son tabouret. Damian tendit la main pour le stabiliser, souriant de voir son ami si amusé.

— Comme si tu te souciais d'impressionner qui que ce soit ! s'écria Ashley, hors d'haleine.

Nick entra et les observa en silence jusqu'à ce que Damian flanque un coup de coude à Ashley pour qu'il se tienne bien.

— Tu as fait tout ce que je t'avais demandé ?

— Ouais, c'est d'accord avec l'agence, les modèles se présenteront demain entre huit heures et midi, mais quelques-uns ne pourront passer qu'ensuite, entre treize et dix-sept heures. C'est bon ?

— Ouais, pas de problème, répondit Damian. Quel est ton tour de taille et d'entrejambe ?

Nick marmonna une réponse, et Ashley fouilla dans le stock qu'il avait apporté, en sortant rapidement tous les pantalons à la taille de Nick.

Le jeune homme tendit la main pour caresser un pantalon couleur lie-de-vin, fait du cuir le plus souple.

— J'aime bien celui-là.

— Il ira très bien avec ton teint, gamin, approuva Damian en se rappelant la peau douce couleur miel qui lui avait été entièrement dévoilée la nuit précédente.

Nick leva vers lui un regard contrit, se demandant ce qu'il pensait. Il espéra que son excitation ne se voyait pas, ignorant qu'en fait, ses grands yeux et ses lèvres entrouvertes en disaient long.

— Enfile ça avec, ajouta Ashley en lui lançant une chemise blanche.

Nick l'attrapa et fit glisser ses doigts sur le tissu soyeux.

— Va t'habiller, gamin, le pressa Damian. On va faire quelques clichés pour qu'Ashley puisse prendre une décision.

Nick se rendit dans la salle de bain pour se changer tandis que Damian installait son appareil photo numérique sur le trépied, là où il l'avait laissé la veille. Cela l'amusait de mettre Nick en scène dans le même décor, et il se demanda malicieusement à quel point cela mettrait le jeune homme mal à l'aise.

Ashley émit un sifflement quand Nick émergea de la salle de bain. La soie de la chemise était fine et les aréoles sombres de ses mamelons étaient visibles à travers le tissu. Le pantalon en cuir collait à ses hanches minces, moulant ses fesses avec précision, les lignes douces révélant aux deux hommes plus âgés qu'il ne portait rien en-dessous.

— Nicholas, dit Damian, sa voix rauque ronronnant de pouvoir, installe-toi dans le décor. Mets les mains derrière toi et appuie-toi à la barre.

Nick sentit son sexe se contracter au ton de la voix de Damian ; l'accent traînant, autoritaire, promettait une généreuse récompense pour peu qu'il lui obéisse. Il se dirigea machinalement vers la toile de fond, frissonnant en sentant le béton froid sous ses pieds nus ; la toile était d'un contact à peine plus chaud. Il trébucha sur le petit monticule de mousse qui se trouvait sous le tissu et qu'il avait complètement oublié.

Quand il atteignit la barre, Nick fit face à Damian, légèrement de biais dans la lumière, posant un regard interrogateur sur le photographe pour savoir si la pose était correcte.

— Mains derrière le dos. Appuie-toi à la barre, l'encouragea Damian.

Ashley se déplaça brusquement pour se placer derrière le chariot où se trouvait l'ordinateur relié à l'appareil photo afin de dissimuler son érection naissante. Comme Damian l'avait ordonné, Nick, les mains derrière le dos, agrippait la barre en cambrant le dos. Ses mamelons avaient durci et les petites pointes saillaient, bien dessinées, sous la fine soie blanche.

— C'est bien, approuva doucement Damian.

Même d'où il se tenait, Ashley voyait clairement le cuir souple dessiner chaque veine du sexe en érection de Nicholas, tant était grand l'effet qu'avaient sur lui les inflexions de voix de Damian. Le jeune homme avait beau lutter, son érection ne faisait que croître.

La pose qu'il avait prise donnait l'impression qu'il avait les mains attachées dans le dos. Il avait un regard à l'éclat rebelle et une bouche au pli mécontent. Ses boucles noires lui balayaient presque les épaules.

Damian se rapprocha pour lui ébouriffer les cheveux, lui donnant l'air de sortir du lit. Il prit son propre baume à lèvres pour l'étaler sur sa bouche rose jusqu'à ce qu'elle prenne un aspect luisant. Damian feignit de ne pas remarquer que Nicholas sursautait à chaque fois qu'il le touchait, haletant doucement, les lèvres entrouvertes. Comme touche finale, il défit un bouton de la chemise, glissant délibérément ses doigts sur la peau exposée histoire d'ouvrir un peu plus la chemise. Il sourit en plongeant les yeux dans ceux de Nicholas quand il entendit un petit grognement de plaisir, inaudible pour Ashley.

— C'est bien, répéta-t-il en retournant à son appareil photo.

Nick avait une conscience aiguë de chaque effleurement de Damian, de son pouce qui étalait le baume sur ses lèvres, de ses doigts qui glissaient le long de son torse, de ses mains sur ses épaules pour lui faire prendre la pose. Il en oublia jusqu'à la présence d'Ashley dans l'atelier.

— Damian, dit Ashley d'une voix haletante, il est parfait !

— Si parfait qu'on en mangerait ? badina Damian à mi-voix pour que Nick ne puisse pas entendre les mots, juste sa voix.

— Parfait pour une fessée ! admit Ashley en riant tandis que Damian fronçait les sourcils.

Ayant repris le contrôle de sa libido, il déambula derrière le photographe.

— Ne t'inquiète pas ; il est à toi. Tu l'as repéré en premier.

— À moi ? s'écria Damian, choqué. Je ne veux pas de lui. J'en ai fini avec tout ça.

— Oh non, tu n'en as pas fini, le contredit Ashley avec conviction. D'ailleurs, il est à toi, que tu le veuilles ou non. Il se met au garde-à-vous dès que tu ouvres la bouche ! Regarde.

Élevant la voix, il s'adressa au jeune homme :

— Nicholas, tourne-toi un petit peu vers la gauche.

— D'accord, lui répondit Nick avec assurance, se déplaçant comme Ashley l'avait demandé.

— Tu vois ? Pas de réaction. À ton tour.

Damian leva les yeux au ciel et sourit à Nicholas.

— Descends un peu sur la barre, à droite de l'appareil photo.

— Oui, monsieur.

Ashley eut un sourire satisfait quand le jeune homme, qui s'était montré si rétif la veille, glissa docilement dans la direction indiquée, non sans un regard anxieux vers Damian pour s'assurer qu'il faisait bien ce qu'on lui demandait.

— Merci, dit Damian avec courtoisie.

On aurait dit que Nicholas venait d'ouvrir son cadeau de Noël.

— Tu vois ? Il est à toi, répéta Ashley en poussant le photographe du coude.

— Je ne veux pas de lui. Je ne veux personne, grommela Damian en commençant à prendre des photos.

Bien sûr que tu ne veux personne, mais quelqu'un te veut, même s'il ne le sait pas encore, songea Ashley avec perspicacité. *Et je ne pense pas que tu aies ton mot à dire dans cette histoire.*

Il reprit à voix haute :

— Arrête de te conduire en ermite, Ian. Tu n'as que trente-deux ans ! Tu as encore toute la vie devant toi. Tu veux que toutes les années qu'il te reste à vivre soient complètement vides ?

Il leva une main pour arrêter la vive riposte du photographe.

— Je sais ; tu as ton *art*. Mais est-ce que tu vas vraiment laisser passer ta chance de mettre cette magnifique créature dans ton lit ?

Damian s'humecta sensuellement les lèvres en se retournant vers Nicholas.

— Déboutonne entièrement ta chemise, commanda-t-il d'une voix dure.

Il grimaça en voyant l'air blessé de Nicholas tandis qu'il commençait à la déboutonner.

Damian s'avança et écarta les pans de chemise pour découvrir largement le torse du jeune homme.

— Désolé, Ashley se fout de moi, murmura-t-il.

— Ce n'est pas grave, répondit doucement Nick.

Damian caressa la hanche du jeune homme d'un air absent, plongeant le regard dans ses yeux interrogateurs lorsqu'il l'entendit prendre une vive inspiration.

— Détends-toi, gamin. Pas maintenant.

Nick acquiesça, les pupilles dilatées et la respiration haletante. Il était sûr que son sexe était souligné par le cuir qui lui collait à la peau et que les deux hommes pouvaient le voir, mais il n'osait baisser les yeux pour le vérifier.

Damian redevint professionnel en se remettant à prendre des photos.

— Bien, Nicholas, enlève la chemise maintenant.

Nick obéit, sa peau sombre luisant comme de la soie sous les projecteurs avec un soupçon de sueur.

— Joli tatouage, Nicholas. Quand te l'es-tu fait faire ? demanda Ashley.

Nick jeta un coup d'œil à l'oiseau partiellement visible sur sa hanche, remarquant que la ligne de poils qui descendait de son nombril était très perceptible dans ce pantalon taille basse.

— Quand je suis venu étudier à Londres, répondit-il, son regard volant vers Damian.

Le photographe eut un sourire narquois.

— Tu as besoin d'une pause, Nicholas ? le taquina-t-il.

Mais il avait un regard sérieux ; il se demandait si le gamin était vraiment mal à l'aise.

— Non !

Eh bien... Nicholas avait protesté un peu trop vivement... Détournant le regard, il remarqua qu'Ashley aussi se moquait de lui. Quand Damian lui ordonna de se retourner, il obtempéra aussitôt, soulagé. Il jeta un coup d'œil par-dessus son épaule, pour constater que les hommes avaient tous deux les yeux rivés sur ses fesses, mais tant qu'il était tourné de ce côté ils ne pouvaient pas deviner combien il était excité dès que Damian lui donnait des ordres.

Ashley avait bien du mal à retenir sa main. La façon dont le pantalon de cuir soulignait les deux globes parfaits de son modèle en les moulant au point de dessiner parfaitement la raie lui faisait sentir qu'il devrait passer par son club favori le plus tôt possible. De préférence, cet après-midi même.

— Cambre les fesses, Nicholas, dit Damian.

Ashley jeta un coup d'œil à l'entrejambe de l'autre homme. Il avait toujours su que Damian était très bien pourvu, mais là, c'était encore plus impressionnant, non ? Il aurait fallu être un surhomme pour résister à quelqu'un comme Nicholas. C'était un soumis né, et les mains d'Ashley le démangeaient d'assurer sa *formation*.

Mais il était également un homme honorable, et il aimait vraiment beaucoup Damian. Il l'avait invité dans son club favori en lui présentant de beaux jeunes hommes, et Damian s'était toujours dérobé avec le sourire. Ashley avait l'impression qu'il avait cette fois trouvé chaussure à son pied. Le gamin avait de l'esprit, mais il avait besoin d'une personne responsable pour le prendre en charge, et il semblait avoir jeté son dévolu

27

sur Damian. Cela prendrait du temps, mais il était sûr que tôt ou tard, Damian succomberait aux charmes du jeune homme.

— Euh, je dois y aller, Ian, dit Ashley en se déplaçant impatiemment.

— Attends. Laisse-moi télécharger ces clichés, et tu pourras y jeter un coup d'œil. On a fait tout ça pour que tu décides d'engager ou non Nicholas comme modèle, insista Damian. Ça ne prendra qu'une minute.

Oh, je veux le prendre, *ça, c'est certain !,* pensa Ashley de façon irrépressible, mais il se contenta de suivre Damian vers l'ordinateur.

— Approche, Nicholas. Viens voir à quoi tu ressembles dans l'œil de l'objectif.

Nick rejoignit les deux hommes, curieux de voir de quoi il avait l'air dans ces vêtements.

— Putain ! jura Damian d'une voix rauque et basse en voyant les images s'afficher à l'écran. Nicholas, tu es fait pour ça !

Fait pour être soumis, oui, pensa Ashley.

— Bon travail, Nicholas, approuva-t-il à voix haute. Pour moi, tu conviens parfaitement. Enfin, si tu es d'accord ?

Nick croisa les bras, se sentant exposé, sans chemise, si près de ces deux hommes. Il était inconfortablement conscient d'Ashley, qui semblait fasciné par ses mamelons comme par des cibles potentielles. Il observa Damian à travers ses cils à demi-baissés, quêtant son approbation.

Ce dernier acquiesça en souriant.

— J'aimerais beaucoup te photographier, si tu le veux bien.

— D'accord, dit Nick, les yeux brillants, sans que Damian comprenne pourquoi.

— Bien !

Ashley frappa dans ses mains, faisant sursauter les deux autres hommes, perdus dans leur contemplation mutuelle.

— Je vais y aller, alors. À plus, Ian, je te verrai demain. Merci, Nicholas. Tu vas être un véritable atout, j'en suis sûr.

Il se précipita vers la porte pour foncer à son club, situé non loin de là. Il avait vraiment besoin de se soulager.

Bras croisés, Nick se demandait s'il devrait aller se changer.

— Eh bien, va l'enlever, dit Damian avec un regard appuyé sur le renflement de son pantalon. Il ne faudrait pas que tu le distendes trop, sinon il sera trop ample pour la prochaine séance.

Nick rougit furieusement et courut se réfugier dans la salle de bain, ignorant que Damian dut presser son entrejambe à la vue de ces fesses parfaites qui se mouvaient sous le cuir fin.

Quand il fut de nouveau à l'aise dans ses vêtements amples, Nick pendit le pantalon en cuir sur le cintre que Damian lui avait fourni.

Captant des bruits dans la chambre noire, il se rapprocha de la porte et hasarda un coup d'œil à l'intérieur de la pièce.

— Vous avez encore besoin de moi aujourd'hui ?

Damian se retourna avec un air coupable en dissimulant quelque chose dans son dos.

— Oh ! Non, je ne pense pas. Tu peux y aller, Nicholas.

— D'accord. À demain, alors ?

Damian sourit devant la mine pleine d'espoir du jeune homme

— À demain. Ne sois pas en retard.

— Oui, monsieur !

Surpris, Damian regarda s'éloigner le jeune homme mince. Peut-être qu'Ashley avait raison.

Nick et lui dormirent très peu cette nuit-là.

III

NICK CONNUT les affres de la jalousie le jour suivant, bien qu'il ne connût pas suffisamment le sentiment pour l'appeler par son nom. Bien calés sur leurs tabourets, dans l'atelier, Damian et Ashley laissaient à Nick le soin de vérifier les identités au fur et à mesure que les modèles se présentaient. Tous étaient presque trop beaux, et Nick se demanda tristement comment un mec ordinaire comme lui aurait pu soutenir la comparaison. Tous étaient presque plus grands que lui aussi, et la plupart d'entre eux avaient un corps parfaitement musclé ainsi qu'un visage parfait.

Il baissa les yeux en louchant sur son propre nez. Il ne se rappelait pas vraiment comment il était avant qu'il ne le casse, mais même s'il avait été parfait, ce n'était rien en comparaison de ces professionnels.

Il avait regardé Ashley fouiller dans ses boîtes de produits, sélectionnant divers articles pour les séances d'essai. Les modèles semblaient parfaitement à l'aise dans le plus simple appareil, nullement embarrassés par la collection de menottes, fers, cages de chasteté, et masques qu'ils portaient pour leur séance ; autant d'objets qui faisaient rougir Nick, tout en le fascinant.

Damian aimerait-il le voir porter ces jouets sexuels ? Bien sûr, il avait entendu parler de ces objets de perversion ; Internet étant ce qu'il était, tout le monde pouvait voir des choses susceptibles de choquer les mères de famille, mais Nick n'aurait jamais cru se retrouver un jour dans une pièce remplie de ces objets, et encore moins en porter. Le pantalon en cuir qu'il avait passé la veille était très sage comparé aux *vêtements* qu'il découvrait aujourd'hui.

Ashley et Damian plaisantaient avec les jeunes hommes au comportement très détendu. Seuls deux d'entre eux étaient partis, indignés, quand ils avaient vu le matériel utilisé, refusant l'audition. Nick se demandait pourquoi ils avaient pris la peine de venir ; l'agence avait été informée de la nature du projet.

Il se rendit subrepticement deux fois dans la salle de bain, incapable de s'empêcher de se toucher ; une première fois quand Ashley frappa en riant jusqu'à ce qu'elles rougissent les fesses d'un modèle blond avec une tapette en cuir, et une seconde quand Damian mit un harnais en cuir à un jeune homme, en y ajoutant une cage de chasteté et un étireur de testicules. Le blond avait eu l'air d'apprécier la fessée, mais c'était surtout de voir les mains de Damian courir sur le modèle et les imaginer sur sa propre peau, le sanglant dans ce harnais, qui avait fait que Nick avait dû s'accrocher au porte-serviette en serrant les dents pour rester silencieux tandis qu'il éjaculait.

Ce fut encore pire lorsque les modèles femmes se présentèrent l'après-midi, car ce fut un choc pour Nick. Il ne savait pas que Damian avait l'intention de prendre des femmes en photos. S'il y avait réfléchi, Nick aurait supposé que la plupart des hommes fantasmaient sur des femmes dans le rôle de soumises, mais les deux choisies pour jouer le rôle de Dominatrices le terrifiaient. Une fois en costume, elles semblaient prendre un peu trop de plaisir à faire claquer leur fouet comme si elles avaient déjà de l'expérience en la matière.

C'était très déroutant. Nick aurait pu croire que la vue de femmes bien faites dans un costume révélateur l'exciterait, mais il espérait surtout qu'il n'aurait pas à poser avec l'une d'entre elles.

Une fois tous les modèles repartis, Damian et Ashley s'assirent pour examiner les clichés pendant que Nick, campé derrière eux, essayait de les comparer à ses photos sages de la veille. Au désespoir, il se dit que maintenant que des professionnels avaient montré de quoi ils étaient capables, Damian ne penserait même plus à faire appel à lui.

Ashley et Damian trièrent rapidement les photos, en écartant certaines, mettant d'autres dans la pile des *peut-être*, et d'autres encore dans celle des réussies.

— Tu aimes bien celui-là ? demanda Ashley en admirant le blond sur lequel il avait utilisé la tapette. Il sera parfait pour les articles noirs, je pense.

— Ouais, il fera l'affaire, répondit Damian en contemplant un homme noir à la musculature admirable et au torse velu. Tu n'as rien contre un peu de fourrure, pas vrai ? Ça ferait un beau contraste avec Nicholas.

Ce dernier sursauta en entendant son nom. Peut-être que Damian voulait toujours l'utiliser, après tout ?

— Oui, et ce blond aussi. On pourrait les assortir, proposa Ashley, sombre avec lumière, ou bien deux sombres et des lumières.

— Ouais, ça marche pour moi. Qu'est-ce que tu penses de celui-là comme roue de secours ?

— Un rouquin ? fit Ashley d'un air dubitatif. Ça me fait toujours penser à Carrot Top [2]. Ce n'est pas sexy du tout.

— Mais ça fera un super contraste. Et Crispin adore les rouquins, le taquina gentiment Damian.

— C'est vrai, et on doit faire en sorte que Crispin soit content, pas vrai ?

— Non, riposta Damian. *Je* ne dois rien faire. Toi si.

— *Touché !* dit Ashley en riant.

— Et ces deux filles en costume de Dominatrice rendent plutôt bien, je trouve.

— La brune me fait un peu penser à Bettie Paige, répondit Ashley.

Nick se dit qu'il devrait chercher sur Google qui était Bettie Paige, en espérant que ça pourrait un peu éclairer sa lanterne.

— Elle a sa frange, mais pas cette joyeuse innocence qu'avait Bettie Paige, remarqua Damian avec une pointe de regret dans la voix.

— C'est dommage, vraiment. J'aurais beaucoup aimé voir ce que ça aurait donné avec l'originale.

— Ouais, mais je suis né trop tard. Bettie est morte récemment. On va la regretter.

Damian farfouilla dans les Polaroids.

— Et cette blonde aux faux seins ? Qu'en dis-tu ? Elle a l'air d'une parfaite soumise.

Ashley jeta un coup d'œil rapide au Polaroid.

— Tu sais, je ne trouve aucun intérêt à la gent féminine. Faut-il vraiment mettre des femmes dans le catalogue ?

— Leur argent est aussi bon que celui des hommes, lui fit remarquer Damian. Tu te prives de la moitié de tes acheteurs potentiels si tu ne les inclus pas.

— Très bien. Choisis celles que tu préfères, je te fais confiance. Elles se ressemblent toutes pour moi.

Ashley se leva et s'étira, remarquant que Nick était toujours là, et il lui donna une tape sur l'épaule.

— J'espère pouvoir te persuader de poser pour un peu plus que juste ces pantalons en cuir, mon garçon. Tu es plus beau que tous ces modèles

---

2 *Carrot Top*, de son vrai nom *Scott Thompson*, est un humoriste américain né le 25 février 1965. En 1994, il reçoit un American Comedy Award comme Best Male Sit-Down Comedian. Il est aussi connu pour son visage particulier dû à de nombreuses opérations de chirurgie esthétique.

masculins réunis et que la plupart des modèles féminins. Entre toi qui poseras et Damian qui prendra les photos, ce catalogue va entrer dans l'Histoire.

— M...merci, je crois, bégaya Nick, étonné de la tournure des événements.

— Tu es encore à la fac, c'est bien ça ? Je suppose que tu es du genre étudiant pauvre ; sinon, tu ne travaillerais pas pour ce maniaque, dit Ashley en souriant à son ami. Je compte te payer ce que je paye aux autres, à condition que tu te donnes à fond.

Il lui précisa le montant horaire et Nick resta bouche bée devant autant de générosité. C'était presque assez pour qu'il quitte son boulot et se concentre sur ses études. À part qu'il ne voulait *plus* quitter son boulot maintenant.

Il hocha faiblement la tête, et Ashley lui tapota de nouveau l'épaule d'un air rassurant avant de s'en aller.

— Excellent. On se voit demain alors.

— Bon, tu vas me laisser t'admirer dans un de ces costumes scandaleux ? demanda Damian avec un sourire.

— Eh bien, certains d'entre eux sont un peu... un peu...

Nick flancha, à court de mots.

— Extrêmes ?

Nick acquiesça.

Damian sourit.

— Tu t'y habitueras. L'homme est l'animal le plus adaptable de la terre. Ce qui te choque aujourd'hui sera banal demain. Tu verras.

Il hocha la tête pour l'encourager.

— Je ne voudrais pas que ma mère me voie dans un de ces accoutrements, lâcha Nick.

— Je doute qu'elle soit sur la liste d'envoi d'Ashley. Et si jamais elle y était, elle ne te le dirait probablement pas. Mais si ça peut te rassurer, je peux te montrer les clichés que j'ai pris l'autre jour. Tu pourras constater qu'on ne voit pas assez ton visage pour te reconnaître, dit Damian d'un ton neutre dans l'espoir de calmer le jeune homme. L'attrait de l'inconnu est toujours plus fort que la terne réalité.

— J'aimerais bien les voir, lança Nick avec audace. Je ne pensais pas que vous accepteriez.

— Il faut que tu apprennes à demander ce que tu veux, le sermonna gentiment Damian. Comment les gens pourraient te faire plaisir si tu ne leur dis pas quels sont tes besoins ?

Nick ne savait pas trop quoi répondre à ça, mais heureusement, Damian, d'une main dans son dos, le guidait déjà vers la chambre noire.

— Assieds-toi, dit-il en allumant la lumière. Je ne les ai pas montrés à Ashley, si jamais tu te posais la question.

Nick cligna des yeux quand son image apparut sur le grand écran plasma. Damian devait avoir scanné les photos. Il faillit bondir et détaler quand il fut confronté à son propre corps nu. C'était un des premiers clichés ; lorsqu'il avait les mains liées à la barre.

Il déglutit. Il n'avait aucune idée qu'il pouvait ressembler à ça, chaque courbe et chaque creux de ses muscles tendus sous sa peau, brillant comme de l'or bruni sous l'éclairage artistique. Il avait la tête tournée, dans l'ombre, et pourtant il y avait assez de lumière pour révéler la forme d'une pommette et la ligne de sa mâchoire.

Damian fit défiler les photos, observant attentivement les réactions de Nicholas tandis que les clichés devenaient de plus en plus graphiques. Damian avait tenu le câble de déclenchement tout en bloquant les chevilles de Nicholas dans l'écarteur, et avait accidentellement appuyé sur le bouton pendant qu'il s'affairait. Il entendit un hoquet de surprise quand Nicholas découvrit la scène ; le photographe, les muscles saillants sous les manches courtes de son tee-shirt noir, se penchait pour lui écarter les jambes.

Il jeta un coup d'œil nerveux à Damian, et rougit en voyant que l'autre homme le fixait. Il reporta son regard sur l'écran, soulagé que l'obscurité masque son trouble.

— Putain ! laissa-t-il échapper dans un souffle lorsque le dernier cliché apparut.

Son expression, où se lisaient le choc, la soumission et l'espoir mêlés, associée à l'empreinte rougie de la paume sur son cul, firent que son sexe durcit en une seconde. Ses fesses se mirent à palpiter au souvenir de cet instant.

Il sursauta en sentant des mains peser sur ses épaules, le maintenant en place sur son siège.

Une voix rauque lui murmura à l'oreille :

— Est-ce que tu sais combien cette photo m'a excité, Nick ? Je n'ai pas pu dormir la nuit dernière, parce que je ne pensais plus qu'à toi. À ton petit cul serré, à toi, nu, à genoux devant moi. C'est ce que tu veux, Nick, pas vrai ? Tu veux être nu devant moi, à genoux. Ça te plairait si je me servais de toi pour prendre mon plaisir, si je t'utilisais de toutes les façons que je désire ? Est-ce que tu te demandes ce que tu ressentirais si je t'embrassais, si je te prenais dans ma bouche, si je te baisais avec ma langue ?

Damian fut ravi d'entendre le gémissement sourd suscité par ses avances audacieuses. Nick s'était détourné de lui, de sorte que la tension dans ses épaules et sa respiration qui s'accélérait étaient les seuls indices qu'avait Damian pour savoir comment sa tentative de séduction était accueillie.

— Et si je prenais tes mamelons entre mes doigts en les pinçant jusqu'à ce que ces deux cercles sombres deviennent de petites pointes douloureuses, jusqu'à ce que tu penses ne pas pouvoir en supporter plus ? Tu aimes qu'on joue avec tes mamelons ? Qu'on les morde ?

Nick frémit de tout son corps.

— Et si je te disais que je vais enlever ton pantalon et te chauffer les fesses, ça te ferait plaisir ? Est-ce que ton sexe a durci quand je t'ai fessé, alors que tu étais agenouillé, menotté, et attaché à un écarteur, complètement à ma merci ? Lorsque tu n'étais plus qu'un pantin entre mes mains, que j'étais libre de disposer tes membres comme je l'entendais et que tu ne pouvais plus faire que ce que je t'autorisais à faire ? Est-ce que ça t'a excité ?

— Oui, avoua Nick dans un chuchotement.

Un instant, il devint malléable entre les mains de Damian, se relaxant assez pour s'appuyer contre le corps robuste derrière lui. Il sentit Damian l'encercler de ses bras, et il céda soudain à la panique.

Il prit la fuite.

Damian entendit la porte d'entrée claquer avec fracas et lui-même referma les mains en souriant tandis qu'il admirait, fasciné, Nick à l'écran.

— Tu reviendras, mon garçon, prédit-il.

APRÈS AVOIR tourné en rond toute la nuit, Nick se leva au matin complètement épuisé, de sombres cernes sous les yeux. Il s'était masturbé pas moins de six fois durant cette nuit blanche, rejouant inlassablement la scène dans sa tête, avec cette voix sensuelle qui lui chuchotait des suggestions hautement inavouables à l'oreille tout en fixant son propre reflet sur cette photo de débauche, deux poignes de fer le maintenant en place.

Damian l'avait laissé partir ; l'homme était suffisamment fort pour le retenir contre son gré s'il le désirait. Et c'était justement ça qui incitait Nick à lui accorder d'autant plus sa confiance.

Le jeune homme n'avait jamais nourri pareils fantasmes auparavant, mais force était de reconnaître qu'il était incroyablement excité à l'idée que Damian l'attrape, le plaque sur ses genoux, et le fesse. Il se demanda même ce qu'il ressentirait sous les coups de cette tapette en cuir.

Il n'avait jamais soupçonné qu'il pût nourrir en lui le désir de coucher avec un homme, mais voilà... il était véritablement obsédé à l'idée de recevoir sa récompense, à genoux, le sexe dur du photographe lui remplissant la bouche.

Nick rêva de l'odeur et du goût de Damian. Ce dernier était bien pourvu ; il remplissait très bien son pantalon, et il n'était pas du genre à mettre du rembourrage. Il avait aussi un très beau cul. Nick se réveilla en constatant qu'une fois de plus, il caressait son pauvre sexe endolori. Horrifié d'avoir remarqué les fesses d'un autre homme, il se força à interrompre ses attouchements. Le frisson de l'inconnu l'excitait comme jamais. Toutes ses aventures avec les filles avec qui il était sorti, ou même les femmes superbes qu'il avait pu admirer habillées en SM... Non, rien de ce qu'il avait pu vivre jusqu'à présent ne lui avait causé pareils émois.

Quant à ne pas se présenter à la séance photo prévue, c'était exclu. Nick ne se considérait pas comme exceptionnellement courageux, mais il était hors de question qu'il prenne la fuite. Il allait devoir faire face à Damian.

IV

DAMIAN FUT surpris de voir arriver Nick un peu en avance ; il fallait croire que la ponctualité du jeune homme s'était nettement améliorée depuis cette nuit mémorable. Et aujourd'hui, il se tenait plus droit, regardant fièrement Damian dans les yeux pour la première fois de la semaine.

Le maquilleur était venu accompagné de son assistant, interrompant les confidences qu'ils auraient pu se faire. Nick aida Gabe à porter son matériel, puis il dut également aider les modèles à se préparer.

Ashley survint sur ces entrefaites, et Nick fut ensuite chargé d'aller chercher le café et les pâtisseries du petit-déjeuner.

— Tu ne crois pas que tu devrais engager un assistant temporaire pour seconder Nicholas ? demanda Ashley. C'est juste une question de bon sens ; je ne veux pas qu'il soit fatigué au point de piquer du nez en pleine séance.

Damian en fut médusé.

— Je n'y avais pas pensé, avoua-t-il.

— Tu es obtus, plaisanta Ashley en lui flanquant une tape à la tête. Je vais faire venir quelqu'un de mon bureau. Je ne veux pas que le gamin imagine qu'on le remplace. Je ferai appel à *mon* assistant.

— Tu veux dire mon *ex*-assistant, le corrigea Damian.

— Ah, tu n'as rien perdu, crois-moi, répondit Ashley avec désinvolture. Derek n'apprécie même pas une petite fessée. Je suis passé à autre chose. Mais il est très efficace, et je n'ai pas besoin de lui cacher quoi que ce soit.

— Bien, dit Damian en riant. Je suis content d'apprendre que Derek peut organiser tes petits rendez-vous pervers sans rechigner.

Nick reparut à ce moment-là, chargé de paquets, et Ashley se précipita pour voler à sa rescousse.

— Laisse-moi te débarrasser, mon garçon. Je vais appeler mon assistant pour qu'il nous aide durant la séance, donc tu devrais peut-être aller voir le maquilleur maintenant.

Nick réalisa que les deux premiers modèles étaient déjà dans le studio, et il se dirigea d'un pas hésitant vers la salle de maquillage, soulagé que les modèles féminins n'arrivent normalement qu'après la séance maquillage des modèles masculins.

— Enlève ta chemise, dirent en chœur Gabe et son assistant.

Celui-ci ressemblait beaucoup à Gabe, sauf qu'il était un peu moins élancé, légèrement moins svelte, un peu plus dégarni, et encore plus flamboyant dans ses choix vestimentaires.

Nick s'exécuta en serrant les dents. Gabe allait se régaler.

— Bas les pattes ! Garde tes mains chez toi.

— *Oooh*, chéri, le nargua Gabe, ne t'en fais pas. Je ne voudrais pas que ton *maitre* me fesse !

Nick rougit, mortifié ; ces simples mots l'excitaient *et* l'embarrassaient tout à la fois. Tourmenté par ses désirs brûlants tapis au fond de lui, il se sentait maintenant terriblement exposé, sous le regard trop perçant de Gabe.

Ce dernier lui noua une cape en plastique autour du cou et lui tapota gentiment l'épaule.

— Ne fais pas attention, chéri. C'est juste que j'aime bien te taquiner. Ta vertu est sauve avec moi, dit-il doucement, pour éviter que les autres modèles l'entendent.

Nick fut surpris par ses accents de sincérité.

— Merci, Gabe. Je suis… un peu nerveux. Tout cela est vraiment nouveau pour moi.

— Ne t'en fais pas, chéri, insista Gabe. J'ai déjà travaillé avec Ashley. Si tu n'es pas de la partie, il n'utilisera jamais ses jouets sur toi. Et je doute que Damian le laisse te faire du mal, de toute façon.

— Pourquoi ?

Nick espérait que Gabe savait ce que Damian ressentait pour lui, car lui-même n'en avait aucune idée.

— Les procès, chéri. Pas question que des modèles se blessent en cours de séance, minauda Gabe en poussant l'autre modèle d'un coup de hanche en élevant la voix. À moins qu'ils ne supplient, bien sûr.

— Qui parle de supplier ? badina le jeune homme blond en souriant.

Nick reconnut celui auquel Ashley avait administré la fessée lors de l'audition.

— C'est ma spécialité.

— Markie va rentrer avec Ashley ce soir, chuchota Gabe à l'oreille de Nick, et tel que je connais mon Ashley, Markie reviendra demain avec de belles zébrures sur les fesses. Il adore la canne, et Ashley est un expert. Il le fera probablement crier jusqu'au petit matin.

Nick se demanda soudain s'il n'était pas en train de commettre une grossière erreur.

NICK DÉCIDA que poser consistait principalement à attendre pendant de longues périodes, entrecoupées de rares instants fascinants. *Ou* terrifiants. Il avait commencé la semaine, sûr et certain d'être hétéro, sans avoir jamais entendu parler de ces objets qu'il découvrait aujourd'hui, et voilà maintenant qu'un homme l'avait tenu dans ses bras pour la première fois.

Et il avait aimé ça.

Était-ce à cause de la lueur farouchement possessive qui brillait dans les yeux de Damian à la vue des deux modèles enlacés ? Ashley avait eu raison ; la ténébreuse beauté exotique de Nick contrastait agréablement avec le teint laiteux et la mine éclatante du grand jeune homme blond.

Markie était plus grand et plus musclé que Nick qui, dans ses bras, semblait presque frêle et délicat par opposition. Tous deux portaient des jambières de cuir noir sur un string assorti flattant avantageusement leurs parties génitales. Nick tournait le dos à la caméra tandis que le jeune homme blond le maintenait par les bras en position, de sorte qu'il avait le visage dans l'ombre et les fesses complètement exposées, une ficelle de soie émergeant seule entre ses deux sphères.

Damian n'avait habituellement aucun problème avec ce genre de séance de pose ; il en avait tellement fait. Mais voir Nick dans diverses tenues révélatrices avec les mains d'un autre sur son corps était pour lui une véritable torture. Il avait pris soin de tenir Nick éloigné des modèles féminins, et il s'était assuré qu'aucun des modèles masculins n'en viendrait à toucher les fesses de Nick ; elles lui *appartenaient*.

Il coupa court à ses pensées, furieux contre lui-même. D'où est-ce que *ça* venait ? Était-il prêt à se rendre de nouveau émotionnellement vulnérable, qui plus est pour un gamin de dix ans son cadet, qui n'avait jamais fait partie de la scène BDSM et qui ne savait rien des jeux auxquels il se livrait ?

Nick l'intriguait, et voilà tout, se dit-il. Il ne fallait pas chercher plus loin. À supposer même qu'une relation se noue entre eux, il ne s'impliquerait pas émotionnellement avec le jeune homme. Et cette prudente réserve lui faciliterait ensuite une rupture inéluctable.

Ashley procéda à de légers ajustements sur le plateau puis sortit du champ dès qu'il fut satisfait.

Damian leva les yeux et se mit à grogner ; le blond avait les doigts sur les fesses appétissantes de Nick, l'attirant tout contre lui afin de plaquer leurs entrejambes. Nick se contorsionnait légèrement, écartant le haut de son corps du sien, cherchant à repousser le torse nu de l'autre, comme s'il était non consentant.

C'était une superbe photo, donc Damian se hâta de la prendre ; tout à son travail, il retrouva son sang-froid, et des idées claires. Nick *était* réticent, sauf quand il avait affaire à *lui*, Damian. Comme pour lui donner raison, dès que le modèle blond relâcha le jeune homme, celui-ci chancela légèrement dans sa hâte à s'éloigner, et pour la première fois, son cache-sexe en cuir souple ne se tendit pas sous l'effet de l'excitation.

Damian se précipita pour le rattraper par le bras ; il lui tendit une serviette pour lui permettre de se couvrir par pudeur.

— C'était la dernière prise de la journée. Va te rhabiller.

Nick acquiesça avec soulagement en chuchotant :

— Je suis désolé. Je ne savais pas qu'il allait faire ça.

Damian hocha la tête et le poussa gentiment en direction du vestiaire.

— Va t'habiller. On parlera plus tard.

Quand Nick et Markie eurent quitté la pièce, Damian se tourna vers son machiavélique client, le regard luisant d'un éclat furibond.

— C'était quoi, ce bordel ? fulmina-t-il.

— Que veux-tu que j'en sache, cher ami. Je ne suis pas dans le coup, répondit Ashley avec désinvolture.

Il attrapa une canne en rotin qu'il fit tournoyer dans les airs, la faisant siffler de façon menaçante.

Damian lui saisit le bras, le stoppant net dans son élan.

— Tu as demandé à ce modèle blond d'agripper les fesses de Nick. Dis-lui de garder ses mains loin de mon… !

Il s'arrêta subitement, choqué par ce qu'il avait failli laisser échapper.

— Ne t'inquiète pas, Ian. Si Markie a des airs de dominant, en réalité, c'est un vrai soumis. Et ce soir, il va la sentir passer, crois-moi, ajouta Ashley en se remettant à faire des moulinets avec la canne. Il était temps que tu reprennes tes esprits.

— Que je reprenne… ! Mais de quoi tu parles ? éclata Damian, furieux.

— Il te désire. Tu le désires. Nick est curieux. Revendique-le avant qu'un autre ne le fasse. Il est innocent, et on pourrait facilement lui faire du mal. Il ne sera jamais à fond dedans, mais il est si beau, si tu ne le prends pas

40

en main, il échouera dans un club minable et se fera laminer, prédit Ashley avec gravité. Tu as une responsabilité envers lui.

— Pourquoi moi ? soupira Damian en se passant les mains dans ses cheveux blonds. Je ne veux pas de cette responsabilité.

— Tu mens, toi qui es généralement un homme honnête, lui fit remarquer Ashley. Écoute, Ian, tu n'as pas à me dire quoi que ce soit, même si j'adorerais avoir tous les détails croustillants, chaque gémissement, chaque râle, avec une description complète de ses fesses quand elles sont joliment rosies, mais il t'appartient. Pire même, tu commences à lui appartenir.

— C'est bien ce qui m'inquiète, concéda Damian avec un petit sourire triste.

Ashley posa une main compatissante sur son épaule.

— Nous aimons à penser que nous avons le pouvoir, mais c'est bien nous, pauvres Dominants, qui sommes les véritables esclaves. Nous devons faire tout le travail et en plus offrir aux soumis les sensations qu'ils recherchent, sinon ils se plaignent et nous voilà chassés de leurs vies dans la honte, conclut Ashley de façon dramatique.

— Pauvre Ashley, se moqua Damian.

Le blond réapparut dans le studio en vêtements de ville et passa un bras autour de la taille d'Ashley.

— Prêt, mon amour ?

— C'est 'Monsieur' pour toi, le reprit sèchement Ashley, avant d'offrir un large sourire à Damian. Le devoir m'appelle. Ce joli petit cul sera joliment zébré demain par les coups de canne.

— Garde-le bien en main, le taquina Damian.

— Toujours, se rengorgea Ashley, en pétrissant les fesses de Markie avant de lui donner une petite tape. Vas-y.

— Oui, Monsieur, répondit le blond docilement – non sans un clin d'œil à Damian avant d'emboîter le pas à Ashley.

Dans son habituel jean baggy, Nick, bouche bée, regarda les deux amants s'en aller.

— Ferme la porte à clef, Nick, lui demanda Damian.

Le jeune homme obéit sans mot dire. Puis il attendit en silence que Damian reprenne la parole.

Ce dernier s'affairait, sans prêter attention à la déconfiture de Nick. Finalement, il se dirigea vers son bureau.

— Suis-moi.

Nick le suivit.

De style dépouillé et moderne, le bureau comportait cependant une vieille chaise en bois à dos droit, invariablement repoussée de côté, et Nick se demanda quels liens sentimentaux la rattachaient à Damian, car elle jurait avec les lignes épurées des autres meubles.

Damian poussa la chaise au milieu de la pièce et s'y assit. Il montra le sol du doigt, et d'instinct, Nick se mit à genoux, dans l'expectative. Son cœur battit la chamade, et sa respiration s'accéléra. Anxieux, il leva les yeux vers Damian.

— Baisse les yeux, pet [3], ordonna ce dernier.

Nick s'exécuta en tremblant.

— Croise les mains dans le dos.

Nick obtempéra.

— Qu'attends-tu de moi, Nicholas ?

Nick faillit relever les yeux en entendant la note presque plaintive dans la voix de Damian.

— Je ne suis pas sûr de le savoir.

— *Monsieur.* Tu m'appelleras Monsieur quand nous serons seuls comme maintenant, l'instruisit Damian, et le tremblement, dans sa voix, avait disparu. La nuit dernière, je t'ai posé des questions. Tu te rappelles ?

— Oui, Monsieur, répondit assez docilement Nick.

Sa respiration précipitée le trahissait.

— Je veux une réponse pour chacune d'elles.

Nick prit une grande inspiration. S'il voulait *savoir*, il allait devoir analyser ses propres désirs, les exprimer à haute voix. Et il faisait confiance à Damian ; il allait peut-être le blesser, mais de toute façon, peu importait ce qu'il exigerait, Nick savait que Damian explorerait et connaîtrait ses limites.

— Je ne sais pas si cette photo vous a excité, mais j'espère que c'est le cas. Je veux être nu en votre présence, à genoux. Je veux vous donner du plaisir. Je veux que vous vous serviez de moi comme vous l'entendez. J'ai rêvé de ce que je ressentirais si vous m'embrassiez. Personne n'a jamais mordu mes mamelons, donc je ne sais pas si j'aimerais ça. Je veux que vous...

---

3 Un *'pet'* est un animal que vous gardez chez vous pour votre plaisir et pour vous tenir compagnie. Si le mot montre le pouvoir que détient celui qui le dit par rapport à celui qui est appelé 'pet', il n'a aucune connotation péjorative. Il n'existe pas d'équivalence en Français, à part 'animal de compagnie'.

Nick déglutit et respira profondément.

— Je veux que vous… vous… baissiez mon pantalon et que vous *chauffiez* mes fesses. Je pense que j'aimerais beaucoup ça.

— Bravo, tu t'es souvenu de tout, dit lentement Damian. Mais tu n'as pas répondu à la dernière question. Est-ce que ça t'excite d'être en mon pouvoir, de renoncer à ton plaisir pour moi, de me faire confiance pour te donner du plaisir à ton tour quand tu le mérites, d'être sous mon contrôle ?

— Oui, Monsieur.

Cette réponse était à peine plus qu'un souffle, mais Damian n'eut aucun mal à l'entendre.

— Quelle est la ville la plus peuplée de l'Union Européenne ?

— Londres, répondit Nick, surpris.

— Que penses-tu de 'Londres' comme mot d'alerte ? demanda Damian.

— C'est quoi, un mot d'alerte ?

Damian fut secoué de constater qu'il avait été à deux doigts d'ignorer l'intérêt évident de Nick. Peut-être qu'Ashley avait raison ; Nick avait besoin de quelqu'un pour le prendre en main. Le gamin était tellement innocent qu'il ne savait même pas ce qu'était un 'mot d'alerte'.

— Regarde-moi, pet, dit Damian en soulevant de l'index le menton de Nick. Écoute bien : tu me dis que tu es prêt à faire un pas dans mon univers, et tu ne sais même pas ce qu'est un mot d'alerte. Si je te fais quelque chose et que c'est trop pour toi, tu prononces ce mot d'alerte convenu entre nous deux, et j'arrête immédiatement ce que je suis en train de faire pour vérifier que tout va bien. Il est très dangereux de se lancer là-dedans avec *qui que ce soit*, peu importe combien tes amants te semblent dignes de confiance quand ils négocient avec toi, sans avoir un mot d'alerte. Si je te donne la fessée, tu peux gémir, te tortiller, et même me supplier d'arrêter, je ne m'arrêterai que lorsque *moi seul* aurai décidé que tu as ton compte. Mais si tu me cries '*Londres !*', je cesserai immédiatement ce que je suis en train de faire. Tu comprends ?

Nick hocha la tête, les yeux brillants de peur *et* d'excitation.

— Dis-moi ce que tu veux, insista Damian en lui lâchant le menton.

Le jeune homme se tortilla mais garda le silence.

Damian se leva et gagna la fenêtre, contemplant les lumières de la ville dans la nuit.

— Si tu n'apprends pas à exprimer tes désirs, tu n'obtiendras jamais rien, mon garçon.

43

— Mais c'est embarrassant ! s'exclama Nick.

— *Monsieur*, lui rappela Damian avec un sourire carnassier.

Nick se demanda soudain s'il n'était pas devenu fou, agenouillé mains jointes dans le dos devant cet homme au corps souple et musclé de panthère. La dangereuse lueur qui brillait dans les yeux de Damian lui rappela son faux-pas.

— Monsieur, c'est embarrassant, dit Nick avec sincérité.

— Alors ça veut dire que tu ne le désires pas encore assez, répondit Damian avec dédain. Tu peux t'en aller.

Nick se tortilla désespérément ; s'il ne parlait pas maintenant, il n'aurait jamais le courage de revenir, et il ne voulait pas mettre fin à ce dangereux flirt.

Il prit une grande inspiration et, rougissant furieusement, réussit à chuchoter :

— Monsieur, est-ce que vous pourriez… s'il vous plaît… me fesser ?

— Qu'est-ce que tu as fait pour mériter une fessée ? le taquina Damian.

Nick eut l'air à la fois consterné et confus.

— Je ne sais pas, Monsieur ?

Damian fit mine de réfléchir.

— Peut-être que je vais te fesser juste parce que j'en ai envie alors. Je ne t'ai encore donné aucune règle spécifique à suivre, mais j'aurais espéré que jamais tu ne laisserais Markie te mettre la main au panier comme ça.

— Je ne savais pas qu'il allait faire une chose pareille ! protesta Nick.

— Alors, ce sera tout simplement parce que j'ai envie de rosir ton joli petit derrière, reprit Damian d'une voix veloutée en retournant s'asseoir sur la chaise. Lève-toi.

Nick se redressa maladroitement, embarrassé que son sexe tende à nouveau son jean de manière flagrante. Les lèvres de Damian frémirent quand il le remarqua, mais il garda une expression sévère.

Il saisit la ceinture lâche et glissa les doigts dessous, attirant Nick plus près afin qu'il se tienne à sa droite.

— Et maintenant, dit-il, sa voix rauque traînant délibérément sur les mots, je vais baisser ton pantalon et t'installer sur mes genoux, pour t'échauffer sérieusement les fesses. Il est évident que tu as besoin d'une bonne fessée, et je t'en dois une, pet. As-tu quelque chose à ajouter ?

— S'il vous plaît… Monsieur… s'il vous plaît…, chuchota Nick, complètement déboussolé.

Il était tellement excité qu'il en tremblait, espérant que Damian était sérieux quand il disait qu'il allait lui baisser le pantalon. Il ne serait pas capable de le faire lui-même.

Damian défit lentement le bouton puis descendit la fermeture éclair, savourant le léger sifflement métallique. Le pantalon tomba sur les genoux du jeune homme dès que Damian le lâcha ; sous le boxer à carreaux, le sexe de Nick pointa encore davantage.

— Cette fessée sera administrée sur la peau nue, pet, continua Damian.

Il descendit un peu le caleçon de Nick, retraçant du doigt le petit tatouage maintenant dévoilé sur la hanche du jeune homme.

— Je me demande si je devrais te faire compter chaque coup reçu ? Mais c'est ta première fessée, et tu risques de perdre le compte, m'obligeant à reprendre du début. Je pense qu'on va un peu attendre pour ça. Mais ce que je peux te dire, c'est que je pourrais te donner dix coups, juste assez pour réchauffer ces deux jolies petites fesses.

Nick eut l'impression qu'il allait s'évanouir rien qu'à cette idée quand les doigts chauds s'insinuèrent sous la ceinture élastique de son caleçon, glissant le long de sa taille, avant de le baisser sur ses genoux. Il fut au comble de l'embarras à la pensée que Damian découvre son sexe d'où s'échappait une goutte saline.

— Ça ne durera guère, apparemment, dit le photographe, gentiment moqueur.

D'une saccade sur ses bras, il poussa Nick à s'agenouiller, fesses en l'air, tête en bas ; ses pieds ne touchaient même pas le sol afin qu'il n'ait aucun point d'appui pour se redresser. Il coinça le bras gauche du jeune homme entre leurs deux corps et lui saisit le poignet droit, qu'il lui tordit dans le dos, au creux des reins.

Nick s'agita, tout à la fois humilié *et* excité. Damian n'avait pas touché son sexe, mais en l'attirant sur ses genoux, il l'avait coincé entre ses cuisses musclées. Le jean rugueux frottait contre sa verge tandis que Nick bougeait légèrement les hanches – ce qui aurait presque suffi à le faire jouir.

Il ne savait pas vraiment à quoi s'attendre, mais être ainsi maintenu lui inspirait un sentiment de… sécurité.

— N'oublie pas, je te donne la fessée uniquement pour mon plaisir. Et je te fesserai chaque fois que j'en aurai envie, annonça Damian.

— Oui, Monsieur, répondit Nicholas d'une voix étouffée.

Sans crier gare, Damian lui claqua les fesses, et Nick glapit de surprise.

— Aïe !

— Oui, une fessée, ça fait mal, pet, dit calmement Damian, en examinant la belle empreinte, sur le globe droit de son soumis.

Il lui claqua la fesse gauche, regardant la chair souple s'aplatir un instant sous le coup avant de reprendre sa forme initiale. Damian sentit son sexe reprendre vie. C'était encore plus excitant que ce qu'il avait espéré. La vue de ce corps incroyablement beau ondulant sur ses genoux, les fesses rougies par deux empreintes symétriques, le rendait encore plus dur que lorsqu'il avait fantasmé à ce sujet. Il ne fallait surtout pas qu'il oublie de remercier Nick pour ce plaisir exquis.

Sa main s'abattit de nouveau et Nick sursauta, sentant son érection décroître. Il commençait à croire qu'il n'aimait pas autant ça qu'il l'avait pensé. Il sursauta encore à la quatrième claque.

— Tu as l'air joliment échauffé, observa Damian. Mieux vaudrait que je répartisse cet échauffement ou tu risques d'avoir un peu de mal à t'asseoir demain.

Nick fut soudain mortifié à l'idée que ses fesses soient encore rouge-vif le lendemain, tout le monde devinant sans peine la cause de sa gêne.

Comme s'il lisait dans ses pensées, Damian ajouta doucement :

— Ne t'inquiète pas. Aucune marque. Personne ne le saura, à moins que tu n'en parles.

Pourquoi irait-il parler de *ça* à qui que ce soit, se demanda Nick en se tortillant sous la claque suivante. Damian battait toute la surface de son postérieur, sans négliger le haut de ses cuisses, là où cela faisait vraiment mal. D'instinct, Nick donna un coup de pied à Damian qui le frappait à ce point particulièrement sensible.

Il n'aurait pas cru être en état de compter, mais il l'avait fait. Au dixième coup, il se détendit, soulagé que ce soit enfin fini.

Il poussa un cri incrédule et choqué lorsque Damian lui donna deux claques encore plus fortes, une sur chaque fesse.

Ce dernier se mit à rire.

— Alors tu comptais, pet ? Je m'en souviendrai. J'ai dit que ça *pourrait* être dix, tu te rappelles ?

Nick se détendit quand la main qui avait été si dure en le 'punissant' se mit à caresser sa peau échauffée, apaisant la brûlure. La sensation de chaleur, dans son dos, commençait à se diffuser, et son sexe se remit à gonfler. Nick n'arrivait pas à comprendre pourquoi, mais maintenant que la fessée était finie, il bandait de nouveau. Il bougea subrepticement, essayant de cacher son excitation à Damian.

Celui-ci le rétablit sur ses pieds avant de le faire asseoir sur ses genoux, son postérieur maltraité se balançant entre ses cuisses. Il entoura le jeune homme de ses bras.

— Tu t'es bien comporté, pet. Pour une première fessée, tu l'as bien supportée, et tu n'as pas pleuré. Et maintenant, est-ce que tu voudrais une petite récompense ?

— Oui, s'il vous plaît, Monsieur, répondit Nick doucement, n'étant pas sûr du tout que son idée d'une récompense corresponde à celle de Damian.

Il se raidit et sursauta quand il sentit soudain la main du photographe sur son sexe tendu. Une main chaude et rugueuse, un peu calleuse, et Damian le caressa comme s'il savait exactement ce que Nick aimait.

Submergé, Nick écarta les cuisses, offrant à Damian un meilleur accès. Il gémit quand un pouce passa fermement sur le gland de sa verge douloureuse, glissant sur le liquide pré-éjaculatoire qui coulait sur la moquette.

Damian accéléra le mouvement, et Nick bougea les hanches, plongeant dans le poing qui l'entourait. Il y avait bien longtemps qu'une simple masturbation ne l'avait ravi à ce point. Était-ce dû à l'homme qui le tenait dans ses bras, à la fessée, ou encore à une combinaison des deux ? Nick n'en savait rien.

Son orgasme le frappa avec toute l'impétuosité d'un train lancé à pleine vitesse, transcendant tous les efforts qu'il avait faits chez lui lorsqu'il ne pouvait pas dormir en pensant à Damian. Il éjacula très fort, éclaboussant son maître au menton. Sous l'acuité quasi douloureuse du coït, il avait fermé les yeux. Il lâcha un cri de désespoir, se faisant l'effet d'une poupée de chiffon entre les mains fortes qui le retenaient.

Damian sourit en regardant son magnifique gamin à qui il venait d'offrir un orgasme. Il décida que ce serait le premier d'une longue série pour peu que le jeune homme montre des dispositions ; Nick était incroyablement sensible et réactif. De plus, il y avait quelque chose à son propos qui touchait en lui une corde sensible. Tandis que Nick gardait les yeux fermés, Damian s'essuya le menton et se lécha sensuellement les doigts pour en savourer le goût.

Il soutint Nick, le caressant jusqu'au terme de son orgasme, souriant quand les yeux au regard velouté se rouvrirent et que Nick tourna la tête vers lui, émerveillé.

— C'était sacrément phénoménal, Monsieur ! s'exclama-t-il plein d'enthousiasme.

— Ravi que ça t'ait plu, pet, dit Damian, amusé. Mais maintenant, il s'agit de *me* satisfaire.

— Que voulez-vous que je fasse, Monsieur ? demanda Nick avec inquiétude.

Damian l'embrassa doucement sur la bouche, et Nick se pencha vers lui en écartant les lèvres, mais Damian ne répondit pas à son invite. Le jeune homme devrait gagner ce privilège.

— Agenouille-toi. Je vais t'éjaculer dessus. Je veux imprimer ma marque sur toi, pet.

Nick l'avait *marqué* le premier sans le savoir, et ça amusait beaucoup Damian. Cela dit, il était juste qu'il revendique son dû.

Docile, Nick s'agenouilla.

— Enlève ta chemise.

Le jeune homme obéit, faisant glisser sa chemise le long de ses bras.

— Les mains dans le dos, lui rappela Damian.

— Oui, Monsieur, répondit Nick d'une voix douce en croisant les doigts juste au-dessus de son postérieur à la peau flamboyante.

Damian se leva et ouvrit son pantalon, laissant son érection s'épanouir. C'était un tel soulagement qu'il poussa un soupir, et entendit en écho celui de son jeune protégé. Nick fixait le superbe organe tumescent.

— Il est tellement gros, souffla-t-il.

Sentant de la peur dans sa voix, Damian chercha à le rassurer.

— On va y aller doucement, Nicholas, et tu as ton mot d'alerte si je fais quelque chose qui t'effraie.

— Oui, Monsieur.

Damian contemplait le beau visage de Nick qui, agenouillé torse nu, s'était tourné vers lui.

Il ne fallut pas longtemps ; Damian se caressa pour un soulagement rapide, ayant hâte de voir sa semence jaillir sur le corps de Nick. Il éjacula en trois longues giclées, le liquide blanchâtre recouvrant la poitrine du jeune homme, brillant sur sa peau lisse. Nick eut le souffle coupé sous la chaleur du sperme de Damian, qui laissa une traînée brûlante en glissant le long de son torse.

— Très bien, pet. Reste là un moment.

Damian passa dans la salle de bain et humidifia une petite serviette pour se nettoyer. Il se remit de ses émotions puis retourna vers Nick, qu'il essuya à son tour.

— Bien, bébé, debout, dit-il en le tirant à lui pour le remettre sur pied.

Maintenant que toute l'excitation qui le portait avait disparu, Nick trébucha. Ses genoux lui faisaient mal, et ses muscles s'étaient raidis.

Damian le conduisit vers le bureau et le poussa en avant afin que son torse se retrouve à plat sur la surface. Les fesses exposées, Nick trembla de nervosité. Une main se posa au creux de ses reins pour le maintenir en place.

— Beau et chaud, approuva Damian en plaçant l'autre main sur le derrière à la peau embrasée de son amant.

Nick avait également le visage rouge brique.

— Il te reste beaucoup à apprendre à propos de soumission, ajouta Damian. Garde la pose, pet.

Immobile, Nick commença à se détendre.

— Tu aimes ça, pas vrai ? Quand je te donne un ordre ?

Damian prit un tube de gel apaisant et en versa un peu au creux de sa paume. Nick sursauta lorsqu'il en étala sur ses fesses.

— Oui, Monsieur, admit-il avec humilité.

— Tu sais pourquoi ?

— Parce que vous êtes très excitant ? fut la réponse naïve de Nick.

Surpris, Damian éclata de rire.

— Eh bien, ce n'est pas exactement ce à quoi je pensais, mais merci. Tu peux te relever maintenant.

Nick obéit et fit mine de remettre son pantalon, avant de quêter du regard l'autorisation de son maître.

— Vas-y, habille-toi, l'encouragea Damian. Alors, dis-moi, c'était ce que tu espérais ?

— Je n'ai pas aimé la fessée ; ça fait mal, répondit Nick. Mais j'ai aimé ce que j'ai ressenti après. Et j'aime que vous me disiez ce que je dois faire.

— Assieds-toi, si tu veux. Non, pas là, ajouta Damian en se hâtant de déplacer la chaise à dossier droit. De préférence sur quelque chose de plus moelleux.

Nick s'assit sur le canapé… pour se redresser d'un bond.

— Je crois que je vais rester debout.

— Il faut qu'on discute, Nicholas, reprit Damian. Si tu as eu ce que tu cherchais et que tu as satisfait ta curiosité, dis-le, et on ne reparlera plus jamais de ça.

Nick secoua lentement la tête, un sourire satisfait s'épanouissant sur ses lèvres.

— Je ne crois pas. J'en veux plus.

— Alors dans ce cas, on va avoir besoin de règles. On les mettra en place au fur et à mesure, et on verra comment ça marche pour nous deux, d'accord ?

Damian s'assit à son bureau.

— J'aime jouer, continua-t-il. Tous les jouets d'Ashley que tu as vus, je les ai portés, je les ai utilisés, et on s'en est servi sur moi. Je veux t'attirer un peu plus dans ce monde, et j'espère que tu en voudras davantage quand je t'aurai montré différentes choses. Pour l'instant, certains de ces objets te font peur. On les essaiera tous, et s'il y a quelque chose qui ne te plaît vraiment pas, on le bannira. Chacun ses goûts. Ce n'est pas parce que d'autres aiment quelque chose que tu l'aimeras forcément toi aussi. Tu comprends ?

Nick hocha la tête.

— Oui, Monsieur.

— Tu peux arrêter de m'appeler 'Monsieur'. Je veux juste que tu le fasses quand on joue une *scène*. Tu veux continuer à travailler pour moi ?

— Eh bien, oui, Monsieur… Damian, je veux dire, répondit Nick, visiblement le premier étonné par un tel constat. Je dois toujours payer mes études.

— Très bien. Je ne t'embarrasserai pas devant les clients ou les autres modèles, mais je vais sûrement te surprendre ; ça fait partie du jeu. Et il se peut que j'exige ta soumission dans des lieux ou à des moments auxquels tu ne t'attends pas. Si jamais tu penses que je vais trop loin, ton mot d'alerte est…

— Londres, répondit promptement Nick.

— Bien. Je pense qu'on va très bien s'entendre, dit Damian, en se demandant secrètement où tout cela allait les mener. Maintenant, tu ferais mieux de rentrer chez toi. On a une longue séance photo demain, et j'ai encore du travail.

— Oui, Monsieur, répondit docilement Nick. Et merci.

— Je t'en prie, dit gentiment Damian.

Il attendit d'entendre la porte se refermer avant d'aller verrouiller. Il éteignit la lumière dans son bureau afin que Nick ne le voie pas en sortant si jamais il levait les yeux, et attendit encore.

En effet, une fois dans la rue, le jeune homme leva les yeux vers le bureau, et Damian fit un pas en arrière, dans l'obscurité, ne voulant pas être vu. Nick se retourna et s'élança en petites foulées en direction du métro. Il bondit soudain avec exubérance, heurtant du poing une enseigne en signe de triomphe. Puis il posa les mains sur son postérieur pour se faire un petit massage réconfortant.

Damian rit tout bas. Le petit tour d'Ashley, cet après-midi-là, l'avait alerté sur le fait qu'il allait devoir se montrer très prudent. La féroce possessivité qu'il avait ressentie quand le modèle blond avait attrapé Nick pour l'attirer à lui, lui avait fait comprendre qu'au fond, il avait déjà revendiqué Nick, et ce probablement au moment ou il lui avait donné une claque sur les fesses pour qu'il se tienne tranquille. Quelque chose avait déclenché un incendie en lui, Et, bien que Damian ait été longtemps étranger aux tentations, il voulait maintenant garder le jeune homme pour lui – pour toujours.

Il soupira. Il était peu probable que Nick puisse aimer un jour un 'vieux con' comme lui, même s'il n'avait que la trentaine ; Nick était jeune, il avait toute la vie devant lui. Il était curieux et il voulait expérimenter des choses. Damian se rappela qu'il devait préserver son cœur bien à l'abri ; cela pouvait être une très belle liaison, et quand Nick aurait appris tout ce qu'il devait savoir sur lui-même, il passerait à autre chose. Damian, lui, serait sans doute bon pour une nouvelle traversée du désert sur le plan affectif.

En rentrant chez lui, Damian se demanda ce qu'étudiait Nick et pourquoi il ne le lui avait jamais demandé. Il se proposa de le découvrir.

V

NICK ÉTAIT émotionnellement et physiquement épuisé quand il arriva à son appartement. Il se brossa rapidement les dents avant de se jeter sur le lit, grimaçant lorsque ses fesses entrèrent en contact avec le matelas bosselé. Il se retourna et se mit sur le ventre.

Pour la première fois de la semaine, il s'endormit immédiatement sans se réveiller dans la nuit, jusqu'à la sonnerie du réveil.

Il se balança en équilibre précaire sur le rebord de la baignoire, cherchant à apercevoir ses fesses dans le miroir de l'armoire à pharmacie. Malgré les assurances de Damian, il craignait d'être encore aussi rouge qu'un panneau de signalisation et que tout le monde le voie.

Mais non, Damian avait dit la vérité ; pas une marque. Sa peau avait retrouvé sa complexion habituelle. Nick en était presque déçu en prenant sa douche froide. Armé de sa brosse de bain, il s'en donna un coup sur les fesses, juste pour voir.

— Aïe !

Il avait oublié combien ça faisait mal, et que ça ne servait à rien qu'il se fesse lui-même.

— Pourquoi diable est-ce que je veux refaire ça ? grommela-t-il.

Il espéra ardemment ne pas s'être marqué bêtement. Il se détendit en détectant juste une légère rougeur, qui aurait vite disparu avant qu'il ne retourne travailler.

Se frapper lui-même ne lui avait fait aucun effet. Alors que lorsque son beau patron lui donnait un ordre, Nick sentait des frissons le parcourir, et il s'empressait d'obéir. Il y avait quelque chose d'incroyablement excitant à se retrouver à genoux devant Damian. Il faudrait qu'il lui demande pourquoi.

ASHLEY ÉTAIT amusé de voir que Nick avait un peu recouvré de son insolence. En tout cas, le jeune homme n'était plus renfrogné. Il semblait même rayonner de satisfaction, tel un chat devant un bol de lait, et ses cernes avaient disparu. Il soupçonna que Damian était en quelque sorte passé à la vitesse supérieure la veille.

Et Ashley avait hâte de lui soutirer des détails coquins. Mais pour l'instant, il s'attardait sur le seuil de la salle de maquillage, voulant voir la réaction de Nick face aux 'décorations' qu'il avait laissées la veille sur les fesses de Markie avant de le baiser pour leur plus grande satisfaction mutuelle.

Gabe sembla comprendre ce qu'Ashley mijotait, et il tourna la chaise où Nick était assis pour qu'il ait une bonne vue quand Markie enleva son pantalon. Le jeune homme pâlit en découvrant six zébrures violacées sur le postérieur du blond.

Jetant un coup d'œil par-dessus son épaule, Markie agita ses fesses avec espièglerie.

— Demande-moi si j'ai eu de la chance hier soir ? lui lança-t-il, provocateur.

— Inutile, petit veinard ! s'esclaffa Gabe. Tu as tout l'air d'un homme comblé.

— Je le suis, soupira Markie.

Il grimaça en s'asseyant sur une chaise recouverte d'une serviette alors qu'Ashley s'éloignait en riant doucement.

Damian était dans le studio, attendant que les modèles soient prêts, quand Ashley entra en riant encore.

— Qu'as-tu encore fait, Ash ?

— Rien du tout. J'ai juste… euh, vu Markie baisser son pantalon et en mettre plein la vue à Nick !

— Combien ? demanda Damian avec un sourire ironique.

— Six, et pas des moindres. Combien en as-tu donné à Nick ? ajouta Ashley sans pouvoir s'en empêcher.

— Si je lui en avais donné, je ne te le dirais pas, et si je te disais que je ne lui en ai pas donné, je mentirais, répondit Damian.

— Tu es tellement frustrant ! maugréa plaintivement Ashley. Je te confie tout à propos de mes conquêtes, et toi, tu m'ennuies aux larmes depuis cinq ans. Tu pourrais au moins….

— La ferme ! ordonna Damian.

Ashley se retourna pour voir entrer Nick, une serviette autour de la taille ; sur ses talons, Markie, complètement nu, se pavanait fièrement en exhibant au jeune homme choqué ses fesses marquées.

Ashley mit un masque et un bâillon-boule à Markie. Il le fit asseoir sur le banc, chevilles bloquées, et le pencha en avant pour lui lier les poings aux pieds du banc.

Puis il prit un pantalon étroit en cuir taille basse qu'il tendit à Nick.

— Mets ça, pet, tu veux bien ?

Le léger tressaillement de Nick n'échappa pas à son regard exercé, et il sourit de satisfaction.

— Tu n'as pas été très régulier dans tes coups, Ashley ! lui reprocha Damian avec force. Deux des zébrures sont un peu trop rapprochées.

Piqué au vif, Ashley se retourna, la mine boudeuse.

— Markie a sursauté à la dernière seconde. Ce n'est pas ma faute.

Il rejoignit Damian derrière la caméra.

— Je te préviens, Ashley : ne me fais pas de sales tours, dit Damian d'une voix calme où pointait la menace.

Ashley frissonna ; s'il était plus petit que lui, Damian était de loin le plus fort des deux, et si jamais Ashley le mettait en colère, Damian n'aurait aucun mal à le soumettre.

— Je n'ai rien fait !

— Tu as appelé Nicholas 'pet'. Tu n'appelles aucun de tes garçons 'pet' ; tu es juste parti à la pêche aux renseignements. Arrête ça tout de suite. Je ne tolérerai pas de le voir effrayé ou embarrassé, insista Damian calmement mais fermement. Si tu refais ça, moi, je ne ferai pas ton catalogue.

Ashley se dandina, mal à l'aise, mais Damian avait raison, et il appréciait vraiment Nick. Il ne cherchait pas véritablement à l'humilier ou à lui faire du mal. Par ailleurs, tout cela incombait à Damian maintenant, s'il avait pris le jeune homme en main.

— Dis-moi juste une chose : est-ce que tu l'as revendiqué ? demanda Ashley, soudain très sérieux.

Damian prit une grande inspiration.

— Oui, répondit-il, réalisant qu'il était en train de s'engager.

— Bien, dit Ashley. Je ne veux vraiment pas qu'on lui fasse du mal. Enfin, tu vois ce que je veux dire.

— Je sais, dit Damian avec un petit sourire.

Ashley sourit, soulagé.

— Je ne taquinerai pas ton garçon, mais toi, tu es une proie facile.

— Seulement quand il n'est pas là. D'accord ?

— D'accord.

Nick sortit de la salle de bain ; la lumière se reflétait sur le pantalon en cuir serré en jouant sur ses cuisses en mouvement.

— Est-ce que ça va ?

54

— C'est parfait, répondit Damian en reprenant son souffle. Tu t'es déjà servi d'une canne ?

— Non, je n'en ai même jamais touché, avoua Nick en tendant la main vers elle avec une fascination anxieuse.

— Regarde par-là, Nicholas, j'ai besoin que tu prennes cette canne et que tu te tiennes ici, dit Ashley. Je veux que tu aies l'air d'avoir fait ces marbrures sur les fesses de Markie.

Nick prit maladroitement la canne, la tenant comme s'il s'agissait d'un serpent prêt à le mordre.

— Nicholas ! le rabroua Damian. Tu es supposé incarner un Dominant, alors redresse-toi et pense au pouvoir que tu détiens sur cet homme plus grand que toi, qui te supplie de le punir. Tu es en train d'interpréter un rôle. Tu n'as pas besoin de le frapper pour de vrai. Tout le monde préférerait d'ailleurs que tu t'en abstiennes. Prétends juste qu'il t'a mis en colère ou qu'il t'a trahi, et que la punition est justifiée.

— Je ferai de mon mieux.

Après une vive inspiration, Nick adopta une posture dominante. Ashley lui montra comment manier la canne.

— Je suis prêt, dit Nick.

Damian prit quelques photos, mais il n'était pas satisfait. Il utilisait l'appareil numérique plutôt que le Polaroid, essayant de se faire une idée de ce qu'il voulait travailler, mais quelque chose clochait. Ashley restait silencieux. Il se serait volontiers contenté de la première prise, mais il respectait l'expérience de Damian. Raison pour laquelle il collectionnait ses œuvres : avec un artiste comme Damian, les photos, quand elles étaient réussies, n'étaient pas simplement belles ; elles envoyaient une charge viscérale à ceux qui les regardaient, et cette intensité remarquable était bien ce que recherchait Ashley pour son catalogue.

— Ça ne va pas, dit Damian.

Il regardait l'écran d'un air maussade.

— Je peux voir ? demanda Nick.

— Bien sûr, fais-toi plaisir, répondit le photographe, surpris.

Nick prenait rarement la parole durant une séance et Damian se demanda si leur petite session l'avait rendu plus sûr de lui.

Le jeune homme approcha du moniteur, et Damian grogna tout bas en voyant Markie reluquer le roulement sensuel de ses fesses sous le pantalon en cuir serré. Nicholas, lui, était complètement inconscient du regard concupiscent braqué sur son postérieur.

Il étudia l'image qui s'affichait sur le moniteur.

— Alors, qu'est-ce que tu en penses ? demanda Damian.

— Eh bien, si ça ne vous gêne pas que je vous donne mon avis…, hésita Nick.

— Je ne te le demanderais pas si ça me gênait, souligna Damian d'un ton sarcastique.

— Pour commencer, je pense que ce serait plus efficace si je n'apparaissais pas sur la photo. Je porte pratiquement la même tenue que lui. Vous devriez utiliser Ashley, habillé comme il l'est, mais en ne montrant que sa main qui tient la canne. Et un rayon de lumière, là, soulignerait son c… euh, son derrière…

Troublé, Nicholas se mit à bafouiller.

— Son cul. On a compris. Continue, l'encouragea Damian.

— Ça permettra d'assurer l'espacement des éclairages en arrière-plan, conclut Nick.

Damian étudia le cadre puis pivota pour avoir une vue d'ensemble.

— Il faudra que je troue la toile.

— Pas si vous avez un petit esclave [4], lui fit remarquer Nick.

Le regard d'Ashley passait de l'un à l'autre comme s'il était à un match de tennis. À ce commentaire osé, il éclata de rire.

— Serais-tu ce 'petit esclave', Nicholas ?

Nick rougit furieusement, mais Damian ignora l'interruption.

— C'est exactement ce dont on a besoin. Nick, tu sais où je remise les petits projecteurs ?

Nick acquiesça, déjà en mouvement. Il fourra la canne dans la main d'Ashley en passant près de lui, ce qui accentua encore son hilarité.

— Alors maintenant, je vais être un modèle moi aussi ? demanda-t-il. Qu'est-ce que je devrais porter ?

— Juste ce que vous avez déjà, lui répondit Nick par-dessus son épaule. Markie est nu, mais votre costume sombre et votre chemise blanche apporteront un contraste qui lui donnera…

— Une tension érotique, finit Damian à sa place en poussant Ashley sur le plateau. Si tu te tiens juste là, ton corps sera presque entièrement hors champ. On ne verra que ton bras. Je vais ajouter un projecteur pour que ton

---

4 *Petit esclave* : On fait référence ici à un petit projecteur, appelé 'flash esclave' ou 'flash déporté' dont le flash se déclenche grâce au contrôle d'un flash 'maître'.

bras, la canne et les zébrures sur les fesses de Markie ressortent sur la photo, mettant en valeur le produit et le résultat souhaité.

Ashley riait encore de son jeu de mots, tout en laissant Damian le mettre en position.

— Imagine un peu ! Je figurerai sur mon propre catalogue, après toutes ces années !

— Vois-le comme une apparition malicieuse à la Hitchcock, lui suggéra Damian.

Nick rapporta les petits projecteurs sur le plateau, les positionnant soigneusement de façon à ce que les jambes de Markie les dissimulent, tandis que Damian considérait les avantages qu'il y avait à faire bosser son assistant dans cette tenue affriolante.

— Apporte un tabouret, Nick, lança le photographe en déroulant le cordon d'un autre projecteur muni d'œillères.

Ensemble, ils installèrent le projecteur et firent un essai pour s'assurer que le flash esclave se déclencherait bien en même temps que les autres.

Nick se tenait derrière Damian, qui guidait verbalement Ashley dans la bonne position. Le photographe était conscient de l'odeur et de la chaleur animale du jeune homme, mais il devait se concentrer sur la prise de vue. Il cliqua sur le déclencheur et l'image flasha à l'écran. En une fraction de seconde, Damian vit qu'il avait enfin capturé sa vision.

— D'accord, Ashley, reste exactement où tu es. Nicholas, l'autre appareil photo, vite !

Damian mitrailla Ashley dans différentes positions, jusqu'à ce qu'il pousse un soupir de satisfaction.

— C'est bon.

Ashley laissa retomber son bras avec, quant à lui, un soupir de soulagement. La façon dont il avait dû se tenir, penché en avant pour que seul son bras apparaisse sur la photo, lui avait crispé le dos. Il prenait soudain conscience de la difficulté d'être un modèle.

— Ça va, Markie ?

— *Mmmph* ! lâcha le jeune homme blond à travers le bâillon-boule.

— Je vais prendre ça pour un '*j'aimerais bien qu'on me libère de ce banc, si possible*', traduisit Ashley, pris d'un élan de compassion. Laisse-moi voir ça avec Damian. Hé, Ian ! Je peux libérer Markie ? Tu as fini ?

— Bien sûr, répondit Damian. On va tout mettre en place pour la prochaine séance.

Il se retourna vers Nick, qui se tenait en léger retrait derrière lui, à sa droite.

— Tu peux rester un peu après le travail ?

Nick acquiesça, les lèvres entrouvertes et des étoiles plein les yeux.

QUAND NICK émergea de la salle de bain, de nouveau en tenue citadine, les modèles étaient tous partis, Gabe rangeait ses affaires, et Ashley s'entretenait avec Damian. Il trouva à s'occuper plutôt que de chercher à attirer l'attention de Damian en attendant qu'Ashley s'en aille.

Ce dernier n'arrêtait pas de se diriger vers la porte pour revenir dire une dernière chose à Damian, mais il finit quand même par sortir, en tenant la porte à Gabe.

— Tout le monde est parti ? demanda Damian.

— Je vais vérifier.

Nick jeta un coup d'œil dans toutes les pièces puis revint faire son rapport.

— Il ne reste plus que nous deux.

— Bien. Verrouille la porte. Va dans mon bureau et attends-moi, pet.

— Oui, Monsieur, répondit calmement Nick.

Pourtant, son cœur battit aussitôt la chamade, et sa respiration s'accéléra en signe d'impatience. Il se tenait au milieu de la pièce en fixant la chaise en bois quand Damian entra et ferma derrière lui. Il posa un sac noir en velours sur le bureau.

— Est-ce que tu es à moi, pet ? Est-ce que tu m'appartiens ?

Nick parut un peu inquiet, mais il hasarda une réponse :

— Oui, Monsieur ?

Damian gloussa.

— Tu n'as pas l'air très sûr de toi. Laisse-moi reformuler ma question : est-ce que tu voudrais faire tout ça avec quelqu'un d'autre ?

— Non, Monsieur, souffla Nick.

— Déshabille-toi !

Nick se mit à haleter sous l'ordre lancé par cette voix rauque. Il retira ses vêtements à la hâte, comme si une telle opportunité ne se représenterait plus, jetant tout sur le canapé derrière lui.

— Agenouille-toi.

Nick tomba à genoux, croisant automatiquement les poignets dans le dos et, bien qu'il veuille regarder Damian, il baissa les yeux. Le sourire diabolique que lui avait lancé son maître en lui ordonnant de se déshabiller avait été très excitant, *et* effrayant. Nick ne savait pas ce qui lui faisait le plus d'effet : la peur ou l'excitation.

Son sexe commença à durcir et il frissonna de désir en s'agenouillant. Il était entièrement nu devant Damian, qui restait habillé ; frémissant d'anxiété, Nick eut l'estomac noué.

— Regarde-moi, dit Damian.

Il s'assit sur le rebord du bureau, balançant un pied dans le vice.

— Qu'étudies-tu ?

— Euh, l'art, et la sculpture, répondit Nick, surpris.

— Tu es en quelle année ?

— En licence. Cet été, je passerai les examens pour décrocher mon diplôme, précisa Nick, non sans un petit frisson.

Il ne savait pas encore ce qu'il ferait ensuite ; il aurait besoin de garder ce boulot, ou n'importe quel autre tout du moins, le temps de trouver acquéreur pour ses propres œuvres. Et ça, ça ne s'apprenait pas à l'université.

— Je me demandais... Ton idée tout à l'heure, à propos des éclairages, ce sont tes cours qui se mettent en place, les jeux d'ombre et de lumière... Avec un éclairage aussi cru, les ombres étaient très prononcées. Je m'attends à une franche réussite avec un tel cliché.

Damian dévora des yeux le jeune homme agenouillé devant lui. Il avait encore des questions et décida d'en profiter pour inspecter sa nouvelle 'acquisition' en même temps.

Pourquoi se priver du plaisir de faire plusieurs choses à la fois ? se dit-il.

Il se leva lentement et tourna autour de Nick. Une belle peau, sans aucun défaut, douce, chaude et tout à fait délectable. Des fesses incroyables, rondes, fermes, impertinentes, qui ne demandaient qu'à être fessées. Chaque contour et chaque courbe, parfaitement formés et d'une élégance raffinée. Nick avait aussi une belle chevelure drue et brillante, et d'après ce que Damian voyait, il n'avait pas vraiment besoin de se raser. Son torse devait être naturellement imberbe.

— Tu reviendras demain ?

— J'ai cours demain toute la journée.

— '*J'ai cours demain*, Monsieur', lui rappela Damian.

Il décida tout à coup qu'il programmerait les séances avec les modèles féminins les jours où Nick ne serait pas là. Il avait remarqué que celle qui ressemblait à Bettie Paige faisait de l'œil à son assistant.

— Monsieur.

— Tu es à jour dans tes devoirs ?

— Euh, en fait, j'ai un devoir à rendre demain, monsieur. Sur Picasso, murmura Nick.

— Alors, tu devrais y aller, répondit vivement Damian.

— Vous voulez dire que nous n'allons pas… ? chuchota Nick d'une toute petite voix.

— Je ne vais pas te donner de fessée, si c'est ce que tu veux dire. Mais je vais te dire exactement ce que tu vas faire, car tu aimes que je te donne des ordres. Pas vrai, pet ?

— Oui… Monsieur, haleta Nick.

— Lève-toi. Mains derrière la tête.

Nick se releva en douceur, d'une légère torsion arrière de son buste. Damian fut surpris.

— Très bien, approuva-t-il. Tu t'es entraîné à faire ça ?

— Euh, oui, avoua Nick en rougissant, se balançant d'un pied sur l'autre, mal à l'aise. J'ai pensé que vous détesteriez me voir trébucher en me relevant.

— De l'initiative… J'aime ça chez un soumis. Mais pas trop. Lève la tête. Ferme les yeux.

Nick sursauta en sentant Damian lui caresser les cuisses. Et un souffle chaud sur son sexe le fit frémir ; Damian était-il donc à genoux devant lui ? Son maître était en train de fixer quelque chose… sur lui. Excité, Nick ressentit alors une légère tension sur ses testicules ; c'était inconfortable mais pas vraiment douloureux. Cela eut pour effet de flétrir son érection.

— Ouvre les yeux, pet, reprit Damian en lui donnant une dernière petite tape.

Obéissant, Nick le dévisagea avant de baisser les yeux : son sexe était à peine visible sous le cuir noir et les boucles d'argent qui s'enroulaient autour, et il sentit une curieuse vibration à l'aine. Le cuir comprima son membre qui durcissait, lui arrachant un gémissement.

— C'est une cage de chasteté, annonça Damian avec satisfaction. Tu n'es pas autorisé à jouir tant que je ne te le permets pas, pet. Ça t'aidera à te concentrer sur tes études.

Il souleva le pénis ligoté et lui caressa les testicules, dévoilant une lanière de séparation.

Le souffle de Damian était chaud sur l'oreille de Nick.

— Tu adores que je te donne des ordres, n'est-ce pas ?

— Oui… Monsieur ! haleta Nick.

— Et tu n'as pas oublié que tu as accepté de te soumettre à moi ?

— Non, Monsieur.

— Va faire ton devoir. Je te verrai vendredi.

Damian se retourna et s'assit à son bureau en y posant les pieds.

— La scène est terminée. Tu peux y aller.

— Monsieur ! s'exclama Nick, outré. Jusqu'à quand dois-je porter ça ?

— Je crois me rappeler t'avoir prévenu que tu n'aimerais pas toujours ce que je te demanderais, n'est-ce pas ? lui dit gentiment Damian.

Il adorait voir se rebiffer son jeune assistant indigné en perdant complètement de vue qu'il se tenait nu devant lui, les mains encore croisées sur la nuque.

— Non, vous ne m'avez pas prévenu ! protesta Nick, les dents serrées.

— Eh bien, c'est comme ça, et pas autrement. Je peux aussi bien t'ordonner de te pencher en avant ou de faire la vaisselle si ça me chante, ajouta Damian en souriant.

Nick baissa les bras et se retourna pour prendre ses vêtements ; Damian en profita pour lorgner ses jolies fesses pommelées.

— Et si ce truc provoquait de graves lésions ? râla Nick en s'habillant.

Il se redressa et… glapit en voyant Damian ôter brusquement les pieds du bureau pour se jeter sur lui. L'homme était d'une incroyable vivacité et Nick n'eut pas le temps de réagir que Damian l'avait déjà plaqué au mur en lui faisant une clef-de-bras.

— Je ne ferai jamais rien qui puisse te blesser de façon irréversible, Nicholas, jura-t-il, le regard enfiévré. Je n'ai même pas verrouillé la cage de chasteté. Si ça te fait mal, tu peux toujours me téléphoner et je pourrais, je dis bien *pourrais*, t'autoriser à l'enlever. Si tu n'arrives pas à me joindre et que tu es dans une situation désespérée, tu auras *toujours* la possibilité de l'ôter toi-même et de t'expliquer ensuite. Tu as un cerveau ; sers-t'en. Ce que j'attends de toi, toutefois, c'est que tu te contrôles. J'essaye de te faciliter les choses. Mais tu ne jouiras pas tant que je ne t'y autoriserai pas. Compris ?

— O… oui, Monsieur ! glapit Nick.

Il pouvait à peine respirer et pourtant, la sensation d'être coincé, sans possibilité de se dégager, était incroyablement érotique. Il sentait son sexe pousser contre la cage, mais l'harnachement l'empêchait de bander.

— Bien.

Pour la première fois, Damian s'empara de ses lèvres et fut ravi de sentir le jeune homme se soumettre avec empressement avant qu'il ne le relâche. Les yeux voilés, les lèvres gonflées de désir, Nick tâcha de reprendre sa respiration.

— Rentre chez toi travailler. Sois assidu à tes cours et concentre-toi. Ce sont mes ordres. Va !

Damian fit un pas en arrière ; à tâtons, Nick se rattrapa au mur en lançant les mains derrière lui pour se stabiliser.

— Oui, Monsieur.

Sur ce murmure, il tourna les talons et prit la fuite.

Damian entendit la porte d'entrée se refermer doucement et retourna s'asseoir à son bureau en riant sous cape. En une semaine à peine, les manières de Nick s'étaient déjà considérablement améliorées.

CETTE SOIRÉE fut un véritable supplice pour Nick. Rien qu'à l'idée de s'agenouiller nu devant Damian pour se soumettre à son inspection, il était en état d'excitation perpétuelle. La sensation de fermes caresses sur ses cuisses lui revenait sans cesse en tête, mais chaque fois qu'il s'adonnait à des rêveries érotiques, l'inconfort de son pénis avait pour effet immédiat de le recadrer.

Finalement, il dut renoncer à penser à Damian et s'appliquer à son devoir. Il fut surpris de voir à quelle vitesse il rédigea. Il relit sa composition, mais chose remarquable, il y releva très peu de fautes. Il l'imprima et la glissa dans un porte-document.

Dès qu'il eut fini, la pensée des mains de Damian sur son sexe revint en force.

— Aïe, putain, *aïe !* se plaignit-il à haute voix.

Il décida d'aller se coucher tôt, en espérant que ses fantasmes inassouvis n'allaient pas faire de sa nuit un interminable cauchemar. En fait, il dut se relever à plusieurs reprises pour aller uriner, mais cela eut au moins pour effet de soulager un peu la pression et il put se rendormir à chaque fois.

Pourquoi est-ce que je m'inflige ça déjà ? se demanda-t-il.

Mais rien que de ne pas savoir ce que Damian lui ferait subir la prochaine fois, c'était trop excitant pour qu'il ait le cœur d'y résister.

À l'université, il put mieux se concentrer sur ses cours, mais les allers-retours incessants aux toilettes le rendaient nerveux. Avec sa cage de chasteté, pas question d'utiliser les urinoirs. Il devait s'enfermer en cabine.

La cage le rendait extraordinairement conscient de son sexe, et les frottements de son pantalon ne faisaient qu'ajouter à ses frustrations. S'il parla à quelqu'un dans l'enceinte de l'université, il n'en garda aucun souvenir. Il n'avait de pensées que pour le symbole de sa soumission à Damian.

Quand il rentra chez lui, Nick était trop fatigué pour manger il alla se coucher.

LE VENDREDI matin, Nick faisait furieusement les cent pas en attendant Damian devant la porte verrouillée.

— Enlevez-moi ce foutu machin ! exigea-t-il dès qu'il le vit arriver.

— Bonjour à toi aussi, Nick, ironisa Damian d'une voix doucereuse.

Il déverrouilla sans hâte et gagna son bureau, Nick sur les talons.

— Est-ce que tu... ?

— Je n'y ai pas touché. Enlevez-moi ça tout de suite ! fulmina Nick.

Damian s'assit en lui faisant signe d'approcher.

— Il va falloir qu'on ait une petite conversation à propos de cet intéressant concept, 'dominer le dominant'. Sache que je ne le tolérerai pas, pet.

— Oui, Monsieur, répondit Nick en serrant les dents, ignorant ce quoi parlait Damian.

Il soupira de soulagement quand ce dernier le détacha et frotta son pauvre organe flasque.

Organe qu'il inspecta consciencieusement. Quelques zones irritées, mais rien de bien méchant.

— Si ça te dérangeait tant, pourquoi ne l'as-tu pas tout simplement enlevé ?

— Vous m'aviez dit de ne pas le faire, rappela Nick, comme si c'était évident.

Damian acquiesça.

— Je suis très fier de toi. Tu t'es bien débrouillé.

Nick esquissa un petit sourire tremblant.

— Merci, Monsieur.

— Va me faire un café, conclut Damian en lui donnant une petite tape.

Les yeux voilés de désir, Nick tourna docilement les talons.

ASHLEY REPARUT en compagnie d'un jeune homme aux cheveux noirs drus et au regard d'un vert saisissant.

— Rends-toi utile, Derek, lâcha Ashley, glacial.

— Bien sûr, répondit le jeune homme d'une voix mélodieuse agréable à l'oreille, alors que son regard, lui, était lourd de ressentiment. Ça roule, Damian ? ajouta-t-il avec une familiarité qui choqua Nick en le rendant jaloux.

C'est alors que le dénommé Derek se tourna vers Nicholas :

— Tu es un des modèles?

— Non, je suis juste l'assistant, mais on m'a demandé de poser pour quelques objets du catalogue, répondit Nick avec modestie, se demandant s'il serait jamais capable de s'adresser à Damian avec une telle familiarité. Je m'appelle Nick Sayers.

— Oh, l'assistant. Tu as pris mon ancien boulot. Je suis Derek Stearns. Mec, il faudrait que je sois mort pour porter un de ces trucs, ajouta Derek, en vérifiant d'un coup d'œil par-dessus son épaule qu'Ashley n'était plus à portée d'oreille. Tu as vu ces gonzesses ? Mec, elles sont coriaces.

— Tu es attiré par les minettes?

— Pas vraiment. Je suis plutôt un 'homme à hommes', si tu vois ce que je veux dire.

— Tu es américain ?

— Ouais. Je suis venu ici faire l'expérience de la vie avant de m'atteler à un vrai travail. J'ai voyagé dans toute l'Europe ; c'est vraiment le pied ici. Hé, les trucs d'Ashley ne te donnent pas la chair de poule ? demanda Derek, sa curiosité piquée au vif.

— Non, pas du tout, mentit allègrement Nick.

— Eh bien, mieux vaut toi que moi alors, conclut Derek en haussant les épaules. Tu veux que je m'occupe de ça ?

— Non, je sais comment Damian aime son café, mais tu pourrais descendre acheter des pâtisseries, suggéra Nick. Et Ashley prend habituellement un café au lait.

— Ouais, je sais. D'accord, où est-ce que je dois aller et qu'est-ce que je dois prendre ? demanda Derek.

Nick lui répondit et lui donna l'argent. Derek parti, Ashley revint dans la cuisine.

— J'espère que tu ne verras pas d'inconvénient à porter quelque chose d'un peu inhabituel aujourd'hui, Nick. Je l'ai fait faire rien que pour toi. Je lance une nouvelle ligne, et je pense que ce sera un succès.

— Je pense que tu aurais peut-être dû me consulter d'abord, Ash, le réprimanda Damian en entrant à son tour.

Ashley hocha vigoureusement la tête.

— Tu as raison, mais j'étais certain que tu serais d'accord. Je l'ai fait faire spécialement pour Nicholas, dans sa couleur.

Il guida les deux hommes vers un carton laissé dans le studio. Il en sortit une boite en cuir rouge, qu'il ouvrit avec révérence.

Nick se pencha et vit un collier en cuir souple rouge. Il ne ressemblait pas à un collier de chien, mais était conçu pour reposer à plat à la base du cou.

— Je trouve que c'est plutôt un accessoire symbolique, expliqua Ashley. En fonction des goûts, il n'a pas à supporter une grande force de traction comme pour un chien qui tirerait sur sa laisse. J'ai pensé que pour un maître raffiné, un de ceux qui souhaitent rehausser la beauté de leur soumis plutôt que de le promener en laisse comme un toutou, ce collier serait éminemment désirable.

Ashley sortit l'objet de la boite.

— Nicholas, tourne-toi, s'il-te-plaît.

Il noua le collier sur son cou, le lissant du plat de la main. Le devant formait un 'V' niché dans le petit creux à la base de la gorge.

Plongeant les yeux dans ceux de Damian, Nick leva une main pour toucher le cuir souple.

Ashley sourit de plaisir.

— Tu es ravissant avec ça, Nick. Regarde-toi.

Il entraîna le jeune homme vers la salle de maquillage pour qu'il s'admire dans le miroir. Nick eut le souffle coupé devant l'effet saisissant du rouge soutenu contre sa peau.

— Nicholas, suis-moi, commanda Damian.

Nick le suivit dans son bureau avec inquiétude, puis se dandina d'un pied sur l'autre, rempli d'appréhension.

— Tu n'as pas mérité ce collier, pas de ma part, commença Damian d'un ton sévère. Tu peux le porter pour la séance, mais il n'est pas à toi, compris ?

Il détacha le collier qu'il posa sur le bureau.

— Bien entendu ! s'écria Nick, ne comprenant pas ce que voulait dire Damian. Aucun de ces trucs n'est à moi. Je ne volerai jamais rien !

Damian se mit à rire, un peu troublé à la vue de son magnifique gamin avec le collier qu'il avait envie en réalité de lui laisser à titre permanent.

— Je suis content que tu t'en rendes compte, mais il ne m'est jamais venu à l'esprit que tu pourrais envisager de le voler.

Soucieux de détourner Nick de sa réaction excessive face à la bande de cuir symbolique, Damian poursuivit :

— J'aime voir des bijoux sur mes soumis, et tu n'en portes aucun. Essayons donc ceux-là pour vérifier si c'est la bonne taille. Déboutonne ta chemise.

Les doigts de Nick volèrent aussitôt sur les boutons, ouvrant la chemise à rayures turquoise. Damian s'approcha et pointa le sol. Nick tomba à genoux, mal à l'aise, ne sachant si la porte était juste poussée ou verrouillée.

— Ferme les yeux, pet.

Nick obéit ; des doigts chauds encerclèrent ses mamelons, le faisant haleter. Il trembla sous la caresse délicate qui les fit durcir.

— Tu es très réceptif, pet, ronronna Damian.

Du pouce et de l'index, il tira gentiment sur les petites pointes sombres ; la tête de Nick partit en arrière, la bouche grande ouverte.

Le jeune homme réprima un petit cri quand Damian lui pinça les mamelons, un frisson de douleur flirtant avec ses nerfs, faisant se redresser son sexe. Le sang afflua dans ses mamelons et son aine, le propulsant dans un océan de plaisir.

Damian tira plus fort sur les petits boutons de chair, décidant qu'ils ne pourraient pas durcir davantage. Il était très tenté de s'agenouiller devant Nick et de les prendre en bouche, de les lutiner, mais il avait un autre but en tête.

Damian écarta les mains ; Nick vacilla puis se pencha en avant, en quête du contact sensuel qui l'avait maintenu au bord du précipice. Une sorte de pince froide captura un de ses mamelons en érection, lui arrachant un petit cri. Il faillit rouvrir les yeux, mais se rappela juste à temps qu'il devait obéir. Son maître ne l'avait pas autorisé à rouvrir les yeux, et il ne voulait pas recevoir une fessée avec tout ce monde derrière la porte qui pouvait entendre tout ce qui se passait.

Un pincement sur son autre mamelon, et Nick sentit quelque chose de frais frôler ses côtes.

— Ouvre les yeux, pet, dit Damian, paraissant très content de lui.

Nick obéit et vit deux pincettes en argent scintiller sur sa poitrine, une chaînette de jonction oscillant doucement entre ses mamelons, effleurant son torse.

— Qu'est-ce que c'est, Monsieur ?

— Des pinces à seins, répondit Damian avec un sourire malicieux. On les prend en photo aujourd'hui. J'ai pensé que tu n'aimerais pas qu'Ashley ou Gabe te les mette.

Nick frissonna, l'air horrifié.

— Non, je n'aurais pas aimé. Merci, Monsieur.

— C'est très bien, pet. N'omets jamais de me remercier, que je te donne du plaisir, de la douleur, ou les deux.

Le tenant par le menton, Damian lui caressait la mâchoire de ses longs doigts fins.

— Dis-moi ce que tu ressens.

— Au début, ça a un peu pincé. Maintenant, c'est un peu engourdi, répondit Nick après réflexion.

— Ça fera encore plus mal quand on te les enlèvera, tu comprends ? dit Damian.

Il fut ravi de voir luire de l'appréhension dans les yeux de son soumis.

— Mais tu le supporteras. En fait, je suis sûr que tu vas apprecier ce que j'ai prévu pour toi. Maintenant, remets ta chemise. On ne va pas faire ces photos tout de suite.

Nick se reboutonna et resta à genoux, attendant que Damian le libère.

— Tu peux y aller, pet. La scène est finie.

— Merci, Monsieur, dit Nick en se relevant.

VI

Nick s'installa sur la chaise de maquillage, refusant d'enlever sa chemise.

— Ce sont les ordres de Damian, expliqua-t-il à Gabe, qui sourit d'un air entendu.

Gabe lui poudrait le visage pour éviter qu'il luise sur les photos.

— Eh bien, nous ne devons pas *lui* désobéir, pas vrai ? le taquina-t-il.

— C'est le photographe, répondit Nick, en espérant ne pas trahir son inquiétude.

Quand Damian fut enfin prêt, seuls Nick et deux autres modèles blonds étaient encore présents dans le studio. Les deux jeunes hommes portaient seulement un pantalon de cuir et Nick, fasciné, n'arrivait pas à détacher le regard de leurs tétons. Tout comme lui, ils portaient des pinces, et il se demanda si leurs mamelons pulsaient comme les siens, battant en rythme avec son pouls.

On lui avait également donné un pantalon en cuir noir et il arriva sur le plateau pieds nus, les pans de sa chemise flottant sur son pantalon. Il était reconnaissant à Ashley d'avoir ordonné aux modèles féminins de s'en aller. Elles auraient voulu s'attarder histoire de mater la mise en scène, mais Ashley leur avait malicieusement reproché de tenter de lui soutirer des émoluments plus élevés sous prétexte qu'elles restaient plus longtemps que prévu en studio.

Damian positionna les trois hommes sur le plateau, avec un modèle blond de chaque côté de Nick. Il régla les éclairages, afin que le bas de leurs corps soit plongé dans l'ombre, avec juste un soupçon d'éclat de lumière fascinant pour se refléter sur le cuir.

Il croisa le regard de Nick, et commanda d'un ton mesuré :

— Enlève ta chemise, Nicholas.

C'était sa voix de Dominant, et le jeune homme trembla du désir illicite d'obéir à ses ordres devant les autres, qui n'étaient pas au courant.

— Oui, Monsieur, répondit-il d'une voix rauque.

Il enleva sa chemise, s'attendant à entendre des hoquets de surprise, mais les deux autres modèles se montrèrent complètements blasés face aux pinces sur sa poitrine.

— D'accord, Markie, je veux que tu attrapes Nick par les cheveux et que tu lui tires la tête en arrière, de sorte que seul le bas de son visage soit dans la lumière. Bien, comme ça. Et toi, Craig, attrape-lui les poignets et ne le lâche plus.

Damian guida l'autre modèle pour qu'il tienne les bras de Nick en arrière, légèrement éloignés de son corps.

— Maintenant, Markie, à mon signal, enlève la pince de droite. Laisse ta main sortir très lentement du champ. Je filme avec un automatique et un numérique en simultané afin de capturer l'instant exact que je recherche. Tu comprends ?

Ils hochèrent tous trois la tête. Nick sentit Markie affermir sa prise dans ses cheveux.

Damian examina le tableau à travers son viseur.

— Craig, tu peux lui saisir l'autre main pour qu'il ait l'air piégé ?

— Bien sûr, répondit gaiement le jeune homme blond.

Nick *se sentit* effectivement piégé, et son sexe enfla de plus belle dans son pantalon serré. Il n'arrivait pas à y voir sous la lumière crue des projecteurs, mais il avait parfaitement conscience que Damian et Ashley l'observaient, et il prit nerveusement sa lèvre inférieure entre ses dents.

— Ne t'avise pas de te mordiller la lèvre, Nicholas !

Nick la relâcha et la lécha nerveusement.

— Bien. Action ! ordonna Damian.

Nick sursauta quand la main de Markie se posa sur son ventre et remonta doucement sur son torse jusqu'à ce que ses doigts trouvent la pince. La tête tirée en arrière, il déglutit avec difficulté. Puis Markie enleva la pince, et la douleur, associée au fait que Damian le couvait du regard, envahit tous les sens de Nick. L'afflux de sang dans son mamelon lui envoya des ondes de choc à travers tout le corps, lui soutirant un cri. Son sexe durcit tellement qu'il eut peur de jouir sur l'instant, devant tout le monde.

Damian cessa de mitrailler la scène quand Nick s'écroula dans les bras de Markie.

— C'était génial ! Absolument génial ! s'exclama Ashley.

69

— Voyons si j'ai eu ce que je voulais. Sinon, il va falloir qu'on recommence tout, déclara Damian avec une moue désabusée.

Le modèle blond relâcha Nick, Markie lui tapotant le dos tandis qu'il chancelait.

— C'est la première fois que tu en utilises ?

— Ouais, admit Nick.

Sa première impulsion avait pourtant été de prétendre que rien de tout cela n'était nouveau pour lui.

— Ne t'inquiète pas ; tu seras bientôt un pro comme moi, le rassura Markie.

D'une démarche chaloupée, il rejoignit Ashley devant l'écran du moniteur.

Nick se tortilla de plus belle ; tout le monde savait donc ce qui se passait ? Qu'est-ce qui leur faisait penser qu'il ne faisait pas que poser ?

Il alla se camper derrière Damian. Incroyablement embarrassé, il sentait la chaînette se balancer à son autre mamelon, oscillant sur son torse à chaque pas. Il aurait voulu enlever la pince restante, mais il avait peur de glapir devant tout le monde.

Sur le moniteur, Damian faisait défiler les photos numériques à la façon d'un court-métrage. Lorsque Markie lui avait tiré la tête en arrière, Nick vit comment la lumière s'était posée principalement sur son cou et son torse, laissant son visage dans l'ombre.

Damian stoppa le diaporama sur l'image qu'il avait tout particulièrement voulu capturer.

— C'est ça. C'est ce que je voulais.

— Splendide, souffla Ashley, tout excité.

Sur ce cliché, Nick voyait le tracé de ses muscles se détacher nettement sous la peau lisse alors qu'arc-bouté, il se tendait contre les mains qui le retenaient. Bouche ouverte sur un cri muet de douleur et de plaisir mêlés, il avait les mains dans l'ombre, mais on en voyait assez pour comprendre qu'il était retenu de force.

La main de Markie jetait une ombre sur son torse tandis qu'un point de lumière dansait sur le métal de la pince.

— C'est cet instant très précis, quand le soumis sait qui contrôle son corps ! se rengorgea Ashley. Ça va être le meilleur catalogue de tous les temps !

Il tapota joyeusement les fesses de Markie pour le féliciter ; le jeune homme glapit en sursautant, ses lacérations palpitant sous ce nouvel assaut.

Puis Ashley prit Nick dans ses bras qui couina comme la pince, sur son mamelon, s'écrasait contre son torse.

— Désolé, mon garçon, sourit Ashley, une lueur machiavélique dans les yeux. J'avais complètement oublié ça.

Nick remarqua que Derek le considérait avec un respect admiratif : il tourna un regard suppliant vers Damian. Comment diable allait-il enlever l'autre pince ? Il ne pouvait pas le faire devant tout le monde – surtout après que sa réaction eut été immortalisé sur pellicule.

Damian vola à son secours.

— Viens avec moi, Nick.

Le jeune homme entendit des ricanements dans son dos, mais il était trop désespéré pour se soucier des railleries. Il courut derrière Damian, priant pour ne pas être renvoyé chez lui avec ce nouvel appareil de torture sur le torse.

Damian l'introduisit dans son bureau et ferma la porte.

— Viens ici, Nick, dit-il gentiment.

Il le retourna contre son torse ; passant un bras autour de sa taille, il lui bloqua les bras le long des flancs.

— Tu sais que ça va faire mal.

Nick hocha la tête. Il se cambra et glapit lorsque Damian ôta la seconde pince, mais il fut reconnaissant de sentir la chaleur de l'autre homme dans son dos. Damian jeta la pince sur son bureau et lui massa les mamelons endoloris.

Nick se détendit contre lui ; quelque chose de chaud et de dur poussait contre ses fesses. Damian était excité lui aussi. Son sexe pulsait tout comme ses mamelons, et Nicholas savourait de plus en plus les caresses de Damian, qui le frottait doucement.

Un murmure rauque le rassura.

— Nous jouerons plus tard, mon bébé. Je dois retourner travailler.

Damian le repoussa gentiment avec une dernière caresse, riant tout bas en croisant le regard brillant de désir du jeune homme.

— Reprends-toi et rejoins-nous quand tu seras prêt. On a encore une séance à boucler aujourd'hui.

Il se pencha pour lécher le mamelon rougi avant de sortir, et la main de Nick vola sur son sexe, le frottant à travers le pantalon en cuir. La porte s'ouvrit, et il sursauta en enlevant sa main de peur d'être pris sur le fait.

— Ne jouis pas tant que je ne t'y ai pas autorisé, ordonna Damian, avant de disparaître de nouveau.

71

L'ATELIER ÉTAIT enfin calme. Nick était assis à la table de la cuisine, se sentant un peu faible. Il avait porté la cage de chasteté pendant plus de vingt-quatre heures, ce qui l'avait empêché d'avoir une érection. S'en était suivie une journée de stimulation accrue et d'effroi, durant laquelle il était resté dans un état d'excitation extrême plus ou moins continu.

Il avait faim. Et il était excité comme jamais.

Damian sortit du bureau et regarda son assistant.

— Tu as l'air fatigué. Tu veux rentrer chez toi ?

— Quels sont mes choix ? demanda Nick. Si je rentre chez moi, je peux me masturber ?

Damian se mit à rire.

— Si tu veux. Ou alors je peux le faire pour toi.

Nick se redressa sur sa chaise, tout de suite plus alerte.

— Vous le feriez ?

— Pas tout de suite, le taquina Damian. J'ai faim. Ça te dirait de commander indien ?

— Ouais, accepta Nick avec empressement. Vous voulez que j'y aille ?

— Non, on va se faire livrer. Je voulais te parler de toute façon.

Damian regagna son bureau. Après un moment, il passa la tête dans l'embrasure.

— Eh bien ?

— Vous ne m'avez pas dit de vous suivre, fit remarquer Nick, en se précipitant pour rejoindre son patron.

Damian leva les yeux au ciel.

— À moins que je te précise qu'il s'agit d'une scène, tu peux agir normalement, Nick.

Il fouilla dans le tiroir et sortit un des menus, puis décrocha le téléphone pour passer commande. Penché en arrière, il étira les bras au-dessus de sa tête.

— Qu'est-ce qui te tracasse ?

— Vous êtes… Vous êtes mon patron, dit Nick, mal à l'aise. Et aussi, mon… mon… mon quoi, au juste ?

Damian sourit avec compassion.

— Je vois ton problème. On est passé à l'étape suivante un peu trop rapidement. Mais je ne voulais pas te donner trop de règles d'un coup. En voici quelques-unes. D'abord, étant ton patron, je peux te demander d'aller chercher du café ou autre, c'est dans l'ordre des choses. Par contre, je ne peux pas te dicter ce que tu dois faire avec ton corps ; ça serait illégal. Je ne te forcerai jamais à quoi que ce soit, encore moins à t'imposer des relations sexuelles avec moi. Tu es adulte, personne ne te met un couteau sous la gorge ; tu es libre de te retirer et de partir à tout moment. Tu travailles pour moi en tant que modèle pour un catalogue de jouets sexuels. Dans cette optique, je peux te diriger pour prendre une pose, mais tu as toujours le droit de refuser quoi que ce soit qui te mette mal à l'aise.

— Je n'en étais pas loin aujourd'hui, murmura Nick.

— Je sais. Je n'aurais pas dû faire ça, et je te demande pardon. Dorénavant, je te laisserai vivre l'expérience par toi-même et tu prendras la décision de le faire ou pas sur pellicule.

— Vous me demandez pardon ? souffla Nick, les yeux écarquillés.

— Oui. Quoi ? demanda Damian, déconcerté.

— Est-ce que vous êtes supposé demander pardon quand vous êtes un… un… maître ?

— Je préfère Dominant, et oui, je suis supposé m'excuser si j'ai mal agi.

Damian s'esclaffa devant l'expression surprise de Nick.

— Écoute, tu te souviens l'autre jour quand tu as suggéré d'utiliser le petit esclave et le bras d'Ashley lorsque Markie était penché sur le banc ?

— Oui.

— On a travaillé ensemble ce jour-là à créer une photo d'art qui n'était pas seulement magnifique, mais qui mettait les produits en valeur en distillant une ambiance particulière. On a fait le travail qu'on était censé faire. C'est notre collaboration qui a su créer sur pellicule cette image particulière.

— Vous êtes en train de dire qu'on est ensemble sur ce coup-là…, analysa Nick.

— Exactement. Tu aimes être fessé, j'aime te fesser. Sans toi, je n'aurais pas un adorable petit cul qui se tortille sur mes genoux. Passons un accord. Je veux que tu obtiennes ce que tu recherches, et je ne le ferais pas si ça ne me plaisait pas.

— Vous aimez me fesser ?

Damian faillit éclater de rire devant l'expression étonnée de Nick.

73

— J'adore ! Et j'espère qu'il en est de même pour toi. J'avais espéré que tu restes un peu plus tard ce soir, pour que je puisse te montrer autre chose.

D'un coup, Nick se sentit de nouveau en pleine forme.

— *Oui*, Monsieur !

APRÈS UN dîner convivial au cours duquel Damian parla de ses idées pour le catalogue d'Ashley, Nick fit la vaisselle pendant que son hôte essuyait et rangeait. Il se demanda pourquoi il avait toujours trouvé Damian si sévère et inaccessible, tandis que de son côté, Damian était surpris par la créativité et le sens de l'humour de son bel assistant. Ce n'était pas souvent qu'un jeune homme aussi beau était également disposé à prendre des risques – voire à se rendre ridicule.

— Va dans le bureau et attends-moi là, pet.

Nick n'avait plus besoin que Damian l'appelle 'pet' pour comprendre que leur relation avait changé. La voix autoritaire aux accents traînants suffisait à elle seule. Il se rendit dans le bureau, puis s'inquiéta de savoir s'il devait s'agenouiller ou rester debout. Qu'attendait de lui son maître ? Indécis, il fronçait les sourcils quand Damian entra dans la pièce, ce qui fit sourire ce dernier.

— Qu'est-ce qui ne va pas, pet ?

— Suis-je supposé m'agenouiller ou quoi ?

— Ça te calme quand tu sais ce que j'attends précisément de toi ?

— Monsieur, je veux juste vous faire plaisir, répondit simplement Nick.

Damian fut surpris de constater combien cela le touchait.

— Si tu veux me faire plaisir…

— Oui, Monsieur ?

— Déshabille-toi.

Damian le regarda obéir avec des doigts tremblants. Il appréciait chaque mouvement ; le gamin était exceptionnellement gracieux dans ces moments difficiles, enlevant son pantalon sans se prendre les pieds dedans. Il finit par adopter une position soumise en s'exposant complètement.

Damian effleura l'aréole d'un mamelon, suscitant un souffle frémissant.

— Ils sont douloureux ?

— Pas vraiment, Monsieur, juste… un peu… sensibles.

— Ça t'a plu quand je t'ai attaché à cette barre, juste pour mon plaisir ?

Nick déglutit avec peine.

— Oui, Monsieur.

— Ça m'a plu aussi, et pourtant, si je voulais te restreindre en ne recourant qu'au son de ma voix, est-ce que tu m'obéirais ?

Nick hocha la tête, hypnotisé par les yeux au regard d'un bleu profond de son maître.

Damian passa derrière lui, remarquant le léger raidissement de sa colonne vertébrale. Il éteignit le plafonnier, de sorte que la pièce ne fut plus éclairée que par la lampe de bureau qui nimbait le jeune homme nu d'une lueur aux reflets chauds. Il écarta légèrement du mur le canapé en cuir et prit un bandeau.

— Tourne-toi vers moi, dit-il.

Nick obéit, le souffle court. Damian pouvait déceler les battements de son cœur sous la peau dorée de sa poitrine.

— Je vais te bander les yeux. Et te toucher partout où j'en ai envie. Tu es à moi jusqu'à ce que je te libère. Est-ce que tu es à moi ?

Nick hocha lentement la tête.

Damian lui mit le bandeau, en s'assurant que le jeune homme ne puisse plus rien voir. Il le prit par le bras pour le guider.

— Agenouille-toi sur le canapé, pet. Mains dans le dos.

Il aida Nick à s'agenouiller sur un coussin, le poussant légèrement en avant.

Damian fit lentement courir ses doigts sur son dos, remarquant le léger frisson tandis qu'il se rapprochait des fesses du jeune homme. Main gauche posée sur le dos de Nick, il laissa la droite vagabonder à sa guise.

Nick se demanda ce que Damian allait faire. Son maître avait déclaré qu'il le toucherait où et comme il le voudrait, et il y avait des zones où Nick n'avait jamais été caressé. Il se sentit vulnérable et incertain. Rien qu'à cette pensée, son sang battit plus fort dans ses veines.

Des doigts calleux lui saisirent un mamelon et son sexe 'fit un bond'. Cela lui fit penser aux pinces que Damian lui avait mises tantôt.

Puis quelque chose lui chatouilla l'oreille.

— Ne jouis pas tant que je ne te le permets pas, lui ordonna Damian.

— Oui, Monsieur, répondit Nick d'une voix rauque.

Une paume se posa sur ses fesses pour en caresser lentement les courbes, puis… une claque. Ça le piqua et une chaleur particulière se diffusa dans la partie charnue de son anatomie, mais sans que cela lui fasse mal. Nick peinait à se contrôler en se représentant le tableau qu'il devait offrir, ainsi agenouillé, cul nu en évidence, accessible à tout ce que l'autre homme aurait envie de lui faire. Habillé de la tête aux pieds, Damian le touchait déjà comme bon lui semblait.

Il sursauta quand il sentit des dents lui mordiller le cou. Damian retira la main gauche de son dos, le laissant seul et désorienté dans le noir. Le contact suivant se fit à l'intérieur de sa cuisse, des ongles le griffant légèrement du genou jusqu'aux testicules. Il frissonna en resserrant les jambes.

— Est-ce que je dois prendre l'écarteur ?

Damian observa la rougeur qui se propagea sur le dos de Nick en réaction à la menace érotique. Il écarta lentement les jambes du jeune homme et les maintint en position.

— C'est peut-être ce que je vais faire. J'aime te voir avec l'écarteur, impuissant et vulnérable.

Nick écouta les pas de son maître décroître puis revenir. Cette fois, il s'était préparé à la fraîcheur des menottes tandis que Damian attachait ses chevilles à la barre.

— Essaye, pet. Tu ne seras pas en mesure de refermer les cuisses. La barre les maintient ouvertes, offertes à mon bon plaisir.

Nick bougea mais ne put resserrer les jambes, en effet. Il était très conscient de l'air frais sur ses testicules qui oscillaient doucement à chaque mouvement.

— Garde tes mains exactement où elles sont. Je préférerais ne pas avoir à t'immobiliser complètement. Pourquoi vas-tu laisser tes mains où elles sont ?

— Parce que vous me l'avez dit, Monsieur.

— Très bien, approuva Damian.

Le corps de Nick était incroyablement beau ainsi penché docilement en avant, luisant dans la pénombre, avec un soupçon de lumière jouant sur sa peau en sueur.

Damian passa une main à l'arrière de sa cuisse, puis emmêla les doigts de son autre main à ses boucles, lui tirant la tête en arrière comme l'avait fait Markie un peu plus tôt. Il vit saillir les tendons de son cou tandis qu'il le maintenait en position. Puis il se pencha enfin pour revendiquer la bouche superbe, mordillant gentiment la lèvre inférieure avant de faufiler sa langue à l'intérieur. Il explora pleinement la douce moiteur de sa bouche, mêlant sa langue à la sienne pour mieux la conquérir et établir sa domination. Il libéra finalement les lèvres du jeune homme et prit le petit gémissement de désir comme un hommage.

Il lâcha Nick et la tête bouclée vint se poser sur le dossier du canapé ; le jeune homme haletait doucement en tâchant de reprendre sa respiration.

Nick se cambra avec un cri quand il sentit des lèvres chaudes se refermer sur un de ses mamelons. Des dents mordillèrent la chair délicate tandis que, d'une langue agile, Damian le stimulait. Il prit soin de ne le toucher en nul autre endroit, de sorte que lorsqu'il le relâcha, le jeune homme fut désorienté, ne sachant pas d'où viendrait le contact suivant.

Damian se leva et se mit à tourner autour de son magnifique soumis, assénant quatre claques rapides sur le postérieur sans défense. Il fut enchanté de voir Nick soulever les fesses en réaction à chaque claque.

— Arque le dos. Soulève les fesses pour moi, pet, chuchota-t-il, sa voix douce contrastant avec la brutalité des claques.

Nick obéit et la main de Damian glissa sur la courbure de ses côtes, lui entourant la taille.

— Si mince et si beau. Je pourrais te casser en deux. Mais je ne le ferai pas. Je préfère te garder encore un peu. Est-ce que je te fais bander ?

— Seigneur, oui, Monsieur, gémit Nick.

Son sexe négligé était dressé contre son ventre et ses testicules frémissaient sous l'effet de la surcharge sensorielle. Damian fit courir ses doigts sur sa peau, lui envoyant de petites décharges de plaisir. Il n'avait pas réalisé que chaque parcelle de son corps était une zone érogène, mais les tendres caresses, les pincements, les claques soudaines, et l'occasionnelle douceur des lèvres ou de la langue de Damian l'avaient complètement excité, alors que son maître n'avait pourtant toujours pas touché sa verge ou ses bourses.

Damian mordilla l'intérieur du bras de Nick et le sentit trembler, comme s'il ne pouvait plus tenir le jeune homme en position.

Il glissa la main sur la courbe de ses fesses offertes.

— Est-ce que je dois te fesser ? Peut-être que je devrais, juste parce que je le peux. Juste parce que je le veux. J'aime te voir sursauter, te tortiller et te trémousser. Je vais te fesser si fort que tu ne pourras plus t'asseoir demain. C'est ce que tu veux ?

— Si c'est ce que vous voulez, Monsieur, chuchota Nick.

Son cœur battait à tout rompre.

Ça faisait mal, mais son sexe tendu le faisait également souffrir, pulsant du désir éperdu de sentir la main de Damian sur sa peau échauffée. Il le désirait *désespérément*.

Et puis il reçut une claque retentissante sur les fesses ; malgré la douleur, Nick en voulait encore. Il souleva son postérieur pour encourager chacune des claques suivantes et une merveilleuse chaleur lui irradia le bas du dos. Damian lui administra alors une succession de claques rapides, couvrant chaque millimètre de ses fesses jusqu'à ce que, le souffle coupé, Nick ait l'impression d'être en feu.

Et puis la main se remit à le caresser, apaisant en partie les douleurs de ses chairs échauffées.

— Tu es si beau comme ça, rouge et brûlant, penché en avant pour que je te fasse tout ce qui me plaît !

Damian le vit frémir.

— Je vais te rafraîchir, Nick. Ne bouge pas.

Il alla ouvrir un tiroir du bureau pour en sortir un tube de lubrifiant qu'il avait acheté dans la semaine avec l'espoir d'en avoir très vite l'utilité. Il en versa un peu au creux de sa paume puis revint l'étaler sur les deux globes rougis.

— Tu es rayonnant, pet. J'aime te voir comme ça. Un de ces jours, je prendrai une photo afin que tu puisses voir toi aussi combien tu es séduisant quand tu viens juste de prendre une fessée.

Nick sentit ses brûlures s'apaiser tandis que Damian lui appliquait le gel. Il couina quand le photographe glissa les doigts entre ses cuisses pour y étaler le lubrifiant, le dos de ses mains effleurant ses testicules.

À chaque passage, Damian se rapprochait un peu plus de la raie des fesses de Nick qui, très gêné par cette intrusion progressive dans ses chairs les plus secrètes, tenta de resserrer les jambes en oubliant l'écarteur qui lui immobilisait les chevilles.

Damian rit de la vaine tentative du jeune homme pour se protéger.

— Tu es à ma merci, Nicholas. Je vais te toucher exactement où j'en ai envie, et il n'y a rien que tu puisses faire pour m'en empêcher.

Nick hoqueta et rejeta la tête en arrière tandis que Damian glissait un doigt dans le sillon de ses fesses, passant sur son orifice.

— Non, s'il vous plaît… ne me… touchez pas là…, supplia-t-il, bien qu'il se sente incroyablement excité.

De l'autre main, Damian trouva son sexe rigide et le caressa doucement.

— Ton esprit dit non, mais ton corps dit oui, Nicholas. Et je te *toucherai* partout où je le veux.

— Je vous en prie… non…, l'implora Nick.

— Tu oublies une chose : tu m'appartiens, et j'ai le droit de jouir de ma propriété comme je l'entends. Chaque partie de toi est magnifique, pet. Dis-moi la vérité. Est-ce que tu aimes quand je te touche *là* ?

Damian massait la peau plissée de son orifice.

Nick se rappela qu'il devait dire la vérité. Cela lui semblait très *gay*, mais c'était scandaleusement bon.

— Oui… j'aime ça, admit-il.

Damian vit la tension s'évacuer du jeune homme tandis qu'il exprimait ses désirs.

— Alors je vais te montrer tout le plaisir que je peux te donner. Tu es si beau, pet, agenouillé et ouvert pour moi, avec le bas du dos rougi par ma main, impatient que je t'explore.

Nick s'arc-bouta, poussant les fesses contre la paume ouverte de Damian. Le doigt qui jusque-là le caressait se pressait maintenant contre son entrée, s'y insinuant lentement. Haletant, le jeune homme gémit.

— Ça brûle…

— Ça va aller mieux, pet. Tu vas voir, lui promit Damian, la voix rauque. Tu fais ça pour mon plaisir, tu te rappelles ?

— Oui…

Damian le pénétra plus profondément, faisant doucement glisser son doigt à l'intérieur, puis à l'extérieur, gagnant du terrain à chaque poussée.

Nick sursauta quand Damian effleura quelque chose enfoui en lui, ce qui envoya la plus incroyable des sensations sur son sexe. Il haleta tellement il était excité. Le doigt de Damian bougeait plus facilement en lui maintenant, et il gémit de frustration quand il se retira.

Damian lui caressa le dos.

— Tu as aimé ça.

Deux doigts le pénétrèrent cette fois, et Nick poussa vers eux, gémissant de douleur, en quête de cette sensation de plénitude, même si le passage du dernier anneau de muscles faisait très mal. Mais il était tellement déterminé à ressentir ce sentiment au tréfonds de lui qu'il était prêt à supporter des crampes pour mériter un tel plaisir.

Damian le doigtait gentiment, remuant de temps en temps son index. Le jeune homme était comme un brasier à l'intérieur, brûlant et soyeux.

Damian ne voulait rien tant qu'y plonger enfin et revendiquer Nick d'un flot de semence pour le marquer comme sien.

Mais il devait y aller en douceur ; pour l'instant, il s'abstiendrait. Bientôt, Nick lui appartiendrait, mais pas ce soir. Il saisit le sexe durci du jeune homme, y enroulant ses doigts habiles.

Nick gémit sous l'intensité du plaisir ; il poussa sa verge en avant dans la main qui l'entourait, puis se balança en arrière, les doigts de Damian s'enfonçant en lui. C'était presque comme si le photographe caressait son sexe de l'intérieur *et* de l'extérieur. Il n'avait jamais ressenti un tel plaisir et son extase augmenta à mesure qu'il oscillait d'avant en arrière, de plus en plus vite.

Damian se pencha et lui chuchota :

— Jouis, *maintenant !*

Nick se frotta contre sa paume et jouit avec un cri rauque, aspergeant le canapé en cuir de longues giclées blanchâtres. Tremblant de tous ses membres, les tympans bourdonnant, il s'effondra sur le dossier du canapé, à bout de force.

Damian sourit et retira ses doigts. Laissant Nick pour l'instant, il alla se laver les mains. Puis il prit un gant de toilette humide et revint nettoyer son amant. Il lui enleva le bandeau et le jeune homme ouvrit les yeux avec un sourire embué.

— Merci, Monsieur. C'était...

— Je suis ravi que ça t'ait plu, même si tu pensais le contraire, le taquina Damian.

— Qu'en est-il de vous, Monsieur ? Que puis-je faire pour votre plaisir ? demanda vivement Nick.

Damian était plus ravi encore que le jeune homme propose déjà de le servir. Il le remit sur pied, conscient que l'écarteur limitait beaucoup ses mouvements, puis le poussa à genoux sur la moquette.

Il se tint debout en face du jeune homme nu.

— Sors mon sexe.

Nick ouvrit le jean de Damian avec des mains tremblantes et le descendit un peu sur ses cuisses afin qu'il ne risque pas de frotter contre les dents de la fermeture éclair. Il découvrit que son maître portait lui aussi un boxer. Il leva les yeux pour quêter son consentement et Damian hocha la tête.

Nick sortit alors son sexe par la fente du boxer et en eut le souffle coupé. Il avait oublié qu'il était aussi gros. Remarquant qu'il était tout humide, il se pencha sans réfléchir pour le goûter – salé et amer, avec un petit goût sucré sous-jacent. Il n'était pas sûr que ça lui plaise tant que ça.

— Sers-toi de tes mains. Fais-moi jouir, ordonna Damian.

Nick lécha sa main et explora avidement le sexe viril gonflé de désir. Non sans une légère hésitation, il plaqua sa langue à la veine qui courait sous la hampe, et entendit Damian haleter. Enhardi par son succès et le sentiment de pouvoir qu'il ressentit à donner tant de plaisir à l'autre homme, Nick augmenta la pression de ses mains. Pousserait-il l'audace jusqu'à oser toucher les testicules de Damian sans son autorisation expresse ?

Il se rendit compte qu'agenouillé comme il l'était, il n'avait pas assez d'appui ; l'angle n'était pas bon. Il se pencha en avant et lécha timidement le gland de Damian.

Son maître joua des hanches en sentant glisser sur lui la langue chaude et humide. Nick fixa son sexe dur avec fascination.

Puis il ferma les yeux et inspira profondément, ses cils ombrant joliment ses joues. Damian sentait l'excitation et le musc. Nick se pencha un peu plus et frotta sa joue à la verge, savourant la sensation. Il ouvrit la bouche pour suçoter le gland, passant lentement la langue sur la crête, assimilant la sensation qui lui était jusque-là inconnue.

Damian faillit jouir rien que de voir Nick aspirer son sexe dans sa bouche. Il n'aurait jamais cru le jeune homme prêt à cela, et ne l'avait donc pas exigé, mais la chaleur humide des lèvres douces était tellement exquise qu'il ne put le repousser, même si son soumis lui désobéissait.

Nick essaya de prendre toute la longueur dans sa bouche et finit par s'étouffer quand le gland toucha le fond de sa gorge. Il sentit les doigts de Damian glisser en douceur dans ses cheveux, tirant gentiment sur ses boucles.

— Vas-y doucement. Tu ne peux pas le prendre tout entier dès la première fois, pet. Détends-toi, ralentis. Goûte-moi ; découvre ce que ça fait d'avoir un sexe en érection dans la bouche.

Sa propre verge tressauta d'excitation et se remit à gonfler. Nick se demanda si son destin serait désormais de bander à moitié chaque fois qu'il serait en présence de Damian. Sa voix à elle seule lui court-circuitait le cerveau et portait directement à son entrejambe. Nick n'arrivait plus à penser ; il ne pouvait plus que sentir la peau veloutée recouvrant le corps caverneux qui lui remplissait la bouche de manière si satisfaisante. Il réalisa soudain qu'il adorait sentir le poids du sexe de Damian sur sa langue, et qu'il en voulait plus.

Il fit tourbillonner avec adoration sa langue autour du gland et la glissa sous la crête, remarquant le petit sursaut d'excitation que sa caresse provoqua. Il commençait à s'habituer à la saveur des gouttes qui perlaient du gland, savourant leur goût salé. Il referma une main à la base du membre de Damian tout en lui saisissant les testicules de l'autre, les faisant rouler entre ses doigts. C'était la première fois qu'il touchait vraiment Damian, et il regretta qu'il ne fût pas complètement nu pour qu'il puisse admirer son corps tout entier.

Le petit balancement de ses hanches était devenu un élan rythmique, Damian s'enfonçant dans sa bouche à une vitesse croissante. Nick ouvrit plus grand la bouche, laissant sa langue glisser sur la verge. Il sentit les testicules se rétracter, tandis que son sexe semblait encore s'allonger ; il étira les lèvres en une tentative désespérée de le retenir.

— J'y suis presque, dit Damian, la voix tendue. Tu n'as pas à…

Nick se mit à fredonner et la vibration amena le photographe au bord du précipice. Abdominaux contractés, il s'enfonça encore dans la bouche du jeune homme, une main plaquée sur la tête de son soumis pour le maintenir en place, l'autre l'agrippant par l'oreille. Nick avala, incertain de la texture ou de la consistance qu'il engloutissait, mais sûr et certain d'aimer le pouvoir qu'il avait de faire jouir Damian aussi fort.

Ce dernier se tétanisa et Nick le sentit frémir une dernière fois avant que son corps ne se détende. Après quelques instants, il se retira doucement et ordonna :

— Nettoie-moi avec ta langue, pet.

Nick lécha avec obéissance la verge, en retenant avec respect le membre mou.

Damian fit un pas en arrière et le jeune homme ressentit une sensation de perte quand le contact entre eux fut rompu. Le photographe se rhabilla et remonta la fermeture éclair de son jean, les yeux fixés sur son soumis nu qui le regardait toujours avec espoir.

— Merci, pet. C'était très… agréable, dit Damian en soupirant.

Cela avait été plus qu'agréable – sublime même – de sentir son sexe dans la bouche de Nick, surtout en sachant que c'était une première pour le jeune homme qui ne s'était encore jamais risqué à pareilles pratiques sexuelles. Damian attrapa la clé, et lui libéra les chevilles de l'écarteur.

— Viens ici.

Nick se remit maladroitement sur pied, le corps raidi d'être resté si longtemps agenouillé, et chancela vers Damian, qui le fit pivoter pour examiner son postérieur. Il lui caressa les fesses.

— Encore chaud et rose. La scène est finie. Va te rhabiller.

Frissonnant soudain de froid, le sexe mou, Nick lui tourna le dos pour s'habiller. Puis, tête haute, il attendit en silence d'être congédié.

Damian s'assit dans sa grande chaise en cuir et ouvrit les bras.

— Viens t'asseoir avec moi, Nick.

Le jeune homme se précipita, soulagé de sentir les bras puissants se refermer sur lui, tandis qu'il se calait sur les genoux de son maître. Damian lui inclina la tête sur son épaule et éteignit la lampe de bureau. Ne filtra plus que la lumière venant du couloir.

— Est-ce que ça t'a plu ?

— Oui. J'ai adoré ça, souffla Nick.

D'humeur audacieuse, il glissa les mains autour du torse de Damian, excité de sentir les muscles rouler sous ses paumes. Il se sentait à l'aise, assis dans l'obscurité où, pour une fois, il n'était pas exposé.

— Le bandeau ne t'a pas fait peur ?

— Pas vraiment. Pas quand j'ai compris pourquoi vous l'aviez fait.

— Et pourquoi l'ai-je fait ?

— Pour que je puisse ressentir les choses en cessant de réfléchir, répondit Nick. C'était aussi très excitant de ne pas savoir ce que vous alliez faire, admit-il.

Damian gloussa ; Nick se sentit réconforté.

— Est-ce que tu as aimé quand je t'ai baisé avec mes doigts ?

— C'était ce que vous faisiez ? Je n'aurais pas cru, mais c'est vrai que ça m'a plu, dit Nick avec honnêteté.

Il commençait à comprendre où Damian voulait en venir avec toutes ces questions.

— C'était agréable.

— Et la fessée ? Je t'ai frappé plus fort que la première fois, et plus longtemps, mais tu avais l'air d'apprécier.

Nick enfouit son visage au creux du cou de Damian.

— Oui, répondit-il d'une voix étouffée.

— Tu n'as pas à te sentir mal à l'aise, Nick, dit Damian en lui frottant le dos. Qu'est-ce qui t'a dérangé un peu plus tôt aujourd'hui ?

Nick réfléchit, bataillant pour mettre des mots sur ses sentiments.

— Je crois que ce n'était pas vraiment le fait que Markie m'enlève les pinces devant tout le monde ; c'était plutôt ma réaction. J'étais si près… Je ne voulais pas qu'ils sachent combien ça me plaisait. Ashley ne sait pas… que vous me donnez la fessée, pas vrai ?

— Il sait qu'il y a quelque chose entre nous, mais il ne connaît pas les détails, l'assura Damian, se demandant quelle pouvait être la bonne réponse.

Le jeune homme se mit à trembler dans ses bras.

— Comment ? Comment il l'a su ? chuchota Nick craintivement.

— Bébé, dit Damian en soulevant d'un doigt le menton de Nick, Ashley est joueur dans l'âme. Il est au courant que je suis aussi un joueur et un Dominant. Aucune chance que je laisse un garçon comme toi me dominer ; il en a donc déduit que tu es un soumis. Il ne sait pas exactement ce que nous faisons, mais il m'a demandé si je t'avais revendiqué. Il s'inquiétait à l'idée que tu ailles voir ailleurs et que tu sois blessé.

C'était un peu trop d'informations à gérer pour Nick, alors il se concentra sur la partie la plus importante.

— Et… et vous me revendiquez ?

— C'est déjà fait. Chaque fois qu'on joue une scène, tu m'appartiens et tu fais ce que je te dis, répondit Damian avec un de ces accents rauques et traînants qui hantaient les rêves de Nick.

Il se sentit un peu déçu que le photographe ne le revendique qu'au cours de leurs scènes, mais il n'était pas sûr non plus d'en vouloir plus. Tenait-il à lui appartenir tout le temps ? Et est-ce que cela voulait dire pour le reste de sa vie ?

Damian sut d'instinct que quelque chose tracassait ce cerveau en ébullition, mais il se contenta de tenir Nick sur ses genoux en lui caressant le dos.

— Qu'allez-vous me faire d'autre ? demanda le jeune homme en hésitant.

— Si je te le disais, je ne pourrais plus te surprendre, pas vrai ? répondit Damian en riant.

— Est-ce que ce que nous faisons est… *gay ?*

Damian fronça les sourcils.

— C'est un problème ? Je te donne du plaisir, tu me donnes du plaisir. Préférerais-tu qu'une femme te fasse ce que nous faisons ?

— Non, oh non ! s'exclama Nick sincèrement, frissonnant à la seule idée que les femmes séduisantes qui avaient joué le rôle des Dominatrices durant la séance photo lui fassent… *quoi que ce soit*. Je me posais juste la question…

— Es-tu effrayé à l'idée d'être gay ?

Nick acquiesça puis… secoua la tête.

— Oui. Non… Je ne sais pas.

— Si tu es aussi attiré par les femmes, alors c'est que tu es bi. Je suis gay. Je ne veux baiser que des garçons magnifiques comme toi, ajouta-t-il en le câlinant.

Nick se raidit dans ses bras.

— Vous… vous allez me baiser ? Ça ne rentrera jamais ! s'exclama-t-il craintivement.

Damian le repoussa et lui montra le sol. Nick se mit maladroitement à genoux, les poignets croisés dans le dos. Il n'avait pas contrarié Damian, n'est-ce pas ? La pensée de perdre tout ça alors qu'il venait juste de commencer à explorer cette facette de lui-même le remplit d'appréhension.

— Je ferai tout ce que j'ai envie de te faire. Je n'ai pas à en discuter avec toi. Je déciderai de ce qui me fera plaisir et tu le feras. Est-ce que c'est clair ?

Nick hocha la tête en déglutissant convulsivement.

— Tu te soumettras à moi ?

— Oui, Monsieur, répondit Nick d'une voix douce.

— Est-ce que je te fais peur, Nicholas ?

— Oui, Monsieur.

— Bien.

Damian se détendit, admirant les courbes délicieusement soumises de son amant agenouillé devant lui.

— Est-ce que tu me fais confiance ?

Sans même prendre le temps de réfléchir, il répondit spontanément en se surprenant lui-même :

— Oui, Monsieur.

Damian se leva et s'étira en bâillant.

— On a une séance prévue demain, même si c'est samedi. Es-tu pris ou pourras-tu venir ? ajouta-t-il, ne pouvant s'empêcher de sourire au double sens de sa phrase.

— Je serai là, Monsieur, promit Nick, d'une voix douce et vibrante d'espoir.

— Sois là à neuf heures. Ne sois pas en retard. Allez, rentre chez toi et passe une bonne de nuit de repos.

Nick se leva, tournant légèrement la tête.

Dans le métro, il croisa les chevilles en se retenant à la sangle du plafond, et s'ingénia à garder son sexe indiscipliné sous contrôle. Il avait tout simplement trop à penser. Ashley s'inquiétait qu'on lui fasse du mal, alors que Nick s'infligeait des choses douloureuses par l'entremise de son Dominant. Il avait pris pour la première fois le sexe d'un homme dans sa bouche, à genoux devant lui. Il avait été fessé et doigté ; Damian lui avait enfoncé ses doigts dans le rectum tout en le masturbant. Il avait brièvement porté un collier et avait eu des pinces attachées à ses mamelons.

Et Damian avait prévu de le baiser ! Et il avait accepté ! Qu'est-ce qui lui arrivait ? La seule chose dont il soit sûr, c'était qu'il était plus excité et comblé qu'il ne l'avait jamais été de toute sa vie depuis qu'il s'était abandonné à cet homme.

Il se demanda ce que lui réserverait le lendemain.

VII

— JE NE crois pas, mec, dit Derek, en secouant la tête. Ça a l'air ridicule sur toi.

Nick passa la tête par la porte entrebâillée de la salle de bain et gloussa en croisant son reflet dans le miroir. Le collier qu'il portait semblait conçu pour un féroce Rottweiler, pas pour lui ; épais et robuste, garni de pointes d'argent, ce collier paraissait effectivement ridicule sur sa gorge mince.

— Fais-moi voir ça ! s'écria Ashley, en en ajustant un autre autour du cou de Markie.

Nick se retourna et Ashley éclata de rire.

— Non, celui-là n'est pas fait pour toi, mon garçon. Enlève-lui, Derek.

Ce dernier obtempéra.

— Ashley en a fait faire d'autres, plus légers. Il a dit qu'ils étaient pour toi. Tu sais où ils sont ?

— Je pense que Damian les a, murmura Nick en rougissant, refusant de croiser le regard de Derek.

— Alors, vous êtes ensemble, tous les deux ? lui demanda carrément le jeune homme.

Nick s'empourpra, mais cette fois, il regarda Derek droit dans les yeux en lui renvoyant sa question à la figure :

— Est-ce que tu es avec Ashley ?

— Non, répondit joyeusement Derek.

Il rangea le collier dans la boite avec les autres.

— On a été ensemble pendant un temps, ajouta-t-il, mais il est à fond dans cette merde de SM et ça me fout la trouille.

— Vraiment ? Est-ce qu'il t'a obligé à le faire ? demanda Nick, surpris.

D'une certaine manière, le sens de l'humour d'Ashley faisait qu'il ne pouvait s'imaginer qu'il puisse agir comme Damian. Aujourd'hui encore, Nick manquait d'assurance avec son photographe. Se remémorer leurs ébats de la veille, lui penché en avant, nu, recevant une fessée puis suçant Damian, le fit se sentir honteux tout en lui valant des frissons de plaisir.

— Non, pas du tout. Quand il m'a dit qu'il était dans ce genre de chose, j'ai en quelque sorte… perdu les pédales ; je lui ai hurlé dessus et je l'ai largué, marmonna honteusement Derek.

— Tu veux dire que tu n'as même pas essayé ? s'étonna Nick.

Du coup, il se demanda s'il n'était pas un peu bizarre qu'il ait si facilement accepté tout ce que Damian avait exigé de lui jusqu'à présent.

— Non ! Pourquoi j'aurais fait ça ? s'exclama Derek, sur la défensive.

— Tu ne peux pas savoir si tu aimes quelque chose ou pas avant d'avoir essayé, lui fit remarquer Nick. Je pensais que tu étais plus aventureux que ça. Tu en donnes l'impression en tout cas.

Ce fût au tour de Derek de rougir.

— Eh bien, peut-être que je ne le suis pas. Es-tu en train de me dire que toi, tu as essayé ?

— Je ne te dis rien du tout, mais si tu apprécies vraiment quelqu'un, je pense que tu devrais lui laisser le bénéfice du doute, répondit Nick.

Il vit Derek suivre Ashley du regard tandis que celui-ci plaisantait avec Markie en l'entraînant vers le plateau au bout d'une laisse.

— Il a dû croire que tu ne lui faisais pas confiance.

— Merde, jura Derek. Je ne voulais pas le blesser. J'ai juste paniqué.

— Si tu as un mot d'alerte, tu peux t'en servir pour tout arrêter, expliqua Nick.

Tout à coup, il se sentait plus confiant pour parler à ce jeune homme qu'il avait cru au départ si mondain et expérimenté. Au moins, il savait *quelque chose* que Derek ignorait visiblement.

— En plus, Ashley ne semble pas être le genre de mec à te faire mal sans s'arrêter pour vérifier que tu apprécies vraiment ce qu'il est en train de faire.

Derek soupira.

— Apprécier ! En plus, c'est trop tard maintenant. Il n'en a plus que pour ce blondinet.

— Si tu le veux vraiment, si tu… l'aimes, peut-être que tu devrais lui parler.

— C'est un peu pour ça que je traîne avec toi ; j'espérais le rendre jaloux ! s'exclama Derek en riant. Tu es super beau, et s'il pensait que je puisse t'avoir, alors peut-être qu'il… qu'il s'intéresserait de nouveau à moi.

Nick sourit.

— Ça ne marchera pas, Derek. Il est au courant, pour Damian et moi.

Le regard de Derek rencontra celui de Nick et le jeune homme gloussa triomphalement.

— Donc, vous *êtes* ensemble !

Nick jeta un coup d'œil à Damian, mal à l'aise, et ce dernier lui dédia un sourire chaleureux.

— Ouais, je suppose, murmura-t-il.

— Super !

DEREK FLANQUA un petit coup de coude à Nick qui, derrière les projecteurs, regardait Damian se préparer à la séance photo suivante.

— Mec, tu as remarqué que tu n'es jamais sur les photos avec une des filles ?

Oh, non, ça n'avait pas échappé à Nick qui, inquiet, se demandait si Damian le croyait incapable de bien se tenir avec de belles filles. Mais, ça, il n'était pas disposé à le confier à Derek.

— Ouais, c'est pas grave.

— Selon Ashley, cette photo pourrait bien faire la couverture, ajouta Derek, en désignant d'un signe le tableau sensuel.

La façon dont Damian avait éclairé les modèles entrelacés empêchait Nick de voir clairement ce qu'ils faisaient. Mais l'enchevêtrement masculin et féminin, la lueur dorée sur la peau nue qui brillait sous le prisme de gouttes de sueur, l'aperçu des liens et des fouets, les muscles tendus, ou au contraire détendus en signe de reddition, tout cela laissait beaucoup à l'imagination. Nick avait envie de faire partie de ce qu'il voyait, même si l'émotion éphémère créée par la posture de ces corps n'était qu'illusion, rien de vrai, ni de solide.

Et pourtant, cela lui semblait réel. Nick était attiré comme par une de ces sirènes d'antan, tandis que le flash de Damian immortalisait la masse mouvante de peaux soyeuses en une suite de fragments atemporels, seconde après seconde.

Et puis ce fut fini.

— Très bien. Vous pouvez prendre une pause maintenant, dit Damian.

Les modèles gloussèrent et plaisantèrent en se désolidarisant les uns des autres, redevenant des gens ordinaires, et non plus des dieux et des démons séducteurs qui avaient le pouvoir d'attirer Nick, derrière les projecteurs.

Le jeune homme constata que Derek, lui aussi, avait été affecté par la scène. Il semblait même sidéré par ce qu'il avait vu. Il déglutit et tourna lentement la tête vers Nick, comme au sortir d'une transe.

— Mec, c'était… vraiment quelque chose.

— Ouais, acquiesça Nick. C'était vraiment quelque chose.

Il ne se rappelait pas avoir été jaloux quand l'une ou l'autre de ses petites amies mentionnait d'autre mecs, mais il l'était maintenant en voyant la pseudo Bettie Paige aux grands yeux de biche innocents flirter avec Damian, bavarder et rire avec lui. Le photographe semblait la trouver amusante, parlant avec animation en faisant de grands gestes.

Nick se retourna brusquement ; il n'avait aucun droit sur Damian, qui était parfaitement libre d'agir à sa guise. Il se rendit dans la kitchenette, en quête d'une tâche quelconque à accomplir histoire de se changer les idées. Il y avait des tasses sales dans l'évier et il fit couler de l'eau chaude.

— Eh bien, eh bien, c'est donc toi le petit elfe qui maintient cet endroit propre, lui lança 'Bettie Paige'. (Elle venait d'apparaître sur le seuil, poings sur les hanches, en serrant une cravache). Ou devrais-je plutôt dire la *tapette* ?

— Je travaille ici, protesta Nick, se sentant inepte et inefficace.

Elle s'avança, roulant délicieusement des hanches dans son costume en cuir moulant. Comme elle se rapprochait, Nick constata que ce n'était pas un pantalon qu'elle portait, mais un bustier et des cuissardes aux talons si hauts que sa démarche d'une lenteur aguicheuse était bien plus une nécessité qu'un quelconque effet de genre.

— Vu ta dégaine, j'aurais pensé que tu étais un modèle.

— Je pose à mi-temps, marmonna Nick.

Le parfum de 'Bettie Paige' était entêtant et il plissa le nez de dégoût.

— Alors, est-ce que tu es homo comme tous les autres beaux garçons ? demanda-t-elle avec impertinence. Ou juste pédé à temps partiel ?

Elle leva la cravache, lui chatouillant le menton avec.

Nick releva le menton pour briser le contact de la cravache.

— Ce ne sont pas tes affaires.

— Et si je veux en faire mon affaire ? répliqua-t-elle avec un sourire provocateur. J'aime jouer et tu pourrais en tirer profit. Même si tu es gay.

— Merci, mais non merci, grommela Nick, la mine renfrognée.

Il croisa les bras en signe de défi.

— Tu ne peux pas me dire non. Comment pourrais-tu me résister quand je suis habillée comme ça ? Je donne des ordres, et tu obéis.

La fille leva la cravache comme pour lui en asséner un coup.

Nick fit un pas en avant et se saisit de la cravache en la regardant droit dans les yeux, car même avec ses talons hauts, il était plus grand qu'elle. Le ton de commandement, qui dans la bouche de Damian le faisait fondre et se soumettre, n'avait aucun effet sur lui quand il venait de cette fille. Figés, ils se livrèrent à un duel tacite de volonté pour la possession de la cravache.

— *Grrrrrrrr*, ronronna Gabe, dans l'encadrement de la porte.

Maîtresse Bettie leva les yeux, surprise, et lâcha la cravache ; Nick tituba en arrière, mais, cravache au poing, il sortait vainqueur du duel et triomphait.

— Regarde-toi, bébé, en train de désarmer la méchante dominatrice !

La fille gloussa et Nick mesura soudain le comique de la situation.

— Ouais, c'est moi, aussi courageux qu'un lion !

Maîtresse Bettie tendit la main.

— Je peux avoir mon fouet ? S'il te plaît ?

Ashley et Damian survinrent derrière Gabe, et Nick se sentit un peu stupide d'être surpris dans pareille position. Ashley sourit ; une ferveur créatrice fit briller les pupilles de Damian.

— Techniquement parlant, c'est une cravache. Gabe, prépare Nick, tu veux bien ? ordonna Damian.

Il n'avait pas aimé voir Nicholas plaisanter avec Bettie, mais maintenant, il était partagé : après les avoir vus se disputer la cravache, il se dit qu'il devait absolument capturer cette vision torride sur pellicule. Il gérerait plus tard ses sentiments sur la question.

— S'il te plaît ? dit Bettie à Nick en faisant la moue.

— Je ne sais pas… Je me sentirais mieux si c'est moi qui la tiens, répondit Nick en souriant. Je pourrais avoir besoin de protection.

— On t'attend pour la prochaine séance, Bettie, ajouta délibérément Damian.

Cette dernière fit joliment la moue aux deux hommes.

— Nick et moi venons tout juste de faire connaissance. Où l'aviez-vous caché, celui-là ? Il est trop mignon et je ne l'ai vu sur aucune photo.

— Avec toi ? s'esclaffa Damian.

— Oui, avec moi. On est les deux meilleurs modèles que vous ayez. Je pense qu'on est parfait ensemble.

Bettie jeta un coup d'œil oblique et appréciateur à Nick, comme si elle essayait encore de cerner sa sexualité.

— Ça peut s'arranger, fit Ashley d'une voix soyeuse.

Il paraissait se délecter de la scène, dévisageant tour à tour Nick et Bettie.

— Ça pourrait être très intéressant.

— Nicky, chéri, viens avec 'maman', minauda Gabe en lui saisissant le poignet pour l'entraîner vers la salle de maquillage. Désolé, bébé, il m'a fallu une minute pour arriver. Qu'est-ce que cette garce t'a dit ?

Incrédule, Nick ouvrit des yeux ronds.

— Tu es quoi, toi ? La cavalerie qui vole à ma rescousse ?

Il gloussa à l'idée de voir Gabe, qui avait opté aujourd'hui pour une chemise de soie pourpre à volants, caracoler dans le rôle du héros, même si sa sollicitude le touchait. Il n'avait pas réalisé que Gabe puisse ressentir pour lui autre chose que le désir de l'embarrasser jusqu'à ce qu'il rougisse et s'enfuie.

— Pourquoi l'as-tu laissée t'affecter comme ça ? demanda Gabe, qui, une fois n'était pas coutume, se montrait sérieux.

Nick ne put se résoudre à lui avouer qu'il avait détesté voir Damian flirter avec la fille.

— Je ne sais pas ; c'est juste arrivé comme ça.

— Elle se fait appeler Maîtresse Bettie, mais ne te laisse pas abuser par les apparences, le conseilla Gabe, en lui appliquant du fond de teint. Où est l'eyeliner ?

— Je ne mets pas d'eyeliner, répondit Nick distraitement, l'esprit en ébullition face à cette nouvelle information. J'ai juste supposé qu'elle…

— Tu vas en mettre pour cette séance, chéri, l'interrompit Gabe.

Il étira du pouce la peau fine, sous l'œil droit de Nick, et traça une ligne parallèle à celle de ses cils.

— Le fait qu'elle porte ce bustier en cuir et ces talons vertigineux ne veut rien dire. C'est une débutante.

— Est-ce que Damian la connaît bien ?

Nick aurait dû se mordre la langue au lieu de dire cela comme ça. Il était plus que jaloux. Il se surprit à serrer dans son poing la cravache qu'il avait oubliée.

— Il n'a pas besoin de la connaître ; il sait déchiffrer les gens et voir clair dans leur petit jeu, répondit Gabe en souriant, tandis que Nick gigotait, mal à l'aise, en se rappelant combien Damian avait si bien su lire en *lui*. Ça fait partie de son job.

— Tu es aussi SM ? demanda Nick avant de pouvoir s'en empêcher.

Gabe eut un sourire énigmatique.

— Peut-être qu'il vaut mieux que tu ne le saches pas.

— Peut-être, murmura Nick.

Il réalisa soudain que si Gabe lui avait répondu, le styliste aurait été en droit de lui retourner la question. Et Nick n'était pas sûr d'être prêt à le lui dire.

QUAND NICK arriva sur le plateau, Maîtresse Bettie rougissait joliment en flirtant outrageusement avec Ashley. Lui se montrait étonnamment courtois avec elle si on considérait qu'il n'avait aucun intérêt pour le sexe faible.

Damian prit une brève inspiration en voyant Nick, son beau regard sombre et mystérieux souligné d'eyeliner noir. Le jeune homme restait quelque peu mitigé à propos de cette séance avec Maîtresse Bettie. Il n'avait pas peur d'elle ; elle n'exerçait rien du pouvoir érotique qu'avait Damian sur lui. Mais ça ne voulait pas dire qu'il appréciait son attitude ou le fait qu'il doive poser avec elle.

— Viens ici, mon mignon, et mets-toi à genoux, minauda Bettie d'une voix qui se voulait séduisante.

Nick allait répliquer, quand Damian le devança.

— Si quelqu'un doit se mettre à genoux devant l'autre, ça pourrait bien être toi.

— Oh non, je pense…

— Mais tu n'es pas le photographe et on fera exactement ce que je dirai, coupa Damian, sans quitter Nick des yeux.

— Foutues tapettes ! marmonna Bettie.

Damian se retourna et elle baissa les yeux en se mordillant la lèvre. Ashley se moqua d'elle.

— Ce n'est pas très sage d'insulter le client, n'est-ce pas, ma chère ?

— Je l'ai pris comme un compliment, répliqua Damian. Nick, s'il te plaît, va te mettre à côté de Bettie.

— *Maîtresse* Bettie, corrigea la fille brune, visiblement agacée par les plaisanteries.

— Faites-vous face, s'il vous plaît, reprit Damian en ignorant sa réplique. Bettie, brandis cette cravache comme si tu étais sur le point de le frapper. Tu as horreur d'avoir à lever les yeux pour le regarder. Nick, tu ne vas pas la laisser te menacer.

Bettie plissa les yeux et Nick, à cran depuis leur confrontation dans la cuisine, la saisit par le poignet, les muscles de son biceps saillant sous le tee-shirt noir qu'il portait.

Les deux modèles bruns s'affrontèrent du regard. La voix de Damian les fit sursauter :

— Oui, c'est exactement ce que je veux. Ne bougez plus. Plus du tout ! Poussez-vous l'un contre l'autre. Je veux voir ces muscles tendus. Oui, c'est ça ! Stop !

Les deux modèles lâchèrent simultanément la cravache. Nick s'accroupit pour la ramasser en même temps que Bettie, et ils se cognèrent.

Bettie se frotta la tête en gloussant.

— On n'en a pas fini, mon mignon. Je t'aurai !

— Pas si je t'ai le premier, rétorqua Nick. Eh bien, on doit avoir l'air ridicule. Estimons-nous heureux que Damian n'ait pas pris une photo à ce moment-là.

— Qui te dit que je n'en ai pas pris ? le taquina Damian.

— Chantage ! s'insurgea Nick.

Il frissonna en se rappelant que Damian avait déjà pas mal de photos compromettantes en sa possession.

Damian secoua légèrement la tête comme s'il devinait parfaitement les pensées Nick.

— Et si vous vous prépariez pour la prochaine séance ?

Il fronça les sourcils en voyant Nick quitter le plateau avec la jolie fille pendue à son bras, se demandant pourquoi il avait voulu les mettre ensemble. Quand il les avait vus se battre pour la cravache, il s'était senti inspiré par leur chimie combative, mais les voir maintenant rire tous les deux lui rappela que Nick n'était pas sûr d'être gay.

— Voyons, dit Ashley en venant se camper derrière Damian, interrompant sa rêverie.

Damian retourna à l'ordinateur télécharger les photos.

— La révolte du soumis, commenta Ashley. Sacrée bonne photo ! s'exclama-t-il, en voyant les deux modèles aux corps souples et déliés batailler pour prendre le contrôle.

Damian figea le diaporama, examinant le meilleur cliché de la série.

— Mais qui est qui ?

— Eh bien, Nick, qui d'autre ? Non, c'est difficile à dire en fait, reconnut Ashley. Il ressemble un peu à un Dom lui aussi ; elle ne l'intimide pas du tout.

— Je suppose qu'il y a un peu du Dom et du soumis en chacun de nous, analysa Damian, songeur.

L'air horrifié d'Ashley le fit s'esclaffer.

— Mon cher Ian, il n'y a absolument *rien* de vrai dans cette rumeur- là !

— Tu es né cravache au poing, c'est ça ? Ta mère a dû être ravie, ironisa Damian.

— Oui, absolument. C'est ma version et je m'y tiens.

Ashley regarda d'un peu plus près l'écran où les visages des deux modèles étaient clairement visibles, contrairement aux autres photos.

— Est-ce que tu as pris cet instantané-là pour toi ou pour le catalogue ?

Sans répondre, Damian téléchargea le cliché dans Photoshop et le redimensionna, de façon à ce qu'on ne voie plus que le menton et la bouche au pli obstiné de Nick. Il rogna les côtés, gardant la position angulaire de leurs corps, mais le nouveau cadrage modifiait de façon saisissante la charge émotionnelle du cliché. Au lieu de deux personnes en colère qui bataillaient pour s'approprier un fouet, l'image avait maintenant l'aura d'une dangereuse danse de séduction, comme si le couple s'adonnait à une sorte de tango autour du fouet. Impossible de dire qui avait le contrôle, mais la façon dont la lumière éclairait les bras aux muscles bandés des deux modèles orientait le regard vers la cravache, en en faisant la focale de l'image.

— Le jeu du masculin et du féminin, montrant le pouvoir intrinsèque de l'un et de l'autre, conclut Damian, satisfait de ses retouches.

— Je ne sais pas comment tu arrives à voir tout ça, soupira Ashley en secouant la tête. C'est beaucoup plus séditieux que de voir réellement la cravache s'abattre sur la chair, tout simplement. Merde, j'étais *là*, et pourtant *je* veux savoir ce qui va se passer *après*, entre eux deux.

— Eh bien, voilà un *authentique* compliment, dit Damian. Merci.

— Le meilleur catalogue de tous les temps, murmura Ashley. Que vas-tu bien pouvoir inventer de mieux l'an prochain ?

Damian eut l'air surpris.

— C'est un projet ponctuel. Tu l'as dit toi-même.

— Et tu m'as cru, soupira Ashley d'un air de commisération. Même après tout ce temps, tu me connais si peu !

DEUX MODÈLES noirs encadraient la femme blonde à l'air soumis ; tous arboraient le même collier de cuir aux piques carrées orné d'un grand anneau sur le devant. Le cuir foncé faisait ressortir la peau pâle de la femme, tandis que les deux hommes portaient des colliers rouges qui contrastaient avec leur peau sombre.

Contrairement à d'autres fournisseurs de jouets érotiques, la société d'Ashley offrait un large éventail de couleurs, sans se contenter du noir habituel.

— Le noir est si terne, commenta Ashley en regardant Damian travailler avec les modèles. J'aime avoir une touche de couleur.

— À chaque extrémité, sans aucun doute, le taquina Damian.

Ashley se mit à rire.

— Tu me connais trop bien. Sur certains sujets.

C'était très gratifiant de voir Damian plaisanter à ce propos ; il était resté seul trop longtemps. Et maintenant, Ashley réalisait qu'il avait eu raison d'attendre. Aucune rencontre fortuite ne l'aurait satisfait autant qu'avec Nick. Ashley voyait bien que le jeune homme était *spécial*. Non content d'avoir un physique très beau, Nick faisait aussi montre d'une tendresse et d'une candeur à propos de la vie qui convenaient à merveille au style du photographe. Sans jamais avoir joué avec lui ou l'avoir vu en action, Ashley avait eu d'emblée l'intuition que Damian préférait l'aspect mental de la domination, plutôt que de se complaire dans la maîtrise des techniques nécessaires pour laisser ces marques que lui-même prisait tant.

Damian se redressa en s'étirant.

— C'est fini pour les colliers classiques. Passons maintenant à la nouvelle ligne que tu as créée. Qui va poser ?

— Nick à coup sûr, pour les articles couleur lie-de-vin. Et je pensais à Markie pour le noir. J'adore voir un blond qui porte du noir ! s'enthousiasma Ashley en se frottant les mains.

— Pourquoi pas Derek dans ce cas ? le taquina malicieusement Damian. Il a une belle gorge vulnérable…

Même s'il était d'avis, quant à lui, que celle de Nick était bien plus tendre et douce. Et il ne pouvait s'empêcher de remarquer combien Ashley et Derek s'observaient en douce, quand ils s'imaginaient que leur petit manège passait inaperçu.

Les lèvres pincées en un pli amer, Ashley devint glacial.

— Il me prend pour un pervers. Un sadique. Je suis sûr que ça ne l'intéresse pas.

— Qu'est-ce qui s'est passé entre vous deux ? demanda Damian. Pourquoi le gardes-tu si c'est un sujet aussi sensible pour vous ?

— Il est libre de partir s'il le désire, répondit Ashley en haussant les épaules. Je m'en moque.

Mais bien sûr, ironisa Damian en son for intérieur.

— Bon, *moi,* j'ai un soumis à qui mettre un collier.

À ce propos, je suis désolé. J'ai dépassé les bornes hier.

Ashley eut la grâce de paraître penaud.

— Tu as essayé de me forcer la main, Ash ?

— En fait, je ne sais pas à quoi je pensais, mais je te présente toutes mes excuses pour avoir pris des libertés avec ton soumis.

Damian le jugea sincère ; Ashley avait l'air confus, ce qui était plutôt inhabituel chez cet homme impétueux.

— Si tu ne trouves pas le bonheur, tu voudrais que moi au moins, je sois heureux ? Une histoire d'amour par procuration ? demanda-t-il, non sans une petite moue ironique.

— Alors, c'est bien une histoire d'amour ? jubila Ashley, ravi de lui tirer les vers du nez.

— Tu rebondis trop facilement ! s'esclaffa Damian. Ce n'est absolument pas une romance. Je l'aide juste à se découvrir, et c'est *tout* ce que tu tireras de moi.

— N'en sois pas si sûr, le défia Ashley.

— Nicholas, puis-je te voir dans mon bureau, s'il te plaît ? demanda Damian, conscient des grands yeux verts de Derek braqués sur eux.

— Bien sûr, Monsieur, répondit gaiement Nick, se retournant immédiatement pour le suivre.

Le photographe ferma la porte et désigna le sol du doigt. Rien que l'idée de s'agenouiller ainsi devant 'Bettie Paige' était juste… de mauvais goût, mais il suffisait à Damian de pointer le sol pour que Nick se précipite pour lui obéir.

Damian fixa le jeune homme sur le sol devant lui. Il y avait une forte possibilité que Nick veuille s'éloigner de lui maintenant qu'il avait eu un avant-goût des Dominatrices. Le photographe n'avait aucune difficulté à imaginer Nick se pencher pour que Bettie lui donne la fessée, et la pensée que son soumis préfère être avec elle le rendait fou de jalousie. Le jeune homme semblait avoir du mal à accepter l'idée qu'il ait pu s'engager dans des déviances sexuelles avec un homme.

— Tu t'es tenu très près de Bettie, pet, et tu l'as laissée te toucher, dit sévèrement Damian.

— C'est vous qui nous avez placés ainsi, Monsieur, protesta Nick, confus, ne sachant ce qu'il avait fait de mal.

Damian ne pouvait pas être en colère à propos de ce qui s'était passé sur le plateau, si ? Après tout, c'était juste pour la photographie.

— C'est vrai, acquiesça Damian. Mais es-tu sûr qu'il n'y a rien d'autre ? Peut-être que tu trouves Bettie attirante ?

Nick leva les yeux, choqué, puis les baissa vivement, serrant les poings dans son dos pour s'empêcher de trembler, effrayé que Damian se serve de Bettie comme d'un prétexte commode pour rompre.

— Peut-être que tu préférerais que ce soit Bettie qui te plaque sur ses genoux et te 'réchauffe' le postérieur ?

— Ce n'est pas ce que je désire, Monsieur, murmura Nick, avec un frisson de dégoût. Je ne veux personne d'autre pour faire... ce que vous faites avec moi.

Damian fixa intensément la tête baissée comme pour s'immiscer dans l'esprit du jeune homme et avoir la confirmation qu'il n'était pas du tout intéressé par Bettie. Il avait remarqué le frisson de Nick, mais était-ce de dégoût ou d'excitation ?

— Monsieur ?

Nick était anxieux à l'idée de perdre ce qu'il avait avec Damian, et d'autant plus déterminé à lui faire comprendre ce qu'il ressentait.

— Qu'est-ce qu'il y a, pet ?

— Je... Je n'ai pas aimé quand vous bavardiez et plaisantiez avec Bettie, admit Nick.

— Qu'est-ce que tu n'as pas aimé ? demanda Damian, intrigué. Que je parle avec Bettie, ou qu'elle parle avec moi ?

— Ce n'est pas tant le fait que vous parliez. C'était... Vous aviez l'air de vous amuser avec elle et j'ai pensé que peut-être... vous vouliez quelqu'un qui avait plus... plus...

— D'expérience ?

Misérable, Nick hocha la tête, certain que son maître allait lui confirmer qu'il préférerait quelqu'un à qui il n'avait pas besoin de tout expliquer à tout bout de champ.

Damian gloussa, amusé de voir combien tous deux avaient en fait été consumés par la même jalousie.

— Bettie et moi discutions de cheval, pet, c'est tout. Je n'ai aucune affinité avec elle si ce n'est notre amour commun pour les chevaux. Tu as dit toi-même que tu ne savais pas si tu étais gay. J'ai simplement pensé que tu serais peut-être plus à l'aise avec une femme.

— Je ne sais pas si je suis gay, admit Nick, mais je sais par contre que j'aime beaucoup quand vous… me fessez et… les autres trucs, Monsieur. Je veux que vous et vous seul me fassiez… ces trucs.

— Alors je continuerai à te fesser et à te donner du plaisir, pet, parce que ça *me* donne du plaisir, conclut Damian avec satisfaction.

Il reprit le collier rouge qu'il avait retiré au jeune homme la veille

— Je vais te le passer autour du cou, mais tu ne l'as pas encore mérité. Une fois que je t'aurai mis un collier, celui de mon choix, je m'attends à ce que tu fasses exactement ce que je te dirai. Ce qui a pour effet que chaque fois que je te le mets, nous sommes dans une scène, bien que personne à part nous ne le sache. Es-tu prêt pour ça, pet ?

L'esprit de Nick bouillonnait. Était-ce à dire qu'il devrait s'agenouiller chaque fois que Damian le lui ordonnerait ? Et qu'il l'appellerait 'pet' devant tout le monde ? Malgré sa confusion, quelque chose chez cet homme le poussait à lui obéir. Il hocha lentement la tête.

— Je suis prêt, Monsieur.

Damian lui attacha le collier en douceur. Nick se cambra comme un chat sous la tendre caresse, frottant inconsciemment sa joue contre son poignet.

Damian réprima un frisson ; il commençait vraiment à avoir Nick dans la peau. Le collier couleur lie-de-vin sur la peau brunie lui fit prendre conscience qu'il désirait réellement lui mettre un collier. Il refoula – temporairement du moins – sa folle envie de le revendiquer pour de bon. Ils étaient trop différents. Diable, ils avaient dix ans de différence ! Nick prendrait son pied un moment puis passerait a autre chose. Damian n'était pas prêt à donner si facilement son cœur au jeune homme.

Il croisa les bras.

— Va voir Gabe. Demande-lui de t'appliquer ce truc brillant sur le corps. Je veux que ta peau luise pour cette séance.

— Oui, Monsieur, répondit doucement Nick en se relevant.

Il ouvrit la porte et s'arrêta, touchant son collier d'un doigt.

— Merci, Monsieur.

— Je t'en prie.

Damian fixa la porte close et se demanda ce qu'il faisait. Il jouait avec le feu, voilà ce qu'il faisait.

— Est-ce que tu savais qu'un des modèles masculins est… *hétérosexuel* ? s'écria Ashley.

Damian sourit de son air offusqué.

— Je ne peux pas demander leur orientation sexuelle avant de les engager, Ash. Tu le sais. Et ce n'est pas un gros mot.

— Je sais, mais j'étais en train d'avoir le plus délicieux des fantasmes avec lui, gémit Ashley. Et maintenant, c'est fichu.

— Lequel ? demanda Damian, curieux malgré lui.

— Ruben, le mec noir au crâne rasé qui a la longue…

— Je vois lequel c'est, l'interrompit vivement Damian, voyant le modèle en question émerger de la salle de maquillage en escortant Maîtresse Bettie.

Ils semblaient prendre du bon temps ensemble, se tenant même la main, ce qui éveilla instantanément ses soupçons.

— Tu joues encore à Cupidon ?

— J'ai simplement demandé si l'un d'eux était hétéro, fit Ashley d'un air suffisant. Ruben m'a spontanément dit qu'il l'était, alors je lui ai demandé de divertir Bettie.

— Merci, Ash, mais je pense qu'on a réglé le problème maintenant, dit Damian, touché par les bonnes intentions de son ami.

— J'en suis sûr, mais une 'police d'assurance' complémentaire ne fait pas de mal.

— Les ailes d'angelot te vont bien, Ashley.

— Des ailes ! s'exclama Ashley. Génial ! Il faut que je développe cette idée pour l'année prochaine !

Il sortit son BlackBerry et se mit à pianoter furieusement sur les touches.

Nick était agenouillé, portant uniquement un pantalon en cuir et le collier rouge. Debout à côté de lui, Markie se tenait un peu dans l'ombre, où juste un reflet sur son pantalon en cuir révélait sa présence. Nick avait les mains croisées dans le dos. Une étincelante laisse en argent oscillait entre son collier et la main gantée de Markie.

Nick regardait par terre entre ses cils mi-clos, se demandant de quoi tout ça avait l'air. Il pouvait le visualiser, et il en savait suffisamment maintenant pour comprendre que ses genoux endoloris et le pincement dans sa hanche ne se verraient pas sur la photo. En revanche, de surprenants secrets seraient révélés, attestant de la maîtrise de Damian pour son art et ses modèles. Nick était infiniment soulagé que les modèles féminins aient été renvoyés chez elles, et tout particulièrement Bettie. Il imaginait très bien son vif intérêt pour cette pose.

Markie se déplaça légèrement en suivant les directives de Damian et Nick fut rassuré que le photographe leur parle à tous deux sur le même ton. Bien sûr, il ne se rendait pas compte que Damian s'adressait automatiquement de la même façon à Markie parce que celui-ci était aussi un soumis, mais au moins il avait l'impression que son secret n'était pas révélé.

Quand il fut satisfait, Damian libéra les deux modèles. Markie laissa tomber la laisse et aida Nick à se relever en le tirant par le bras.

— Les gens pensent toujours que le mannequinat est glamour, commenta-t-il avec ironie. Ils devraient essayer de garder la pose indéfiniment eux aussi, pour voir ce que ça fait.

Nick se mit à rire, laissant Markie le soutenir pendant qu'il faisait travailler ses genoux endoloris, inconscient du regard jaloux qui le couvait à distance.

Merci, dit-il.

Il se dirigea vers l'écran pour voir les clichés.

Ashley semblait frappé de mutisme.

— C'est foutrement génial, Ian ! finit-il par s'exclamer. Rien que ce cliché, merde, il *faut* qu'il fasse la couverture !

— Je croyais que tu aimais la photo de groupe, le taquina Damian.

— La 4ème de couverture, on est d'accord. Mais celle-là remporte le prix de la couverture haut la main, décréta Ashley, d'une voix énamourée.

Nick éclata de rire.

Damian avait l'air content de lui, et Nick comprit vite pourquoi. À l'écran, il avait le visage dans l'ombre ; seul un triangle de lumière se reflétait sur ses lèvres entrouvertes, sa base révélant le nouveau collier qui ornait sa gorge. L'huile lumineuse que Gabe avait étalée sur lui – en y prenant un peu trop de plaisir selon Nick – faisait briller sa peau, soulignant les muscles de ses épaules, ses pectoraux, et son abdomen. Putain, ses mamelons avaient l'air humides comme si quelqu'un venait juste de les lécher !

L'autre modèle, à peine visible, émergeait juste assez de l'ombre pour représenter une menace, dominant le jeune homme mince. La laisse qu'il avait enroulée autour de son gant noir accentuait encore la pose soumise de Nick.

Par conséquent, le jeune homme n'était pas préparé au froncement de sourcils que Damian lui adressa. Le photographe détacha la laisse de son collier et ordonna, laconique :

— Allez vous nettoyer.

Les deux modèles se dirigèrent ensemble vers la salle de maquillage, pendant qu'Ashley, Derek, et Damian examinaient les clichés.

— Damian, c'est un chef-d'œuvre. Je veux acheter une copie, dit Ashley, très sérieux.

— Je vais y réfléchir, éluda Damian, hargneux.

Ashley regarda son ami, qui était visiblement troublé.

— Écoute, allons dîner dans un endroit sympa, c'est moi qui invite. On s'est mis sous pression pour finir ça, et tu es fatigué. Je voudrais te montrer combien j'apprécie ton art. On ira se coucher tôt, on prendra un jour de congé dimanche, et tu te sentiras mieux lundi.

Se demandant si passer un dimanche sans Nick n'allait pas le rendre fou, Damian accepta avec un sourire contraint.

— Je suis désolé, Ash. Je doit juste être crevé. Dîner me paraît être une bonne idée.

— On va emmener Nick et Markie aussi, ajouta Ashley avec amabilité.

Quand il les suivit dans la salle de maquillage pour les inviter, Damian vit les épaules de Derek s'affaisser en signe de défaite.

— Demande-lui si tu peux venir. Il t'invitera. Je suis sûr qu'il n'y a simplement pas pensé, le rassura Damian.

— Je ne peux pas, répondit Derek avec un calme inhabituel.

Ashley émergea de la salle de maquillage en annonçant :

— Nick est partant, si tu es d'accord, Ian, et Markie ne peut pas venir, alors ce sera juste nous trois.

— Quatre, le corrigea Damian. J'ai invité Derek.

— Oh. Très bien, répondit Ashley d'une voix nerveuse.

— Excusez-moi, je dois parler à Nick, continua Damian en les laissant tous deux s'arranger entre eux.

Considérablement moins 'brillant', Nick sortit de la salle de maquillage en boutonnant une de ses affreuses chemises. Il avait gardé le collier.

Damian l'attrapa par le poignet et le traîna dans son bureau, verrouillant derrière eux.

— Tu le portes encore.

— J'ai pensé qu'après me l'avoir mis, vous n'aimeriez pas que je laisse Gabe me l'enlever, répondit Nick avec nervosité.

— Bien vu, pet.

Damian caressa le cuir.

— Je crois que je vais te le laisser encore un peu.

— Vous voulez dire que je vais au restaurant en portant un collier ? dit Nick, plein d'incertitudes.

— Oui, c'est exactement ce que je veux dire. Je vais apprécier de savoir que tu le portes sous ta chemise, où personne ne peut le voir. Un signe de ma possession.

Damian boutonna lentement la chemise du jeune homme jusqu'au col, puis lui tapota la poitrine.

— Allons-y.

Nick aurait voulu vérifier que le collier ne se voyait pas, mais Damian ne lui en laissa pas le temps. Il déverrouilla simplement la porte et le poussa devant lui. Ashley et Derek les attendaient, et le jeune homme ne put poser aucune question, comme par exemple : 'était-il toujours sous le contrôle de Damian ?'.

Décidant qu'il valait mieux être prudent que désolé, Nick, dans le doute, considéra qu'il l'était toujours.

VIII

Le restaurant qu'avait choisi Ashley était cher et bon. La nourriture était excellente et les deux hommes plus âgés prirent tout leur temps pour étudier la carte des vins, en en choisissant un différent pour chaque plat.

Même sans le collier, Nick se serait bien tenu, tant il se sentait subjugué par l'élégance des lieux. Et pourtant, le restaurant était agréable, juste assez bruyant pour qu'on ne se sente pas mal à l'aise si d'aventure quelqu'un riait un peu fort, et les serveurs, efficaces, étaient d'un abord affable. Nick trouvait très agréable qu'on soit aux petits soins avec lui, pour une fois. En fait, le restaurant faisait partie du club auquel Ashley appartenait, ce qui expliquait sans doute la qualité du service.

L'atmosphère n'était que luxe, douceur et volupté. Même Derek et Ashley semblaient se détendre, se parlant avec civilité et prenant part à la conversation.

Ashley, toutefois, remarqua que la lueur dangereuse qui dansait dans les yeux de Damian avait pris de l'éclat au lieu de s'atténuer. Les deux hommes se seraient-ils querellés ? Des plus attentifs, Nick guettait l'approbation du photographe.

Ashley réalisa qu'en dépit de son pantalon baggy et de son horrible chemise, la beauté de Nick attirait l'attention des autres clients. Hommes et femmes confondus l'admiraient, reconnaissant en lui un soumis inexpérimenté, et le photographe n'aimait pas cela du tout. Ashley se demanda comment Damian allait bien pouvoir réagir, car il n'était pas homme à tolérer ce genre de menace.

En fait, Damian était furieux. Tout semblait se liguer contre lui aujourd'hui ; d'abord Ashley, qui avait impudemment offert le collier à Nick, puis le malentendu avec Maîtresse Bettie, et maintenant, cet homme plus âgé, à l'autre table, qui avait croisé son regard plus d'une fois, le fixant avec insolence, lui lançant clairement un défi. Il émanait une aura de pouvoir de cet inconnu qui, de toute évidence, convoitait Nick. Un jeune homme de l'âge de Nick, impressionnable, commençant tout juste à faire quelques pas timides dans ce mode de vie, pourrait ne pas voir les dangers bien réels qui s'y cachaient, et Damian entendait le protéger. Mais plus que tout, il voulait montrer au monde entier que personne, jamais, ne lui prendrait son garçon.

Lorsque Nick alla aux toilettes, il s'y rendit seul, déclinant l'offre de Derek de l'accompagner ; il n'arrivait jamais à uriner quand on le regardait. Il fut surpris par le raffinement élégant des toilettes. Tout était recouvert d'un marbre brillant, sombre et masculin. Suspendues au dessus de chaque lavabo, de petites lampes halogène faisaient scintiller le miroir. Il y avait aussi de vraies serviettes en lin. Nick se lavait les mains quand Damian entra, captant son reflet dans le miroir. Son sourire s'effaça en le voyant verrouiller derrière lui.

Les yeux du photographe revêtirent un éclat dangereux face à l'air interrogateur de Nick. Il se plaça derrière le jeune homme et glissa les mains sous sa chemise, caressant sa peau souple.

— Je n'aime pas la façon dont les gens te reluquent, pet. Je vais mettre ma marque sur toi, grogna Damian.

— Hein ? bafouilla Nick.

Il n'était absolument pas préparé à l'attitude possessive de l'autre homme.

— Personne ne me reluque ! protesta-t-il.

— La ferme ! Baisse ton pantalon. Je vais te marquer pour montrer à tout le monde que tu es à moi.

Nick couina et s'accrocha à sa ceinture, lui opposant une résistance affolée.

— Ici ? Tout le monde va entendre. Ils sauront !

— Je veux qu'ils sachent, insista Damian, remportant la bataille pour la ceinture comme c'était inévitable.

— Londres ! haleta Nick. *Londres !*

Damian s'arrêta, redevenant lucide face à l'air effrayé de Nick. Après une longue minute, il le prit dans ses bras.

— Je suis désolé, bébé. Je ne voulais pas te faire peur. Je pensais que tu aimerais ça.

Il frotta tristement le dos du jeune homme, sentant son cœur battre contre lui.

— Tu trembles. Tout va bien. Je ne vais pas le faire.

Nick eut un petit rire faible, et s'écarta légèrement pour regarder Damian dans les yeux.

— Je suppose que je peux *vraiment* vous faire confiance.

Damian lui prit le menton au creux de sa main.

— Tu peux. Ce n'était pas très brillant de ma part, mais si ça t'a permis de découvrir que tu pouvais me faire confiance, cela aura au moins servi à quelque chose.

Nick sourit et demanda d'une petite voix :

— Il y a vraiment des gens qui me regardent ?

— Ils ne font pas que te regarder, ils te désirent ! grogna Damian, sa colère refaisant surface à la pensée que quelqu'un prétende lui prendre son garçon.

— Et vous voulez me marquer ?

Tête inclinée, Nick eut un petit sourire provocant.

Damian fut stupéfait ; son garçon le taquinait ?

— Essayons de ne pas oublier qui est le patron, pet, gronda-t-il.

— Je pensais juste que vous pourriez me marquer d'une autre façon. Faites-moi un suçon.

Damian se mit à rire.

— Oh toi, espèce de… ! Je vais t'en faire un, juste pour te donner une leçon. Tu vas regretter de m'avoir privé de mon effet, diablotin.

Nick gloussa.

— Diablotin ? Est-ce un titre récurrent pour un soumis ?

— Non, mais tu en es un, dit Damian.

Il rapprocha Nick de lui, déboutonna sa chemise, l'ouvrit et tourna le jeune homme face au miroir, le pressant contre son torse.

— Tu es mon diablotin et je ne vais pas te laisser l'oublier.

Yeux baissés, Nick regarda les mains de Damian parcourir son corps avec possessivité, empaumant son sexe et tirant de façon significative sur le collier exposé à la vue.

— À moi, grogna Damian.

Il passa son pouce sur les mamelons de Nick en se penchant pour mordiller la gorge tendre, juste au-dessus du collier. Il le suça furieusement, faisant une petite marque rouge qui subsisterait au moins plusieurs jours. Relevant la tête, il inspecta le suçon qui se reflétait dans le miroir.

Nick haleta doucement, les lèvres entrouvertes et les yeux voilés de désir.

Damian le retourna entre ses bras et le mordit juste au-dessus du mamelon droit, laissant une autre preuve de sa possession.

— Maintenant, tu m'appartiens ! Et tout le monde le saura. Retourne à table quand tu te seras boutonné.

Il l'attrapa par les cheveux pour s'emparer de ses lèvres en un baiser possessif. Puis il repartit.

Plongé dans une sorte de transe, Nick le regarda s'éloigner, se demandant encore ce qui venait de se produire entre eux. Et il se sentit infiniment soulagé d'avoir pu arrêter Damian, simplement grâce au mot d'alerte.

Il se reboutonna ; la marque que Damian avait laissée sur son cou dépassait du col de sa chemise. Il effleura ses lèvres gonflées, émerveillé qu'il puisse susciter un tel sentiment de possessivité.

Damian reparut avec un rictus sauvage qui alerta Ashley. Il s'amusait tellement à observer Damian le Dominant en action qu'il ne s'était pas même disputé avec Derek durant tout le temps où ils étaient restés seuls à table.

Le photographe regarda avec fierté Nick se frayer un chemin entre les tables, certains clients reconnaissant le signe de propriété qui apparaissait sur le cou du jeune homme. On s'inclinait devant sa revendication, et le Dom qui avait défié Damian du regard leva discrètement son verre en signe de capitulation.

Ashley remarqua le regard un peu désorienté de Nick, ses lèvres rougies, et l'observa pour voir s'il allait grimacer en se rasseyant. Comme rien ne se passait, Ashley en conclut que ce qu'il avait anticipé ne s'était pas produit dans les toilettes. Il mourait d'envie de poser la question, mais il savait déjà que jamais Damian ne le lui dirait.

Les yeux de Derek se posèrent sur les trois hommes : Damian avait tout l'air du chasseur qui a attrapé sa proie, Nick avait une expression de désir hébété, mais ce qui le surprit le plus, ce fut l'ardente lueur de convoitise qu'il surprit dans le regard qu'Ashley posait sur lui... Il sourit timidement en se demandant s'il n'avait pas été un peu trop rapide en refusant que le bel homme lui donne une fessée.

NICK SUIVIT nerveusement Damian dans le studio où Ashley les avait déposés après le dîner, repartant avec un Derek plutôt silencieux à ses côtés. Nick et Damian eux aussi étaient silencieux, une tension palpable flottant à la surface des choses.

Frustré de n'avoir pu marquer Nick dans les toilettes du restaurant, Damian était déterminé à le posséder dès ce soir. C'était très bien de lui faire un suçon et de grogner *'à moi !'*, mais il voulait prendre ce qu'aucun autre n'avait pris avant lui. S'avérer incapable de contrôler ses pulsions l'ennuyait, mais il préféra faire abstraction du problème.

— Va dans la salle de maquillage et attends-moi, ordonna-t-il sèchement au jeune homme.

Nick commençait à comprendre qu'il n'allait pas s'en tirer avec un simple suçon. Ce soir, Damian était résolu à le marquer de façon plus visible. Pris d'un frisson de peur, ne sachant pas exactement ce que Damian avait prévu de lui faire, il était néanmoins conscient qu'il allait sentir quelque chose de... différent... sur son postérieur. Il sursauta quand Damian réapparut sur le seuil.

— Suis-moi.

Nick le suivit docilement dans le bureau, réalisant que toutes les scènes s'étaient jusqu'à présent déroulées dans cette pièce. Verrait-il jamais la maison de Damian ? Ce dernier ne voulait probablement pas qu'il s'immisce dans sa vie privée. Sans vraiment comprendre pourquoi, cette pensée l'attrista, et il garda les yeux baissés pour ne pas que Damian voie ses larmes.

— Mains dans le dos. Choisis-en deux.

Nick observa le bureau où était disposée une sélection d'objets. Il frissonna ; depuis le début, Damian n'avait utilisé que sa main. Maintenant, il exigeait que Nick choisisse entre une cravache, un fouet, une sangle, une tapette, et ce qu'il savait désormais être un martinet. Il frémit, se demandant ce qu'il ressentirait avec chacun de ces instruments.

— On n'a pas toute la soirée ! Choisis ou je le fais pour toi ! lança sèchement Damian.

— Puis-je pointer du doigt, Monsieur ? fit Nick, hésitant.

— Oui, répondit Damian en se rendant compte que le jeune homme ne connaissait pas le nom de tous ces objets.

Le jeune homme désigna le martinet et la cravache.

— Bons choix, approuva Damian malicieusement. Tu vas les sentir pendant plusieurs jours. Tu seras obligé de prendre ton petit-déjeuner debout.

Nick se demanda où était donc passé l'homme qui l'avait tenu dans ses bras dans les toilettes du restaurant, celui qui s'était excusé de lui avoir fait peur.

— Baisse ton pantalon. Penche-toi. Tu le sentiras encore demain et les marques resteront au moins deux jours.

Non sans hésiter, Nick défit son pantalon, le baissant sur ses genoux, et se pencha en avant avec la fâcheuse impression que ses fesses faisaient une cible bien trop évidente. Il était nerveux et avait la bouche sèche.

— Attrape tes chevilles.

Nick se pencha un peu plus et saisit ses chevilles, resserrant un tiraillement à la hanche. Il se raidit, affreusement conscient que dans cette position, fesses tendues en arrière, son orifice était clairement visible pour Damian.

Il le sentit poser la cravache au bas de son dos, ne faisant que l'effleurer, comme pour mesurer l'écart. Soudain, une vive douleur à la hanche le fit gémir.

— Nick ? Nicky !

Haletant, le jeune homme tomba à quatre pattes, tête sur le tapis en s'efforçant de réprimer ses cris de douleur.

Saisi d'effroi, Damian lâcha la cravache et s'agenouilla près de Nick, passant une main apaisante sur son dos tremblant.

— Qu'est-ce qu'il y a, bébé ? Je ne t'ai même pas touché !

— Ma hanche, gémit Nick. Spasme… musculaire.

— Oh, merde ! murmura Damian. Tu peux bouger ?

— Non… ! avoua Nick en haletant sous la douleur.

— D'accord, trésor. Tiens bon. C'est moi qui vais te bouger ; tu n'as qu'à me laisser faire.

Damian ne savait pas si Nick l'avait entendu ; tétanisé, le jeune homme transpirait à grosses gouttes en frissonnant.

Damian courut prendre la couverture dans le studio et l'étala sur le canapé en cuir. Puis il souleva doucement Nick dans ses bras et l'allongea sur le canapé, sur son flanc indemne, dépourvu de cicatrice.

Il se rua ensuite dans la cuisine, fourra un coussin chauffant au micro-onde et attrapa une serviette en attendant que ce soit prêt.

Repassant dans le bureau, il grimaça en voyant Nick trembler comme s'il pleurait.

— Où as-tu mal ?

— Cicatrice…, gémit Nick.

Il lui était de plus en plus difficile de retenir ses larmes et il ne voulait pas pleurer devant Damian. Il aurait tant voulu rester courageux malgré tout.

Damian étala la serviette sur la hanche de Nick et y posa prudemment le coussin chauffant. Le jeune homme poussa un gémissement sourd. Damian lui caressa l'épaule en un geste qui se voulait réconfortant.

— Doucement, bébé. Essaye de te détendre.

— Je suis désolé… ! haleta Nick, des sanglots dans la voix.

— Chut, calme-toi, respire. Ta hanche ira beaucoup mieux si tu arrives à te détendre.

— Est-ce… un ordre, Monsieur ? gémit Nick.

Surpris, Damian laissa échapper un petit rire. Incroyable ! Nick parvenait à plaisanter alors qu'il souffrait tellement…

— Ouais, c'est un ordre.

Il alla dans sa salle de bain privée prendre un peu de lotion qu'il réchauffa dans sa main. Il remonta l'horrible chemise de Nick et entreprit de lui masser le creux des reins en progressant vers sa hanche. Il massa doucement la courbe, déplaçant au fur et à mesure la serviette et le coussin chauffant autour de la cicatrice. Il enfonça délicatement ses doigts, à l'écoute des halètements et des gémissements tandis qu'il assouplissait les muscles tendus.

Grâce à la magie que déployait Damian pour apaiser ses souffrances et le libérer du carcan de ses muscles tétanisés, Nick finit par s'affaisser de soulagement, en desserrant les poings.

Damian arrêta le massage et caressa gentiment le dos mince, offrant du réconfort au jeune homme. Il l'entendit soupirer en s'enfonçant un peu plus dans le canapé.

— Ça va mieux, mon bébé ?

— Ouais, je… je vais mieux, admit Nick en chevrotant.

Il tenta de se relever mais, d'une main tendue, Damian l'en dissuada.

— Ça t'arrive souvent ? Tu as des comprimés contre la douleur ?

— Non, pas très souvent. J'ai des antalgiques dans mon appartement.

Nick parlait d'une voix épuisée.

— Tu me fais assez confiance pour me filer tes clefs, que j'aille t'en chercher ? demanda anxieusement Damian.

— Non, je vais rentrer chez moi. Je ne veux pas vous embêter.

— Je te ramène alors, décréta Damian. Je te rhabille. Laisse-moi faire ; n'essaye pas de t'asseoir tout seul. Tu risques de te faire encore plus mal.

Trop affaibli, Nick le laissa lui mettre son pantalon sans protester. Damian le hissa sur ses pieds et glissa son bras autour de sa taille. Comment il se débrouilla pour ouvrir les portes et les serrures, Nick n'en avait aucune idée ; il était trop dans le brouillard pour y prêter attention.

Tout ce dont il était certain, c'est qu'il se retrouva dans la voiture, sanglé dans sa ceinture de sécurité.

— Nick ? Nicky ? J'ai besoin de savoir où tu habites.

Se renversant sur l'appui-tête, le jeune homme ferma les yeux avec lassitude. Il n'avait pas eu aussi mal depuis très longtemps. Il parvint à lui donner son adresse avant de sombrer dans un état d'hébétude.

Nick réalisa que la voiture s'était arrêtée quand il sentit Damian fouiller dans ses poches à la recherche du trousseau de clefs.

— La poche avant droite, chuchota-t-il.

Damian dénicha les clefs et sortit en verrouillant la voiture. Il n'aimait pas laisser Nick tout seul, même pour quelques instants, dans un quartier qui avait si mauvaise réputation. Vu l'aspect de l'immeuble, il était peu probable qu'il y ait un ascenseur, et même s'il était fort et en forme, Damian ne se voyait pas porter Nick dans les escaliers.

Il trouva le nom de Nick sur sa boîte aux lettres et monta les escaliers quatre à quatre. Il haletait quand il atteignit le quatrième étage. Il ne s'y était pas trompé ; il ne pourrait jamais porter Nick sur quatre étages. Si son état ne s'améliorait pas, il ramènerait le jeune homme chez lui.

Il déverrouilla la porte et s'immobilisa, choqué par la pauvreté du minuscule appartement froid et minable. Il n'y avait qu'une seule pièce, avec un lit et une mini salle de bain. Pas de place pour se faire à manger, aucun luxe. Apparemment, Nick ne possédait pas de TV ou de radio, bien qu'il ait un ordinateur portable. Et c'était un vrai cochon. Des vêtements jonchaient le sol, ainsi que des livres et des papiers.

Damian serra les lèvres ; ce n'était pas le moment, mais il s'assurerait que Nick change ses habitudes ou ils ne pourraient pas réussir à vivre ensemble. Merde ! D'où lui venait une telle *pensée* ?

Sous le choc, il se demanda quand, *exactement,* il avait décidé que Nick viendrait s'installer chez lui. Puis il se rappela qu'il avait laissé le jeune homme à moitié inconscient dans la voiture et il se mit à la recherche des médicaments. Au moins, Nick les avait rangés dans un endroit logique ; l'armoire à pharmacie.

Damian verrouilla en repartant et dévala l'escalier. Il fut soulagé de retrouver sa voiture intacte et Nick apparemment endormi.

Il se remit derrière le volant sans un bruit et démarra. Sa tête dodelinant, Nick entrouvrit les yeux.

— Vous les avez trouvés ?

— Oui. Essaye de dormir un peu. On sera à la maison dans quinze minutes, répondit Damian d'une voix apaisante.

La maison... Le mot résonnait dans l'esprit embrumé de Nick. Ça sonnait bien. Il passait le moins de temps possible dans son appartement. Il ne l'avait jamais considéré comme un foyer ; sa maison, c'était là où ses parents et sa sœur habitaient, l'endroit où il avait grandi.

Mais s'il voulait étudier les arts, il devait habiter Londres, et ses parents n'avaient pas pu l'aider financièrement. Dès lors, dénicher cet appartement avait été un coup de chance : il était loué pas cher et situé assez près de son école pour que Nick puisse y aller à pied et économiser ainsi le prix du métro.

Quand Damian s'engagea dans une allée circulaire puis coupa le moteur, Nick entrouvrit de nouveau les yeux sur un charmant cottage à colombages de deux étages, entouré d'un jardin enchanteur au clair de lune.

Damian fit le tour de la voiture au pas de course pour aider Nick à descendre. Il lui prit le bras pour le poser sur ses épaules et le soutint jusqu'à la porte d'entrée qu'il déverrouilla et ouvrit d'un coup de pied.

Il guida Nick dans un petit couloir, puis dans une chambre où se trouvait un très grand lit.

— Je vais te mettre au lit. Laisse-moi faire, d'accord ?

— Ouais.

Damian l'allongea et le déshabilla en un tour de main. Il souleva le corps léger pour tirer les couvertures et le borda.

— Je reviens tout de suite.

Il alla prendre un verre d'eau et revint s'asseoir en s'adossant à la tête de lit. Il redressa Nick qu'il cala contre son épaule, puis lui donna un cachet et le verre d'eau.

Nick avala le tout et laissa sa tête retomber sur l'épaule réconfortante, le nez enfoui dans le cou de Damian.

— Il t'en faut deux ?

— Non..., chuchota le jeune homme.

— D'accord. Je vais juste verrouiller la porte et je reviens, dit Damian.

Après avoir rallongé Nick en l'installant du mieux possible, il alla fermer sa voiture et la porte d'entrée.

Il sourit tristement. Il s'apprêtait à violer une de ses règles cardinales en laissant un de ses soumis dormir avec lui. Il avait amené Nick dans la chambre d'amis faute de se sentir la force de le monter à l'étage pour le coucher dans son propre lit, mais si jamais les souffrances le réveillaient en pleine nuit, Damian tenait à être à ses côtés.

À son retour, Nick s'était rendormi, et seule une ligne plissait son front, trahissant la douleur qu'il ressentait encore. Damian se demanda pourquoi il avait refusé le deuxième cachet.

Il se déshabilla et se glissa nu sous les couvertures. S'agitant dans son sommeil, Nick se rapprocha d'instinct de la source de chaleur. Damian le tira vers lui avec précaution, le laissant l'enlacer.

La respiration de Nick s'apaisa et Damian se prépara à passer une nuit blanche.

IX

NICK ÉMERGEA la tête dans le coton, sensation typique qu'il ressentait après avoir pris un analgésique. Il avait besoin d'aller aux toilettes. Il se redressa lentement pour s'asseoir et plissa des paupières encore lourdes de sommeil. Il ne reconnaissait pas l'endroit, mais la faible lumière qui émanait d'une porte entrouverte sur un carrelage mural lui fit comprendre que c'était la salle de bain. Il se glissa hors du lit avec précaution et par étapes, étirant son dos les poings crispés sur les hanches, comme s'il essayait de se remettre d'aplomb. Il était encore un peu raide, mais le cachet avait fait son effet.

Il parcourut sans encombre la faible distance qui le séparait de la salle de bain, et put soulager sa vessie. Pendant qu'il se lavait les mains, il s'examina dans le miroir ; comme chaque fois après un spasme musculaire, il était pâle, avec des cernes violets. Il baissa la tête pour boire au robinet, puis se sécha les mains et le visage. Il ne savait toujours pas où il se trouvait.

La démarche un peu moins raide, il revint se glisser sous les couvertures, frissonnant sous l'air frais qui caressait son corps dénudé. Le lit était agréable et chaud, et il se blottit plus près du centre. Il eut un hoquet de surprise en effleurant une peau nue, et se rassit en sursaut, le cœur battant la chamade.

Dans la lumière grise du petit jour qui filtrait par les fenêtres, il vit qu'il était avec Damian. Que s'était-il passé la veille ? Pourquoi était-il au lit avec le photographe ? Il serra inconsciemment les fesses, mais comme rien ne lui faisait mal, il en conclut qu'ils n'avaient pas baisé et que Damian ne lui avait pas non plus donné de fessée.

Il replongea sous les couvertures. La pièce était froide, et bien qu'il n'ait aucun souvenir de ce qui s'était produit, il supposa que Damian l'avait mis dans son lit. Par conséquent, il ne serait pas étonné de le trouver là.

Comme il se rapprochait, il constata que Damian était nu. Il ne l'avait encore jamais vu nu, et ce fut plus fort que lui : il souleva les couvertures. Devant le corps magnifique du photographe, son sexe durcit immédiatement.

— Putain ! souffla-t-il.

Son âme de sculpteur fut à la fête en découvrant cette musculature virile, sans une once de graisse. Les surfaces planes éminemment masculines, les abdominaux parfaitement dessinés, les pectoraux en béton, les cuisses fuselées… Une telle plastique transcendait ses rêves les plus fous. Pour un trentenaire – Damian avait trente-deux ans s'il ne se trompait pas – il était dans une forme éblouissante.

Nick posa une main légère sur le fin duvet qui recouvrait le torse de Damian ; c'était si différent de sa peau glabre, et il aima ça. Il fit courir un index autour d'un mamelon, et fut fasciné en le sentant durcir sous sa caresse. Glissant vers le plexus solaire de son amant, il contourna les bouclettes en direction de la ligne qui descendait sur ses cuisses, ravi de sentir là aussi les muscles durcir sous sa caresse.

Il découvrit alors que Damian avait ouvert les yeux et le regardait explorer son corps.

— Vous êtes si beau, souffla Nick.

Que son initiative soit acceptable ou non, il était bien incapable de réprimer ses élans.

— Merci, dit doucement Damian. Comment tu te sens ?

— Un peu raide, mais ça va…

Nick retira sa main, l'air coupable.

— Tu veux me toucher ? demanda Damian, sans bouger.

— Oh, oui, chuchota Nick.

— Vas-y.

Nick se pencha avec avidité ; cela n'avait pas eu l'air d'être un ordre, plutôt une requête. Il n'arrivait pas à le croire… Il avait reçu l'autorisation d'explorer le corps de son amant et maître !

Il inspira son odeur naturelle ; quelque chose, dans la nature même de Damian, faisait qu'il se sentait en sécurité avec lui. En tout premier, il désirait plonger la langue au creux de sa gorge ; ça le fascinait depuis le jour où il avait été engagé. De là, il explora de la langue et des lèvres le cou et le torse du photographe, retraçant le gonflement de chaque pectoral.

Damian s'arqua sous la caresse lascive, prenant une vive inspiration quand Nick referma la bouche sur son mamelon, le taquinant d'instinct en faisant de petits cercles lents autour de l'aréole. Il réprima l'envie d'attraper Nick par la tête pour le guider, et contrôler ses mouvements ; il ne savait pas pourquoi, mais il lui semblait juste de laisser le jeune homme libre de découvrir par lui-même ses zones érogènes.

Pour la première fois dans leurs relations, Nick prenait les commandes, et il appréciait de détenir le pouvoir d'exciter Damian d'une façon qu'il ne comprenait pas encore totalement.

Il fit glisser sa langue sur la douce toison de Damian, se déplaçant vers le sexe rigide qui reposait sur son ventre. Quand il lécha le gland, il sentit des mains puissantes l'arrêter.

Damian fit basculer Nick sur son dos et lui sourit.

— À mon tour.

Maintenant le jeune homme en place, Damian explora de la bouche le corps souple étendu sous lui. Il lécha les marques qu'il lui avait faites la veille, apaisant tout picotement persistant. Il ne regrettait rien ; les voir le remplissait de fierté.

— Si beau et à moi…, murmura-t-il.

Il admira l'arc pulpeux des lèvres roses, la beauté des yeux au regard très expressif où brillaient l'excitation et… quelque chose de très doux.

— À vous, confirma Nick.

Il haleta quand la bouche de Damian trouva son sexe et l'engloutit tout entier. Il n'avait jamais ressenti pareille chose et ce fut la dernière pensée cohérente qui traversa son esprit, tandis qu'il tressautait sauvagement dans la chaleur humide qui l'enveloppait.

Depuis leur toute première rencontre sexuelle, Damian avait eu envie de goûter son jeune amant, et il lâcha enfin la bonde à tous ses désirs, suçant, léchant, et mordillant à cœur joie. Il passa délicatement la langue à l'arrière du sexe de Nick, notant chaque endroit qui faisait gémir et onduler le jeune homme. Il suça ses testicules l'un après l'autre, s'attardant jusqu'à ce que Nick n'en puisse plus. Finalement, Damian détendit les muscles de sa gorge afin d'accueillir le sexe du jeune homme jusqu'à la garde, le nez enfoui dans les boucles du pubis. Il laissa jouer les muscles de sa gorge le long de la verge, en maintenant les hanches minces en place ; Nick jouit dans un grand cri, se vidant dans la bouche de Damian. Et il finit par retomber, inerte, sans force.

Damian se redressa en souriant pour prendre ses lèvres en un tendre baiser, partageant avec le jeune homme le goût de son essence. Nick rouvrit les yeux et lui caressa la joue.

— Je veux être en toi, Nick, te prendre complètement et te faire mien, chuchota Damian.

— S'il vous plaît… Je veux vous sentir en moi, répondit Nick, pantelant.

Damian sourit en le sentant écarter les cuisses pour l'accueillir.

— Ta hanche… Tu es sûr que ça va aller ?

— J'en suis sûr, répondit Nick, bien que l'incertitude fasse trembler sa voix. Je suis juste un peu raide.

Damian referma les doigts sur le sexe du jeune homme et constata qu'il était déjà à moitié dur alors qu'il venait pourtant de jouir.

— Je suppose que tu l'es, en effet, le taquina-t-il.

Nick rit de ce jeu de mots, et Damian se réjouit de l'entendre.

Déposant un baiser sur les lèvres rieuses, il reprit :

— Ce sera plus facile pour ta première fois si tu te mets sur le ventre. Détends-toi et laisse-moi faire tout le travail.

— Oui, Monsieur, répondit Nick, consentant de tout son cœur

Damian l'embrassa encore puis le retourna prudemment sur le ventre. Il caressa les fesses rondes et fermes, appréciant la façon dont ses paumes en épousaient les courbes.

— Soulève-les, bébé, dit-il en les tapotant gentiment.

Nick souleva les hanches et Damian glissa un coussin dessous.

— Ça va ?

— Ouais, répondit Nick dans un soupir.

— Je vais aller lentement, lui promit Damian, alors que la vue de ses fesses magnifiques lui donnait à elle seule envie de s'y enfoncer d'une vive poussée.

Il pressa la base de son sexe pour juguler ses pulsions puis reprit son massage sensuel.

Il moula les globes sphériques, constatant que Nick écartait un peu plus les jambes, comme s'il l'invitait à faire tout ce qu'il voulait de lui – ce qu'il avait précisément la ferme intention de faire. Pouces positionnés près de la fente, il s'en rapprochait un peu plus à chaque passage.

Nick gémit tandis que Damian lui écartait gentiment les fesses, effleurant son entrée pour la première fois. Le nez enfoui dans l'oreiller, il sentit son orifice pulser avec une impatience désespérée, à peine capable d'attendre un contact plus ferme.

Damian attrapa un des tubes de lubrifiant qu'il gardait dans chaque pièce de la maison, riant sous cape au vain espoir qui l'avait amené à le mettre dans ce tiroir quelques années auparavant. Son manque d'activités sexuelles avait rendu ces précautions parfaitement inutiles ; il espérait seulement que la date de péremption des préservatifs n'était pas dépassée.

Après avoir humidifié ses doigts, il en pressa un contre l'ouverture palpitante, la sentant céder sous la pression. Il s'y inséra lentement, et Nick écarta encore plus les jambes, soulevant les hanches pour se presser contre sa main. De l'autre, Damian lui caressa le dos afin de le calmer lors de cette première pénétration.

Faisant lentement entrer et sortir son doigt, il posa les lèvres sur la cicatrice.

— C'est ça, ouvre-toi pour moi, bébé. Ouvre-toi pour que je puisse enfoncer mon sexe dans ton petit trou si serré. Tu es si beau, les jambes écartées pour moi, attendant que je te prenne.

Il se retira pour ajouter un autre doigt, les enfonçant aussi doucement qu'il le put. Le jeune homme était très étroit et Damian était plus long et épais que la moyenne. Son instinct primitif le poussait à pénétrer le jeune homme sans attendre, mais il réussit à se contrôler, ne voulant pas faire mal à Nick. Il ajouta encore un doigt, en quête du bouton de plaisir du jeune homme ; dès qu'il l'effleura, il vit le corps mince frémir sous la délicate stimulation.

Damian retira les doigts, déchira le petit paquet en aluminium, et déroula le préservatif sur son sexe avec des mains tremblantes. Il fit une pause pour presser encore la racine de sa verge. Voir Nick allongé là, les cuisses bien écartées, les poings serrés sur les draps, son orifice luisant, tout cela aurait presque suffi à le faire jouir. Mais il voulait que cette première fois soit fantastique pour eux deux ; il voulait donner à Nick un plaisir fou et le revendiquer comme son compagnon.

Il se déplaça entre ses cuisses, caressant la peau de velours tandis qu'il se penchait pour lui murmurer à l'oreille :

— Soumets-toi à moi, Nick. Prends mon sexe profondément en toi. Laisse-moi te donner du plaisir comme tu n'en as jamais rêvé. Laisse-moi te revendiquer.

Emporté par l'émotion et les sensations que seul Damian pouvait susciter en lui de cette voix rauque et sensuelle aux accents autoritaires, Nick en oublia le vouvoiement et soupira :

— Prends-moi, Damian… s'il te plaît… je veux te sentir en moi… revendique-moi.

Damian ferma les yeux, presque vaincu par cette réponse faite d'une voix brisée. Il prit les lèvres de Nick dans un dernier baiser et s'aligna derrière lui. Agrippant de ses mains puissantes la taille mince du jeune homme, il poussa, conscient que la première pénétration du gland serait la plus douloureuse.

Nick cria et se contracta automatiquement sous l'intrusion, puis il céda devant la force de l'autre homme. Finalement, le gland s'enfonça et Damian fit une pause, caressant son dos pour l'apaiser.

Cela brûlait, et son muscle se contracta fortement tandis que Nick essayait de se détendre.

— Tu es si étroit... si chaud, chantonna Damian alors qu'il caressait le dos tendu du jeune homme.

Il avait savouré sa soumission quand il l'avait pénétré, quand Nick avait pris une profonde inspiration et s'était forcé à se détendre.

Damian balança doucement les hanches, enfonçant lentement son sexe dans l'étroit fourreau brûlant, se contrôlant par la seule force de sa volonté.

— Parle-moi, Nick... Comment tu te sens ?

— Si... plein, répondit le jeune homme crispé. Tu es tellement .. imposant.

— Soumets-toi, mon bébé. Laisse-moi te pénétrer, ordonna Damian et sa voix sembla apaiser le jeune homme.

Il sentait les parois intérieures le masser en le poussant presque à l'intérieur. La chaleur torride du canal qui enserrait son érection envoyait des étincelles de feu dans sa colonne vertébrale. Il baissa les yeux sur l'orifice rose de Nick qui s'étirait autour de son sexe, l'acceptant, et il grogna en signe de domination.

Une fois que Nick eut capitulé devant l'inévitable, la sensation de brûlure se transforma en plaisir. Il n'aurait jamais cru se sentir aussi rempli, aussi complet, avec Damian enfoui si profondément en lui. C'était comme si la pièce manquante du puzzle trouvait soudain sa place en s'emboîtant parfaitement, et il sut que c'était ce qu'il avait toujours voulu sans vraiment le réaliser. Il soupira et se détendit encore tandis que le sexe de Damian frottait sa prostate en envoyant des frissons de plaisir à travers tout son corps, sa conscience focalisée sur ce point de contact. Une onde de chaleur s'épanouissait en lui à chaque poussée tandis que Damian s'enfonçait en lui. Nick se sentait revendiqué, chéri, précieux aux yeux de son amant.

Sa propre érection se frottait inconsciemment contre l'oreiller que Damian avait glissé sous ses hanches, et il souleva les fesses pour répondre à chaque poussée. À chaque coup de reins, Damian le rapprochait de sa libération, jusqu'à ce qu'enfin il crie, l'orgasme le transperçant de part en part ; ses orteils et ses doigts se recroquevillèrent sous la violence de l'extase.

Damian sourit en sentant Nick se contracter autour de lui. Il agrippa les hanches étroites et le redressa à genoux pour mieux s'enfoncer encore en lui, à la recherche de sa propre libération. Il poussa un cri sauvage en se vidant dans le préservatif, regrettant de ne pouvoir planter sa semence dans le corps du jeune homme. Mais même ainsi, Nick lui appartenait désormais. Il se tétanisa une dernière fois, vrillé tout entier par une ultime onde de plaisir.

Il se laissa retomber de tout son poids sur Nick, prenant plaisir à recouvrir le corps mince et souple du sien.

— À moi…, grogna-t-il doucement en mordillant son épaule – pas assez fort toutefois pour y imprimer une marque.

Il avait revendiqué le jeune homme ; sa marque serait indélébile dorénavant. Il était satisfait.

Tous deux s'endormirent, Damian toujours enfoui au plus profond du jeune homme.

NICK SE réveilla et sentit les draps froids près de lui avant même d'ouvrir les yeux. Avait-il rêvé ? Non, cette fois il croyait se rappeler que Damian l'avait baisé. La douleur dans ses fesses lui confirma que ça n'avait pas été un rêve.

Il se cala confortablement, d'humeur à laisser son esprit vagabonder. Il s'étira sur le lit d'une douceur luxueuse, se demandant si Damian s'attendait à ce qu'il se lève.

— Hé, Nicky !

Damian l'appelait encore par le diminutif que seules sa mère et sa sœur utilisaient. Il entra et déposa un plateau sur la table de nuit.

— Comment tu te sens ?

Il lui tâta le front, craignant qu'il ait de la fièvre.

— Je vais bien, répondit nerveusement Nick.

Où en étaient-ils tous les deux, dans leurs rapports ? Nick aurait bien aimé le savoir.

Damian alla sortir de l'armoire une chemise en flanelle.

— Enfile ça pour ne pas avoir froid. Je t'ai apporté le petit-déjeuner.

Nick fit docilement passer la chemise par-dessus ses épaules. Damian tapota les oreillers, les repoussant contre la tête de lit afin que le jeune homme puisse s'y appuyer.

— Qu'est-ce que tu m'as apporté ? demanda Nick, plein d'espoir.

Damian se mit à rire.

— Rien que du café et des toasts. Je ne mange pas souvent ici et j'ai bien peur qu'il n'y ait pas grand-chose dans la maison.

— C'est parfait, approuva Nick en humant l'arôme du café que lui tendait Damian.

Il fut surpris de constater, après la première gorgée, que Damian se rappelait comment il aimait son café. Il leva des yeux brillants sur son amant et accepta un toast beurré.

Ils mangèrent le repas frugal en silence, puis Nick se mit à bâiller. Damian lui reprit la tasse vide des mains.

— Comment va ta hanche ?

— Ça va, Damian, je t'assure, répondit Nick en souriant.

— Explique-moi pourquoi tu n'as voulu prendre qu'un cachet.

— Parce que deux m'auraient assommé pour de bon. La douleur persiste avec un seul, c'est vrai, mais au moins, ça ne me laisse pas complètement sonné. Et le fait que tu m'aies immédiatement massé le dos m'a aidé à me détendre, ça n'a donc pas été aussi douloureux que d'autres fois.

— Pourquoi tu ne retournerais pas te coucher et te reposer un peu aujourd'hui ? lui proposa Damian.

Nick bâilla en secouant la tête.

— Je ne veux pas être dans tes jambes. Tu as sûrement beaucoup à faire.

Hors de question que Damian lui avoue qu'il ressentait déjà un vide immense rien qu'à l'idée de le ramener chez lui. Impossible d'admettre que le jeune homme puisse lui manquer – fût-ce à lui-même.

— Non, j'ai l'intention de me reposer, moi aussi. Tu as besoin que je te rapporte quelque chose de ton appartement ?

Nick rougit en se rappelant dans quel état il avait laissé son appart'… Il avait été si impatient de revoir Damian ces derniers temps qu'il n'avait plus pris la peine de ranger.

— Euh, non, ça va…

Damian se remit à rire.

— J'ai déjà vu le pire de ce qu'il y avait à voir, tu sais. Tu es certain que ton ordinateur portable ou des sous-vêtements de rechange ne vont pas te manquer… ?

Nick rougit de plus belle.

— Je ne crois pas qu'il me reste un seul sous-vêtement de propre. Mais je pourrais avoir besoin de mon ordinateur.

Damian embrassa les boucles soyeuses.

— Allonge-toi et repose-toi. Je serai très vite de retour.

Nick se glissa dans le lit et se blottit contre son oreiller, se sentant chéri, en sécurité. C'était un sentiment tellement agréable après avoir été loin de chez lui pendant quatre ans. Il espérait… mais il repoussa cette pensée. Damian ne pourrait jamais l'aimer ; il devrait se contenter de ce que le photographe était prêt à lui offrir.

LE DIMANCHE fut placé sous le signe de l'indolence et de la paresse pour les deux hommes. Nick dormit presque toute la journée et Damian passa son temps à venir le contempler sur la pointe des pieds. C'était juste que le jeune homme était si beau… Le petit sourire ourlant les lèvres de Nick alors qu'il serrait son oreiller contre lui en bougeant les hanches sans relâche… Damian se sentait seul, même s'il essayait de se convaincre du contraire.

Chaque fois que Nick soupirait ou se tournait dans son sommeil, Damian reprenait la fuite.

Entre deux incursions dans la chambre, il fit tourner une machine, lavant son linge ainsi que celui de Nick qu'il avait cueilli au passage sur toutes les surfaces planes de l'appartement en fouillis. Il alla même jusqu'à plier proprement les articles lavés et séchés, souriant de voir combien les choses avaient changé. Lui, le Dominant, en train de laver et de plier le linge de son soumis ! Décidément, on aurait tout vu…

Quand la pénombre envahit la maison, Damian appela le service de livraison d'un restaurant chinois et passa commande de tout ce qui serait susceptible de plaire au jeune homme.

LUNDI MATIN, Ashley se retrouva en train de taper du pied impatiemment, les bras croisés, en appui contre la porte verrouillée du studio.

Quand les portes de la cage d'ascenseur s'ouvrirent enfin, il lança d'une voix traînante lourde de sarcasme :

— Alors, vous vous êtes finalement décidés à venir travailler ? Qu'est-ce qui se passe ?

Damian avançait lentement, un bras enroulé autour de la taille de Nick, qui boitillait.

— Sa hanche a lâché samedi soir, après dîner. Nick est encore un peu sonné. Il a dû reprendre un cachet ce matin et je ne voulais pas le laisser seul.

Ashley s'approcha, les bras tendus.

— Je vais le soutenir ; occupe-toi d'ouvrir la porte.

Damian sourit.

— Bien essayé. Prends les clefs et ouvre.

Ashley lui rendit son sourire.

Ça valait la peine d'essayer.

Nick eut un faible sourire, ne comprenant pas tout à fait le double langage des deux hommes.

— Désolé, Ashley, je doute d'être très utile aujourd'hui.

Ashley lui lança un coup d'œil par-dessus son épaule.

— Pas de problème. On se débrouillera. Détends-toi, mon garçon, ne t'en fais pas.

Le trio entra, Damian entraînant Nick dans son bureau. La couverture était toujours sur le canapé ; il l'écarta, puis cala un coussin sous la tête du jeune homme et un autre entre ses genoux.

Damian se pencha pour remonter la couverture sur lui.

— Dors, mon bébé. Ne t'inquiète de rien. Je suis juste à côté si tu as besoin de quelque chose, d'accord ?

— Ouais, soupira Nick.

Le cachet faisait déjà effet. Il avait espéré que Damian voudrait peut-être encore le baiser, mais après dîner, son amant l'avait laissé dans la chambre d'amis.

Après une nuit solitaire, à se tourner et se retourner dans le lit, à se creuser les méninges pour tâcher de comprendre ce qu'il avait bien pu faire de mal, ou ce qu'il aurait dû faire, Nick s'était finalement réveillé le lendemain matin dans une position inconfortable, avec sa hanche qui envoyait des signaux de détresse à son cerveau.

Ashley regarda Damian passer les doigts dans les boucles brillantes du jeune homme. Les yeux de Nick se fermèrent et il s'endormit.

— Est-ce qu'il va s'en remettre ? chuchota Ashley.

Damian sortit de la pièce en refermant derrière lui.

— Il a eu un accident, il y a quelques années, et a été opéré. Pour autant que je puisse en juger, il va bien la plupart du temps. Je ne connais pas toute l'histoire, mais s'il est stressé ou dans une mauvaise position, il a des spasmes musculaires.

— Il te faut un banc pour la fessée, le conseilla judicieusement Ashley. Surface rembourrée, hauteur réglable, anneaux robustes…

Décidant que l'attaque était la meilleure des défenses, Damian ignora le conseil et riposta :

— Où en es-tu avec Derek ? Où est-il ?

Ashley toussota.

— Je l'ai envoyé au bureau régler différents détails. Il sera bientôt là.

— Ce n'est pas vraiment une réponse, le taquina Damian.

— On parle, rien de plus. Nick lui aurait dit qu'il ne m'avait pas donné la chance de m'expliquer. Qu'il avait heurté mes sentiments en ne me faisant pas confiance pour y aller doucement.

Damian en fut très amusé.

— Nick ? Donnant des conseils à Derek ?

— Eh bien, quoi que tu lui aies fait, et je veux toujours des détails, ajouta Ashley en se pourléchant les lèvres avec concupiscence, il semblerait que tu aies au moins gagné la sienne, de confiance. J'espère juste que tu en es digne.

Damian se retourna, feignant d'inspecter l'étalage de fouets.

Je l'espère aussi, songea-t-il.

X

Nick aurait été très heureux de prendre sa pile de linge propre et plié et de rentrer chez lui ; il avait pratiquement passé la journée à dormir. Il s'était levé une fois pour aller observer la séance, consterné de voir que Maîtresse Bettie usait encore de ses ruses sur Damian. Il avait tellement pâli que Derek et Ashley lui avaient tous les deux crié dessus et Damian lui avait ordonné de retourner s'étendre sur le canapé.

Fatigué, affaibli, Nick avait battu en retraite sans protester. Il ne protesta pas plus quand Damian le ramena chez lui, le déposant devant son immeuble en lui recommandant de nouveau du repos.

Damian se montrait poli et prévenant ; il n'avait plus donné un seul ordre depuis samedi soir, et Nick avait l'impression qu'il était devenu très distant. En quoi avait-il donc offensé le photographe ? Et comment reconquérir le terrain perdu ?

Nick avait cours le lendemain, il n'était donc pas prévu dans le planning du studio. Il espéra que Damian l'appellerait sur son portable, mais l'appareil demeura silencieux. Nick ne reçut qu'un SMS de sa sœur. Cette nuit-là, tout seul dans son petit appartement froid et inconfortable, les ressorts du matelas lui rentrant dans les côtes, il s'endormit en pleurant.

Pendant ce temps, les choses semblaient s'arranger pour Ashley. Le samedi soir, en sortant du restaurant, il avait raccompagné Derek en voiture, appréciant les efforts du jeune homme pour alimenter la conversation. Quand Derek l'avait invité à monter prendre un café, il avait accepté, et ils avaient réussi à s'entendre plutôt bien.

Ashley était d'humeur optimiste en arrivant au studio le lendemain matin. Par conséquent, il fut consterné de voir que Nick avait repris ses manières hargneuses, tandis que Damian se montrait distant et irritable.

Après l'atmosphère prometteuse du samedi soir et la tendresse avec laquelle Damian s'était chargé du jeune homme blessé, Ashley n'arrivait pas à comprendre ce qui avait pu mal tourner à ce point. Ce n'était absolument pas ses affaires ? Qu'importe ! Il avait la ferme intention de

125

fouiner jusqu'à ce qu'il ait le fin mot de l'histoire. Puis il se ferait fort d'arranger tout ça. Il était peut-être un Dominant, mais il était aussi le PDG d'une grande entreprise prospère, et il ne s'agissait après tout que d'une simple discorde entre employés. Ou pour ainsi dire, pensa-t-il en souriant. Toutes les analogies étaient imparfaites de nature.

Il décida de s'attaquer d'abord à Nick ; le gamin était inexpérimenté et visiblement déconcerté. Il serait donc plus manipulable que Damian. Ashley n'était pas son Dom, mais il ne doutait pas de pouvoir le mettre à genoux.

Littéralement.

Après avoir vu Nick s'en prendre à Derek, Ashley avait une raison encore plus valable de s'en mêler. Personne n'avait le droit de s'en prendre à *son* garçon. Et même si, officiellement et objectivement, Derek n'avait encore rien accepté, Ashley avait bon espoir de parvenir à ses fins.

En attendant que Damian soit occupé sur le plateau, Ashley déambula dans la cuisine. Damian avait mis son veto sur toutes ses suggestions visant à employer Nick dans les séances photo du jour, et une fois de plus, le jeune homme avait reporté toute son amertume sur son assistant. Était-ce parce qu'ils photographiaient des shorts très courts et que Damian refusait d'exposer les fesses de Nick ? Quelle que soit la raison, le gamin s'ennuyait ferme, et Ashley le trouva en train d'essuyer, l'air maussade, le comptoir propre sur lequel ils avaient pris leur café le matin même.

— Bonjour, Nicholas. Comment va ta hanche aujourd'hui ? demanda gentiment Ashley.

— Bien, fut la réponse laconique.

Nick ne daigna pas lever les yeux.

Voilà qui méritait un rappel à l'ordre immédiat ; le gamin n'était pas *son* soumis, mais il était bel et bien un *soumis*, et Ashley, lui, était un Dom. Il était grand temps que Nick apprenne qu'il y avait des règles dans cet univers-là.

— *Gamin !*

Cette fois, sa voix avait claqué tel un fouet, vibrante de pouvoir.

Nick leva des yeux pleins d'appréhension. Ashley montra le sol et sans même y penser, Nick tomba automatiquement à genoux, les mains dans le dos, alors même qu'il se demandait ce qui venait de provoquer chez lui cet élan de soumission aveugle.

— C'est mieux, dit Ashley. Gamin, je suis un Dom. Je ne suis peut-être pas le tien, mais j'exige le respect. Agis encore comme ça, et je te mettrai à genoux, peu importe qui d'autre sera dans la pièce. C'est bien compris ?

— Oui, Monsieur, répondit Nick, déconfit.

Il n'y avait aucune charge sexuelle dans sa façon d'obéir à Ashley, mais sa position agenouillée lui rappela tout ce qu'il avait perdu. Les yeux baissés, il cilla pour tenter de refouler ses larmes.

— Qu'est-ce qui s'est passé entre Damian et toi ? demanda Ashley, radouci. Les choses semblaient très bien se dérouler, vous aviez tous les deux des étoiles dans les yeux et tu avais sans aucun doute une légère brûlure sur les fesses… Et voilà maintenant que d'un coup, Damian est hargneux comme une teigne et toi, tu te comportes de nouveau comme un sale gosse !

Nick ravala un sanglot, secouant la tête sans pouvoir dire un mot.

Il sentit de longs doigts lui saisir la mâchoire et lui relever le menton.

— Regarde-moi, mon garçon, dit Ashley d'une voix douce. Que s'est-il passé après ton mal de hanche ?

Nick déglutit nerveusement.

— Damian m'a ramené chez lui ; il a pris soin de moi.

— Et ?

— Il… euh… il…, bégaya Nick, ne sachant comment présenter les choses.

— Il t'a possédé ?

— Oui, acquiesça Nick lamentablement, incapable de croiser le regard d'Ashley. Et puis, il a… hum… il n'a pas… il a seulement… hum…

— Ah, je vois, dit Ashley, en commençant à comprendre. Il a été gentil avec toi.

— Oui. Non… il est toujours gentil… c'est juste qu'il…

— Il te traite comme si tu étais en porcelaine et que tu allais te briser.

— Je suppose, acquiesça Nick, dépité.

Tu lui en as parlé ? Tu lui as demandé pourquoi ?

— Je ne pourrais jamais !

— Oh que si, et tu ferais bien d'apprendre à exprimer tes besoins, Nick, si tu veux que tes désirs soient comblés. Toutefois, dans le cas présent, tu devrais peut-être laisser faire oncle Ashley… Besoin d'un coup de main ?

— Non, tout va bien, assura Nick en tremblant.

— Alors relève-toi, mon garçon. Essuie tes beaux yeux. Tu ne voudrais pas que Damian voie que tu as pleuré sur mon épaule, pas vrai ?

Nick se redressa avec grâce et Ashley s'en émerveilla ; c'était un véritable soumis.

127

— Je ne me suis jamais approché de votre épaule, répondit Nick, en regardant Ashley à travers ses cils à demi-baissés. Monsieur.

Seigneur, le gamin était dangereux et il n'avait même pas conscience de son allure provocante !

— Allez, déguerpis, mon garçon. Tâche de trouver Derek pour moi. Il aurait dû être de retour depuis une heure déjà.

— Oui, Monsieur. Merci, Monsieur.

Nick se précipita dans la salle de bain en essuyant la larme qui menaçait de tomber de son œil gauche. Celui-là pleurait toujours le premier.

En fait, Derek était de retour et il avait surpris les deux hommes. S'il n'avait pu entendre ce qu'ils se disaient, il avait été follement jaloux de surprendre Nick à genoux devant Ashley.

Et il n'avait pas été le seul témoin de la scène… Ashley erra dans le studio, constatant que Damian avait envoyé tous les modèles se changer. Il le trouva en train de boxer un sac de sable, au fond d'une des pièces inutilisées de l'appartement. Il rit sous cape ; c'était bien ce qu'il avait espéré – que Damian surprenne Nick à genoux devant lui…

La jalousie, *ça*, ça le connaissait.

— Damian, je me demandais…, commença Ashley, d'un ton innocent et insouciant, comme s'il n'avait pas été pris sur le fait.

D'une volte-face furibonde, Damian le plaqua au mur, en voulant l'immobiliser d'une clef de bras. Mais Ashley avait vu le coup venir. Il suivit le mouvement afin de retourner l'élan de son agresseur contre lui, de sorte que ce fut Damian qui se retrouva dos au mur, Ashley se pressant contre lui de tout son poids pour l'immobiliser.

— Lâche-moi ! fulmina Damian en se débattant.

Ashley se sentit tout excité malgré lui, tandis que Damian se démenait vainement.

— Qu'est-ce qui se passe Damian ? Depuis quand tu n'arrives même plus à te débarrasser de moi ? le nargua Ashley.

Le photographe s'assombrit et redoubla d'efforts… en pure perte. Ashley ne cédait pas un pouce de terrain, anticipant toutes les manœuvres qu'il tentait pour se libérer. Au final, Damian ne réussit qu'à s'épuiser.

— Qu'est-ce que tu mijotes, Ashley ? Je croyais que tu étais mon ami !

— Je fais ça parce que je *suis* ton ami, répondit Ashley en exhibant ses dents blanches dans un 'sourire' carnassier.

Damian eut presque peur. Presque.

— Tu te comportes en parfait crétin ! Je t'ai demandé si tu voulais revendiquer Nick et tu m'as dit oui. Tu l'as marqué dans un lieu public, et voilà maintenant que tu l'abandonnes ? Comment crois-tu qu'il se sente ?

Damian se débattit faiblement puis s'immobilisa. Les reproches d'Ashley résonnaient dans sa tête.

— Il s'en remettra. Il est bien mieux sans moi.

— Qu'est-ce que tu en sais ? Tu lui as demandé ce qu'il voulait, lui ? Ou bien as-tu décidé que ce serait dangereux d'aller plus loin ?

— Je ne… Je ne lui ai pas demandé, admit Damian.

Ashley le secoua.

— Tu es une vraie tapette ! Depuis combien de temps tu joues ?

— Douze ans.

— Et tu n'as toujours pas compris que c'est le soumis qui a le pouvoir ?

Ashley le secoua de plus belle, histoire de lui remettre du plomb dans la tête.

— Mais à quoi tu penses ?

— Je suppose que mon sexe 'pense' pour moi, soupira Damian, amusé malgré lui.

— Crois-moi, ton sexe n'a rien à voir là-dedans ! Sinon, Nick ne serait pas en train de se morfondre comme si son chien était mort et tu m'aurais déjà fais mordre la poussière au lieu de te retrouver avec mon genou entre tes jambes, déclara Ashley, dégoûté. Tu souffres du 'doute du Dominant'.

— *Absolument pas !* Je n'ai jamais…

— Si. Tu questionnes tes propres instincts. Aie confiance en toi.

— Et si je le blessais ?

— Tu es un Dom attentif qui a beaucoup d'expérience. Est-ce que tu essayes de me faire croire que tu pourrais passer outre les réactions de Nick et le blesser ?

Damian jeta un regard noir à Ashley, les poings serrés en signe d'impuissance.

— Tu ne comprends pas !

— Je comprends parfaitement, au contraire, rétorqua Ashley. Tu as peur que ce soit *toi* qui sois blessé. Alors que tu n'as aucune preuve que ça puisse arriver. Le gamin t'adore.

— Il est trop jeune, marmonna Damian.

— Non, il ne l'est pas.

Ashley le dévisagea.

— Tu veux mon avis ? Je pense que tu as trouvé celui que tu as cherché toute ta vie, et *ça*, ça te flanque une trouille bleue !

— Tu as raison, pour ce qui est de la trouille en tout cas, feula Damian, en se débattant encore, cherchant à plaquer Ashley contre le mur. Donc, ton conseil, c'est que je le revendique ?

— Tu l'as déjà fait, souligna Ashley, en déjouant avec aisance sa nouvelle tentative de résistance. Écoute, tu es le seul Dom qui ait osé jouer avec ce soumis qui avait perdu une jambe. Tout le monde avait peur de le blesser et n'osait pas le toucher. Tu as eu la patience d'y aller en douceur avec lui, de découvrir ses limites. Quand vous vous êtes séparés, il se sentait à nouveau un homme à part entière.

Damian parut surpris.

— Tu crois que j'ai insulté Nick dans sa virilité ?

— Pour être un soumis, il n'en est pas moins homme, lui rappela gentiment Ashley. Il aime peut-être se soumettre à toi, vous êtes quand même égaux de ce point de vue. Ça ne te ressemble pas de perdre de vue ce genre de vérité, Ian. Maintenant que tu sais que tu peux compter sur lui, fais avec.

— Va te faire foutre ! murmura Damian.

— Oh, crois-moi, je voudrais bien, mais je viens de gâcher ma seule chance par pure bonté d'âme, se plaignit Ashley. Si tu as retrouvé tes esprits, je ne serais plus capable d'avoir le dessus sur toi. Tu es le top des Doms, et je ne suis qu'un bâtard pervers armé d'une canne.

Il tendit la main pour presser les fesses de Damian.

— *Mmm*, sans compter que je suis aussi un imbécile ; laisser passer ma chance, tout ça pour faire une fleur au gamin… Mais je ne peux pas résister à un jeune homme avec d'aussi beaux yeux.

— Il t'a demandé de me parler ? grogna Damian, le front bas sous l'effet d'une sourde colère.

Ashley leva les yeux au ciel.

— Damian, tout ce que j'ai pu obtenir de lui, ce sont des '*hum*' et des '*euh*'. Tu crois vraiment qu'il serait venu se confesser à moi ?

Se rappelant les réponses balbutiantes de Nick, Damian gloussa.

— Non, je suppose que non. Comment l'as-tu mis à genoux ?

— J'ai montré le sol du doigt. Tu l'as bien dressé, approuva Ashley d'un air suffisant. Tu lui manques beaucoup, autrement ça n'aurait jamais marché. Et crois-moi sur parole ; l'AW 2001 est le banc qu'il te faut pour la fessée. Il lui fournira un large soutien pour sa poitrine ;

130

aucune chance que sa hanche ne le lâche ou qu'il se retrouve dans une position inconfortable qui pourrait le blesser. Je serais ravi de te faire un prix sur le modèle de démonstration. Nick aura l'air tout simplement délicieux plié en deux là-dessus avec son petit cul rose juste à la bonne hauteur pour baiser.

Damian secoua la tête en souriant tristement.

— Et je suppose que tu adorerais mater.

— Si seulement ! Je m'en contenterais volontiers comme paiement, ajouta Ashley, avec concupiscence. Et si tu l'amenais dans un club privé ? Je ne t'ai jamais vu en action, et maintenant que tu recommences à jouer...

— Non, non, j'en ai fini avec ça ! protesta précipitamment Damian. Encore qu'on pourrait venir un jour te voir lever la canne...

Le double sens fit rire Ashley.

— Je ne fais plus de compétition, juste des démonstrations au cours de conférences. Mais on ne sait jamais.

— Est-ce que ça s'arrange avec Derek ? demanda malicieusement Damian.

Ashley éclata de rire.

— En partie, oui. Je ne crois pas qu'il comprenne encore tout à fait l'attrait de toutes ces pratiques déviantes, mais il garde un esprit ouvert.

Daman acquiesça.

— C'est un bon début.

ENTRE TEMPS, Nick était sorti de la salle de bain les yeux étrangement rouges mais secs. Il vit Damian et Ashley émerger d'une des pièces vides et espéra que, quoi qu'ait fait Ashley, il n'avait pas tout gâché. Il regrettait déjà de lui avoir confié le peu qu'il lui avait confié, mais Damian semblait être de meilleure humeur, et Ashley parlait avec animation en agitant les mains. Nick soupira. Bon sang, il n'avait jamais été patient, et il aurait aimé avoir un signe lui soufflant qu'il était de nouveau dans les bonnes grâces de Damian.

Il ne remarqua pas l'expression blessée de Derek, ni le soupir de regret que poussa Markie alors que son regard volait de Derek à Ashley. Il se rendit dans le bureau de Damian pour récupérer la tasse de café que le photographe avait apportée là un peu plus tôt, et découvrit en se retournant

Damian sur le seuil, un sourire espiègle ourlant ses lèvres. Il se figea, et réussit par bonheur à ne pas lâcher la tasse.

Damian ferma la porte, et Nick entendit le déclic de la serrure, son cœur s'affolant dans sa poitrine. L'homme se dirigea vers lui, une lueur possessive dans les yeux.

— Pose ça, pet, dit-il d'une voix traînante.

Le sexe de Nick réagit instantanément à ces intonations rauques, formant une bosse visible sous son jean. Le jeune homme posa la tasse un peu trop brusquement.

— Penche-toi.

Nick obéit automatiquement, mais Damian l'attrapa par les épaules et le tourna face au bureau en lui pressant la poitrine contre la surface d'une main plaquée au dos.

— Les mains au-dessus de ta tête. Ne bouge plus.

Nick étira les bras au-dessus de sa tête, dans l'expectative.

Damian fit glisser sa main sur les fesses fermes, tirant sur le jean baggy.

— Ça atténuera un peu le son.

Il claqua le bas du dos de Nick, ce qui produisit comme un picotement, mais il avait raison, le son n'était qu'une claque assourdie. Nick espéra qu'il y avait suffisamment de brouhaha dans le studio pour couvrir le son, car il ne voulait pas que ça s'arrête.

Damian fit pleuvoir les coups, produisant une rougeur bienvenue. Nick lâchait des miaulements de chaton en se tortillant ; Damian dut presser la bosse de *son* pantalon pour tenter de refréner *ses* ardeurs.

— Maintenant, on va baisser ce pantalon et jeter un coup d'œil, murmura Damian.

Nick pouvait à peine rester immobile ; les mains du photographe sur la fermeture de son jean étaient tellement excitantes que c'en était à peine supportable. Il bandait douloureusement. Il s'était follement masturbé durant toutes ces journées où Damian l'avait ignoré, mais ses efforts avaient été futiles ; il n'avait réussi qu'à se faire mal. Damian allait-il enfin y remédier ?

Il se tortilla en sentant son jean descendre au-dessous de ses genoux. Damian glissa la main dans son boxer, pressant malicieusement ses fesses avant de baisser aussi son sous-vêtement.

— Tu es d'une belle couleur, là-derrière, observa-t-il en lui caressant les fesses. Chaude et rosée. Doux comme une pêche. Il faudra que je maintienne cette couleur toute la journée ; c'est des plus attrayants. Une petite tape toutes les heures devrait suffire, quand le travail le permettra.

— Oui, Monsieur, acquiesça Nick.

La chaleur qui se diffusait au creux de ses reins était des plus agréables.

— J'espère que ça t'a manqué, que je 'caresse' ton petit postérieur. Est-ce que je t'ai manqué là aussi, en te remplissant ?

Un doigt suivit la raie entre ses fesses, et Nick frissonna comme son maître caressait son orifice.

— Oui.... Monsieur. Je veux que vous me... *remplissiez*, haleta Nick, formulant sa première demande directe sans qu'on l'y pousse.

La gorge serrée, Damian déglutit avec peine ; son garçon avait du courage – bien plus que lui. Nick n'avait pas idée de ce qui se passait entre eux, et pourtant il était assez brave pour faire ce pas fatidique, au bord de l'abîme, promis à une chute libre.

Damian décida alors que jamais il ne trahirait la confiance du jeune homme.

— Et tu veux que je te *remplisse* maintenant, pas vrai, pet ? demanda-t-il, sa voix ne trahissant rien de ses émois.

— Oui, s'il vous plaît, Monsieur.

— Très bien, répondit Damian en souriant.

Il tira quelque chose de sa poche. Il lubrifia son doigt et le frotta sur le petit orifice rose sans quitter des yeux Nick qui s'efforçait vaillamment de rester immobile. Il l'entendit hoqueter lorsqu'il enfonça son doigt dans son canal pour étaler le lubrifiant et préparer la voie. Le garçon était si étroit que Damian sentit son sexe durcir un peu plus, et il se félicita de ses choix vestimentaires ; il avait horreur de bander dans des vêtements trop serrés, le sexe dévié selon un angle bizarre.

Quand Nick, haletant, se mit à se tortiller sur la surface du bureau, il retira son doigt.

— Tu es prêt pour moi, pet ?

— Oui... s'il vous plaît... remplissez-moi... Monsieur, balbutia Nick, en essayant désespérément de garder son calme.

Il sursauta en sentant quelque chose de froid étirer son orifice. Il se crispa et s'agita, cherchant à jeter un coup d'œil par-dessus son épaule, mais Damian le maintint à plat ventre sur le bureau.

— Qu'est-ce que c'est ?

— Ne triche pas !

Damian enfonça une autre perle dans le rectum de son soumis, voyant avec plaisir l'entrée de Nick pulser sous l'effet de la pénétration. Le jeune homme se tordait à présent.

Damian inséra le chapelet de perles à l'intérieur de Nick, l'une après l'autre. Les petits miaulements du jeune homme dès qu'elles frottaient sa prostate étaient délicieux, mais Damian s'attendait à ce que Nick soit encore plus excité quand viendrait le moment de les retirer.

Les perles étaient par ordre croissant de taille, et la dernière étira complètement Nick. Il haleta en pressant son sexe contre la surface du bureau, se demandant encore ce que Damian lui enfonçait dans le postérieur.

Finalement, la main qui le maintenait en place le relâcha.

— Tu peux te relever, pet, lâcha le photographe après lui avoir caressé une dernière fois ses fesses rosies.

Nick se redressa, avec le sentiment curieux d'être 'rempli', mais pas comme si son maître l'avait baisé.

— Qu'est-ce que c'est, Monsieur ?

— Des perles anales, répondit Damian avec un sourire malicieux. Remonte ton pantalon.

— Vous voulez dire que vous n'allez pas… ? s'exclama Nick en remontant son jean à contrecœur.

— Chut, pet, laisse-moi te montrer, dit Damian.

Il sortit de sa poche une fine télécommande en plastique, appuya sur le bouton et Nick se figea quand il sentit des vibrations monter à l'intérieur de son corps.

— Merde ! jura-t-il malgré lui.

L'effet produit sur sa prostate était surprenant et troublant. En réaction, son sexe pointa vers le haut et il l'agrippa à la base du renflement.

— Ah, ah ! Pas touche, pet ! chantonna Damian.

Il tira à lui le jeune homme, dessinant d'un doigt les contours de son sexe gonflé de sève.

— Ça m'appartient. Tu n'as le droit d'y toucher qu'avec mon autorisation.

— S'il vous plaît, Monsieur, s'il vous plaît, le supplia Nick.

— Tu es tellement mignon quand tu supplies, pet, observa Damian en regardant les mains de Nick voler de plus belle vers son entrejambe.

Il éteignit la télécommande et Nick soupira de soulagement.

— J'ai l'impression que le bas de ton dos a encore besoin d'être 'réchauffé' pour te rappeler que tu n'as pas le droit d'y toucher.

Il écarta du mur la chaise en bois.

— Penche-toi, les mains sur le siège, les fesses en l'air.

Nick obéit – et tressaillit quand Damian lui administra quatre bonnes claques.

— Maintenant, rappelle-toi, pas question de jouir sans mon autorisation expresse, pet, insista Damian. Redresse-toi.

Nick obéit en tremblant, non sans un regard suspicieux envers son maître.

— Vous n'allez pas mettre ce truc en marche quand on sera là-bas, pas vrai ?

Damian n'avait pas prévu de le faire, mais ça ne regardait pas son soumis.

Tu te sens bien et *rempli*, pet ?

Nick hoqueta quand Damian glissa la main dans sa poche, les perles entamant leur branle du Diable à l'intérieur de son corps.

— Oui Monsieur, merci, Monsieur…

— Jolies manières que tu as là, pet. Bien, j'ai un produit à photographier. Ne t'inquiète pas. Cette télécommande a une assez belle amplitude. Je n'ai pas besoin de te voir pour t'en faire ressentir les effets, alors peut-être que tu ferais mieux de bien te comporter, pet. Allons-y.

Damian quitta la pièce et Nick, tout affaibli, prit appui contre le bureau. Puis ses lèvres s'incurvèrent en un sourire satisfait. 'Oncle Ashley' avait dû tenir parole ; son Dom jouait de nouveau avec lui. Il tira sur ses testicules en espérant se calmer assez pour être capable de marcher droit.

PENDANT QUE Damian et Nick *refaisaient connaissance*, Derek s'était rapproché d'Ashley avec une lueur dramatique dans les yeux, lui tendant simplement la boite qu'il était allé chercher sans mot dire.

Ashley devina tout de suite que quelque chose n'allait pas et il voulut savoir si, oui ou non, Derek pourrait accepter une relation D/s.

— Eh bien, mon garçon ?

Derek secoua la tête.

— Nick était agenouillé devant vous…

— Et ?

Derek lutta contre tous les démons de la jalousie qui le tenaillaient.

— Je n'ai pas aimé ça.

— Parce qu'il était à ta place ? demanda calmement Ashley. C'est ce que tu veux, Derek ? Être à genoux devant moi ?

— Je… je ne sais pas, confessa Derek.

— Écoute, dans chaque relation, le pouvoir va et vient entre les partenaires, mais habituellement, un seul prend la tête. Dans mon style de vie, les rôles sont plus clairement définis. À certains égards, il est même plus facile pour toi d'obtenir ce que tu veux. Il y a un vocabulaire, un rituel pour l'échange de pouvoir. Je ne sais pas si je peux y renoncer, mais je n'ai pas le droit de t'ordonner d'essayer. Je pense que tu aimerais, mais sache que je ne te forcerai pas.

— Pourquoi ? Qu'est-ce qui vous fait croire que j'aimerais être… fessé ? cracha Derek avec dégoût.

Ashley soupira.

— Derek, est-ce qu'il est facile pour toi d'être gay ?

— Eh bien, ça dépend. Avec vous, Damian et Nick, ce n'est pas du tout difficile. Mais là-dehors, dit-il en agitant la main, la haine, l'absence de compréhension, les préjugés…

— Exactement, acquiesça Ashley. C'est ce que tu fais avec moi. Tu me juges sans savoir, décidant en te basant sur du vent que je suis un sadique. Crois-moi, je n'aime pas faire mal aux gens contre leur gré. Ce n'est pas ce que je fais.

— Vous voulez dire qu'il y a des gens qui aiment se faire fouetter ? s'exclama Derek, incrédule.

Ashley éclata de rire.

— Ça dépend de la façon dont leurs terminaisons nerveuses sont 'raccordées'. Entre douleur et plaisir, la ligne est bien fine. Tu te rappelles le jour où je t'ai claqué les fesses ?

Derek hocha la tête.

— Tu as *réagi*, tu ne peux pas le nier. Je l'ai vu et toi, tu a bien vu aussi que ça ne m'avait pas échappé. Si tu as éprouvé du dégoût ce jour-là, c'était vis-à-vis de toi, pas de moi, lui expliqua gentiment Ashley. Alors, tu t'es enfui. Et tu m'as fait passer pour le démon de l'histoire.

Derek soupira.

— C'est peut-être bien ce que j'ai fait. Est-ce que vous pourriez être patient avec moi ? Y aller lentement jusqu'à ce que je comprenne ?

— Bien sûr, répondit Ashley, le regard embrasé par la passion.

Il prit Derek dans ses bras.

— Merci de bien vouloir essayer.

L'APRÈS-MIDI FUT une véritable torture pour Nick. Chaque fois que Damian mettait la main dans sa poche, le jeune homme se crispait, redoutant que le photographe n'active la télécommande. La lueur malicieuse, dans les yeux de son maître l'avait maintenu dans un état de nervosité extrême.

Au début, il avait décidé de se cacher dans la salle de maquillage, mais les légers frottements sur sa prostate l'avaient ramené en vitesse dans le studio, et il avait imploré Damian du regard. Ce dernier avait glissé la main dans sa poche et Nick s'était affaissé de soulagement quand les perles s'étaient immobilisées.

Mais à chaque fois que son sexe s'apaisait un peu, Damian appuyait sur le bouton, parfois pour quelques secondes seulement, et Nick se retrouvait de nouveau au garde-à-vous. Et tandis que le jour avançait, il devenait de plus en plus conscient du sentiment de plénitude qui l'habitait. En guise de légitime défense, il aurait peut-être intérêt à étudier de plus près les articles du catalogue d'Ashley.

Il savait gré à Ashley d'avoir su arranger les choses, même si ses remarques le touchaient d'un peu trop près. Qu'Ashley sût précisément à quoi s'en tenir entre Damian et lui ne cessait de le faire rougir. Et qu'il ait laissé Damian le baiser et le fesser n'était pas quelque chose qu'il tenait à ébruiter ; il n'était toujours pas tout à fait sûr d'être gay. Il savait seulement que lorsque Damian lui disait de se pencher, toute confusion le quittait et il était trop heureux d'obéir.

À son immense soulagement, on l'envoya chercher le déjeuner comme d'habitude. Au moins, il serait hors de portée de la télécommande.

CELA AVAIT beaucoup amusé Damian d'appuyer sur la télécommande à intervalles irréguliers tout au long de l'après-midi, chaque fois qu'il avait considéré que Nick était un peu trop à son aise. Il avait presque oublié combien il était agréable de s'amuser avec son soumis.

En même temps, il était conscient du courant qui passait entre Derek et Ashley, même lorsqu'il faisait ses photos. Damian dut se forcer à travailler avec une attention soutenue tant il lui tardait de rétablir ses droits de propriété sur Nick.

137

Ashley s'attarda en fin de la journée, semblant superbement inconscient des tensions ambiantes – si ce n'était la lueur malicieuse qui brillait dans ses yeux, prouvant qu'il savait parfaitement au contraire que les deux hommes brûlaient de le voir enfin repartir. Quand il ne put plus feindre d'ignorer le regard suppliant de Derek, Ashley prit la porte en gloussant, ravi d'avoir réussi à agacer pas moins de trois personnes en un seul coup de maître.

Il repassa la tête dans l'entrebâillement de la porte pour 'chuchoter' à Damian :

— L'AW 2001, n'oublie pas.

— Fous le camp, Ashley ! répliqua Damian avec un petit sourire.

— Oui, *monsieur* ! minauda Ashley en fermant la porte avec élégance.

— Il vous appelle 'monsieur', Monsieur ? s'exclama Nick, surpris.

— C'est juste une plaisanterie. Et maintenant, ajouta Damian, j'ai quelque chose que j'aimerais te montrer, mais il te faudra payer pour ce privilège. Déshabille-toi.

Le regard aussitôt voilé, Nick en fut tout émoustillé par avance.

— Oui, Monsieur.

Il n'arrivait toujours pas à croire qu'un seul mot de Damian eût le pouvoir de le faire durcir et obéir à n'importe lequel de ses ordres. Il enleva ses vêtements et tomba à genoux, mains croisées dans le dos.

Damian tourna autour du jeune homme tremblant et s'arrêta derrière lui pour lui écarter les jambes d'un coup de pied. L'extrémité de la chaîne de perles restait visible entre ses cuisses et Damian s'humecta les lèvres de convoitise. Il allait devoir garder le contrôle durant la scène qu'il avait prévue pour le jeune homme.

— Lève-toi et suis-moi, ordonna-t-il.

Les yeux baissés, Nick se leva et suivit le photographe avec empressement dans le studio. Damian enleva quelques grands réflecteurs qui étaient au milieu, révélant une sorte de harnais en cuir noir suspendu aux poutres à des crochets robustes par des chaînes en acier.

Nick était nerveux mais jusqu'à présent, il avait apprécié l'attente quelque peu effrayante que Damian savait si bien initier et qui l'amenait inévitablement à des plaisirs dont il n'aurait jamais osé rêver.

— C'est une balançoire, pet, dit Damian.

Il poussa d'un doigt la plate-forme en cuir, provoquant une oscillation. Des manchettes en cuir rembourrées étaient attachées à chaque chaîne, se balançant au gré des mouvements du dispositif.

Nick ne pouvait en détacher ses yeux ; comment allait-il se sentir, attaché là, offert aux moindres caprices de son maître ? Un frisson le parcourut quand il se demanda comment on grimpait là-dessus.

Il sursauta en sentant les mains de Damian se poser sur ses hanches, puis il fut soulevé et presque jeté sur la balançoire comme une poupée de chiffon. Damian sourit en voyant Nick rattraper les chaînes pour se stabiliser.

— Glisse vers moi, pet.

Damian le saisit aux chevilles, le tirant jusqu'à ce que ses fesses soient au bord du cuir noir. C'était frais et glissant au contact de sa peau, et il frissonna légèrement.

Damian capta son attention.

— Regarde-moi t'attacher.

Nick hocha la tête ; une jambe fut sanglée dans une manchette assez longue qui lui montait à mi-mollet. Il savoura la souplesse du cuir noir contre sa peau. Damian lui donna une petite tape sur la cuisse après que sa cheville fut attachée.

Laissant l'autre jambe libre pour l'instant, il lui glissa un coussin sous la nuque. Nick fut reconnaissant du soutien qu'apportait la balançoire à sa hanche. Il aurait aimé connaître les intentions de Damian, mais n'osait pas le lui demander. Une fois qu'une scène débutait, il avait le pouvoir de l'arrêter d'un mot, mais il ne voulait pas la terminer prématurément en remettant en question les intentions de son Dom.

Ses poignets fins furent fixés dans des manchettes similaires. Nick tourna légèrement les mains, mais il n'avait plus aucun moyen de se libérer ; il était bel et bien emprisonné. Il sentit son cœur battre follement dans sa poitrine, les tempes bourdonnant à l'idée d'être ainsi réduit à l'impuissance.

Damian fixa son autre cheville dans la dernière manchette. Nick déglutit convulsivement ; même avec les écarteurs, il ne s'était jamais senti aussi largement ouvert, exposé… accessible.

Damian fit une pause pour admirer son œuvre. Nick était magnifique ainsi attaché, sa peau couleur caramel contrastant avec la lueur terne du cuir, ses longs membres immobilisés, ses grands yeux pleins d'appréhension. Il effleura la peau douce et vulnérable de l'intérieur de ses cuisses, et vit les hanches du jeune homme tressauter sous la caresse.

Nick gémit sous la sensualité des doigts qui le faisaient palpiter au creux de son aine, en évitant soigneusement ses testicules ou son sexe, avant de se retirer.

— Si luminescent, comme de l'or poli, se réjouit Damian, en caressant enfin les globes du postérieur soumis à tous ses désirs.

Savoir que Nick lui permettrait de faire tout ce qu'il voulait était à la fois grisant et terrifiant. Le pouvoir qu'il détenait le fit presque reculer, mais comment résister aux attraits d'un Nick offert à tous ses caprices ?

Les muscles contractés, le jeune homme s'attendit à encaisser la morsure d'une claque. Sur toutes les tables de l'atelier trônaient des cravaches, des fouets, des martinets, des tapettes, et de nombreux autres instruments de torture. Bras et jambes en croix, dans l'impossibilité de bouger, Nick ne pouvait plus opposer la moindre résistance à ce qui allait suivre.

Damian fit courir ses ongles à l'intérieur d'une cuisse au grain velouté. Il pinça la peau douce, et Nick frémit, se sentant encore plus vulnérable. Il cria en s'arc-boutant quand Damian refit vibrer les perles anales. Son sexe durcit, tressautant à chaque poussée, en quête de stimulation directe.

Damian gloussa et gratta délicatement de ses ongles les testicules de Nick. Ce dernier sentit les muscles de son ventre se contracter et ses hanches tressauter de plus belle lorsque Damian enroula quelque chose autour de son membre raidi. Il leva la tête et le vit disposer un ruban de cuir plat sur toute la longueur de son sexe, laissant seulement le gland visible. Damian fit ensuite un nœud autour des testicules de Nick, et le jeune homme se tortilla alors que le cuir tirait sa peau délicate.

— Interdiction de jouir jusqu'à ce que je te le permette, pet. C'est clair ?

— Oui, Monsieur...

Sa voix tremblait sous l'effet des vibrations des perles. Il soupira de soulagement quand le phénomène cessa pour se rendre compte que maintenant, les pulsations de son sexe et de ses testicules emprisonnés étaient beaucoup plus lancinantes.

De ses ongles, Damian lui griffa légèrement les mamelons, faisant courir ses doigts sur son torse et son ventre, le long du sillon iliaque, puis jusqu'aux manchettes de ses chevilles dont il massa la voûte plantaire.

Nick sursauta quand il sentit la première perle sortir de ses fesses, son orifice se contractant avant de la laisser passer. Il gémit tandis que les suivantes frottaient sa prostate.

— Continue de te tortiller comme ça, pet, et il faudra que je te possède avant de les avoir toutes extraites ! lâcha Damian, les yeux rivés sur les fesses rondes qui gigotaient.

Il remercia le ciel d'avoir pensé à porter un anneau pénien ; sinon il n'aurait pas pu se contenir si longtemps.

Damian tendit une main malicieuse vers la télécommande.

Nick glapit et gémit sous l'effet des vibrations. Ses hanches s'agitèrent convulsivement, dressant son érection au plafond tandis qu'il soulevait les fesses de la balançoire.

— Arrête ça tout de suite, pet, fit Damian sur un ton réprobateur. Je ne t'ai pas autorisé à jouir, n'est-ce pas ?

— Non… Monsieur ! haleta Nick. Mais… s'il vous plaît, je ne pense pas que je peux…

— Bien sûr que tu peux, pet. Je vais t'aider.

Laissant les perles vibrer, il abattit la main sur son postérieur, la brûlure de la claque contrastant avec la stimulation des perles. Après quatre claques, il stoppa la vibration des perles.

Nick s'affaissa mollement sur la balançoire en tâchant de reprendre son souffle. Damian tira sur le chapelet avec une lenteur sadique, jusqu'à ce que réapparaisse la perle suivante. Nick gémit sous la sensation qui l'étirait de l'intérieur.

Damian saisit son membre dur, essuyant d'un revers du pouce le liquide pré-éjaculatoire qui coulait du gland. De l'autre main, il tira lentement sur le chapelet de perles pour les libérer une par une de leur fourreau. Quand la sensation des perles glissant le long de ses parois intimes s'associa à la stimulation qu'exerçait Damian sur son sexe, c'en fut trop pour Nick. Ses spasmes irrépressibles firent osciller follement la plate-forme en cuir ; avec les entraves qui entouraient son membre, son aine vibrait de l'impérieux besoin de jouir, mais il en était incapable.

Damian observa les tressautements impuissants des hanches de son soumis.

— Ton plaisir et ta douleur m'appartiennent, pet. C'est à moi seul de décider quand tu devras ressentir l'un ou l'autre. Pour l'instant, tu dois uniquement te soucier de ma satisfaction, et penser à la meilleure façon de te soumettre à moi.

Nick pouvait à peine parler.

— Oui… Monsieur, haleta-t-il, battant rapidement des cils.

Damian s'éloigna et Nick prit une vive inspiration, tâchant de se préparer à ce qui allait bien pouvoir suivre. Damian avait mentionné plus d'une fois la douleur, et Nick avait un peu peur. Il serra les fesses, ressentant

141

comme un vide après avoir dû supporter les perles à l'intérieur de son corps pratiquement toute la journée.

— Tu te sens un peu vide, pet ? lui demanda Damian comme s'il avait lu dans ses pensées. Puis-je te convaincre de me laisser te remplir d'une autre façon ?

— Je ne suis pas sûr que vous le méritiez, après m'avoir tourmenté toute la journée, le défia Nick d'un ton pincé.

D'abord muet de stupeur, Damian éclata de rire.

— Tu ne peux pas me dire ça, pet. Qui prend les décisions ici ?

— Vous avez été méchant avec moi toute la journée, maugréa Nick avec une moue charmante.

— Peut-être que je n'ai pas été assez clair, pet, dit Damian en entrant volontiers dans son jeu.

Il claqua les fesses rougeoyantes du jeune homme.

— Tu as besoin d'une autre fessée, c'est ça ?

— Non, non merci ! C'est vous qui commandez, Monsieur. Tout ce que vous voudrez ! ajouta Nick hâtivement, sachant que c'était la bonne réponse alors qu'il aurait voulu crier au contraire, *Baise-moi ! Baise-moi là, tout de suite !*

— C'est très bien, pet, approuva Damian. Très poli et soumis.

Nick sursauta comme des doigts froids et lubrifiés encerclaient son orifice, et il tenta de s'empaler sur eux. Mais Damian se contenta de le tourmenter en s'écartant hors de portée, en lui pinçant un mamelon, en lui effleurant une cuisse, sans se départir de son sourire.

Quand il jugea qu'il l'avait assez torturé, il enfonça un doigt dans la petite ouverture, ravi d'entendre gémir Nick ; ce dernier se tordait entre ses entraves, appréciant la sensation des doigts chauds après la froideur du plastique rigide des perles.

Il haleta, incapable de se détendre sous l'intrusion, rétif à la lente progression, jusqu'à ce qu'il sente la main de Damian le caresser doucement de la cuisse à la hanche.

— Relâche tes muscles, pet. Laisse-moi m'introduire en toi.

Nick fut enfin en mesure de se détendre quand il s'habitua à être de nouveau rempli. Les doigts glissaient en lui, effleurant son point secret. Quand ils se retirèrent, le jeune homme gémit, ressentant pleinement leur perte.

Damian se déplaça derrière la tête de Nick, et abaissa la sangle supportant son cou afin de l'incliner légèrement en arrière.

142

Ouvrant son pantalon, il poussa son érection entre les lèvres du jeune homme, et Nick haleta la bouche pleine.

Damian agrippa les chaînes, le balançant doucement.

— Détends ta gorge, pet. Ouvre grand la bouche et aplatis ta langue. Tu peux me prendre en entier. Sers-toi de cette douce bouche, suce-moi.

Nick se concentra sur cette voix rauque qui le dirigeait et le guidait. Les mains de Damian qui le maintenaient, combinées à sa position vulnérable, sans défense, lui rappelèrent combien il avait envie de jouir, mais ne le pouvait pas tant que son maître ne l'y autoriserait pas. Nick se focalisa sur le plaisir de Damian, bien qu'il soit presque étourdi par ces assauts de sensations contradictoires. Tout d'un coup, quelque chose se passa dans sa tête, et donner du plaisir à Damian devint son unique réalité. Il lécha avidement le membre qui s'enfonçait dans sa bouche à chaque oscillation de la balançoire.

Damian reconnut l'expression de paix et de soumission sur le beau visage, et éloigna doucement son sexe des lèvres de Nick. Il lui releva la tête, désireux que le jeune homme puisse le regarder pendant qu'il le baiserait. Puis il se tint de nouveau entre ses jambes largement écartées, admirant le torse glabre luisant de sueur, haletant sous l'effort. Nick lutta contre les menottes qui l'entravaient, ses muscles fins se contractant sous la peau soyeuse.

Damian poussa la balançoire, laissant ses doigts courir sur la peau douce, taquinant l'orifice palpitant de son sexe tendu chaque fois que le balancement ramenait Nick près de lui.

D'un vif mouvement de hanches, Damian finit par se glisser à l'intérieur de son soumis et savoura les palpitations des muscles internes qui s'ajustaient autour de lui. Il imprima une autre impulsion à la balançoire, un léger mouvement qui lui permettait de pénétrer un peu plus Nick à chaque oscillation. Tourmenter le jeune homme si longuement l'amenait lui aussi au bord du précipice, et il enleva son anneau pénien.

Chaque fois que Nick se balançait loin de lui, le sexe de Damian ressortait de ses fesses lubrifiées, et chaque fois qu'il revenait vers lui, il le pénétrait de nouveau. La sensation d'être transpercé encore et encore par le membre turgescent était délicieusement excitante, provoquant la fuite de perles nacrées sur le méat de son sexe distendu contre le lien de cuir.

Nick regardait entre ses cuisses écartées, fasciné par l'expression de Damian qui le pénétrait inlassablement, par la sensation de ce membre vivant et chaud – c'était si bon après avoir supporté le plastique rigide ! Il se rappela vaguement qu'il avait eu peur d'être gay, mais maintenant, sous l'intensité de l'excitation sexuelle, le fait d'avoir sa prostate stimulée et son sexe caressé, il s'en foutait. Il en voulait plus !

De ses longs doigts racés, Damian défit lentement le lien de cuir qui entourait le sexe de Nick. La douleur se mêla au plaisir tandis que le sang recommençait à circuler librement. Enfin libéré, le jeune homme haleta sous l'inexorable montée de l'extase.

Damian saisit les chaînes et changea le mouvement de la balançoire. Nick dévisagea avidement le photographe alors qu'il repoussait sa jouissance au maximum de ses forces jusqu'à ce que, finalement, Damian halète un ordre.

— Jouis avec moi !

À cet instant, Nick sentit la semence gicler dans le préservatif et la main de Damian sur sa verge ; il serra les fesses, maculant son ventre de rubans de sperme, et il jouit à en hurler.

Damian soupira en regardant trembler de tous ses membres le svelte jeune homme. Ses genoux aussi flageolaient, et il se dit que la longue journée passée à tourmenter Nick avait valu le coup.

— On peut recommencer, Monsieur ?

Charmé par les accents rauques de son soumis, Damian eut un petit rire mal assuré.

— Oui, mon bébé. Après un *long* repos.

Tu vas finir par me tuer d'épuisement, et Ashley n'en finira plus de se moquer de moi…

Il se retira doucement et entreprit de défaire les attaches, libérant le jeune homme.

Les membres engourdis, Nick le regarda rêveusement lui frotter les bras et les jambes pour rétablir sa circulation sanguine.

Damian le serra longuement dans ses bras avant de le remettre debout. Il l'embrassa tendrement, prenant possession de ses lèvres, enfonçant profondément sa langue pour reconquérir la bouche si douce.

— Je ne veux pas te faire encore mal à la hanche, chuchota-t-il. Que dirais-tu si je te ramenais à la maison et qu'on continue là-bas ?

— Ce serait parfait, Monsieur, murmura à son tour Nick, avant d'embrasser Damian.

XI

LA PEAU luisante de sueur, Nick, agenouillé, agrippait la tête de lit à l'endroit exact où Damian avait placé ses mains. Ce dernier s'agenouilla à son tour entre ses jambes, écartant de ses genoux ceux de Nick et les maintenant largement ouverts.

Le postérieur du jeune homme était encore rouge et chaud au toucher tandis que les mains de Damian parcouraient ses fesses rondes. Il effleura l'orifice vulnérable de ses pouces.

— Toujours aussi étroit, s'émerveilla Damian. Si beau.

Il le regardait onduler à chaque effleurement, son orifice palpitant de désir sous ses tendres attouchements. Il avait eu l'intention de faire durer le plaisir, de tourmenter un peu plus Nick, mais l'impérieux besoin de plonger dans le canal étroit lui fit hâter ses préparatifs.

Il ne prit pas le temps d'étirer Nick, mais s'assura qu'il était bien lubrifié avant d'enfiler un préservatif. Il enduisit son sexe de lotion, puis se positionna à l'entrée du corps soumis.

Nick grogna et se tendit quand Damian le pénétra d'une poussée énergique, s'enfonçant complètement en lui. Il avait l'impression que le membre de l'autre homme prenait possession de lui, et c'était toujours ce qu'il ressentait, depuis le jour où Damian l'avait pris pour la première fois ; arc-bouté, il se soumit. Sa peau le picotait de partout, comme si de petits chocs électriques le parcouraient tandis que son amant le couvrait.

Le poing de Damian sur son érection, Nick se mit à se balancer d'avant en arrière sans réfléchir, baisant les doigts qui le tenaient tout comme Damian était en train de le baiser.

Damian, quant à lui, s'émerveillait de la façon dont ils s'imbriquaient parfaitement, puis toute pensée le déserta quand l'étroit canal l'aspira, les muscles des parois internes le comprimant de façon exquise comme pour ne plus jamais le laisser ressortir. Tout entier tendu vers son propre orgasme, il se mit à pilonner Nick.

La vitesse de chaque poussée embrasa Nick, la chaleur, dans ses fesses, se propageant à son corps tout entier. Il se maintint en place, désireux de recevoir le sexe de Damian, heureux de donner autant de plaisir à son amant. Il leva les fesses un peu plus haut et son maître s'enfonça encore plus en lui, trouvant un meilleur angle.

Il gémit tandis que Damian l'agrippait par la taille, jouissant dans un faible soupir. Après quelques instants, le photographe redressa le torse en maintenant Nick contre lui afin que le jeune homme reste empalé sur son sexe.

Il le tint contre lui, une main sur sa gorge. Il le sentait déglutir, il sentait son pouls battre sous la peau soyeuse, tandis que, de l'autre main, il caressait doucement son sexe tendu.

— Jouis pour moi, bébé, lui chuchota-t-il. Jouis maintenant !

Il sentit se tendre le corps mince qu'il agrippait à la taille, et un fluide nacré jaillit du sexe de Nick, arc-bouté et tout tremblant. Le photographe revit en esprit l'expression d'extase sur le beau visage, tandis qu'il serrait Nick contre lui, cherchant à apaiser les frissons de son orgasme jusqu'à ce qu'il soit complètement détendu.

Il tourna gentiment son visage vers lui pour l'embrasser tendrement.

— Tu es si beau quand tu jouis pour moi, Nicky. Si sensible.

— J'ai l'impression de planer quand tu me tiens ainsi, chuchota Nick, sans rouvrir les yeux. Je n'aurais jamais cru… que je pourrais me sentir comme ça… si bien.

Damian le serra en silence contre lui, sentant les battements de son cœur s'apaiser et sa respiration se réguler. Son sexe glissa hors du jeune homme, qui gloussa. Damian l'embrassa de nouveau.

— Je vais chercher un gant de toilette et tu pourras dormir, mon bébé.

Il se lava les mains et revint nettoyer le ventre et le torse de Nick avant de se glisser sous les draps en reprenant le jeune homme dans ses bras.

Nick se blottit contre lui, passant une jambe et un bras possessifs autour du photographe qui sourit dans le noir. Ashley avait raison. Nick pouvait penser qu'il lui appartenait, mais c'était *le jeune homme* qui avait pris possession de lui, comblant tous ses sens par sa beauté et la douceur de sa nature. Alors que Nick se révélait au travers du prisme de la domination de Damian, ce dernier réalisait que lui-même était perdu… Il resserra les bras autour de son amant qui laissa échapper un grognement de contentement.

Damian rit sous cape.

Oh, oui, mieux valait jouir de Nick même temporairement, plutôt que de n'avoir jamais eu ce bonheur. Restait à espérer qu'il ne souffrirait pas mille morts lorsque le jeune homme le quitterait.

Car tôt ou tard, se rappela Damian, tous ses amants le quittaient. Inéluctablement.

LE MATIN suivant, sous la douche, Nick comprit combien une fessée pouvait piquer sur une peau humide, avant que Damian ne le cloue au mur et ne le baise sauvagement à le faire hurler de plaisir.

La conscience de son propre plaisir augmentait, ainsi que leur maîtrise mutuelle du corps de l'autre. Mais Nick ne pouvait toujours pas s'empêcher de penser que ce n'était qu'une transition... Bientôt, Damian voudrait un autre jouet pour tout recommencer. En ce monde, il y avait sûrement une limite à la façon dont on pouvait se sentir bien avant que l'ennui ne s'installe, non ?

Pour l'instant, tout ce qu'il pouvait faire, c'était garder ses inquiétudes pour lui, et apprécier le temps qu'il avait avec cet homme... un homme qui lui dévorait le corps et l'âme.

— ENTRAVES ! LÂCHA Ashley avec délectation.

Il brandissait une paire de menottes en cuir rose pailleté d'argent.

Damian les lui prit des mains en gloussant.

— Fermetures en Velcro ? Ashley, voyons !

Ashley lui fit un sourire étincelant.

— Il y en a pour tout le monde, des paresseux jusqu'aux handicapés. Eux aussi ont le droit de pratiquer le bondage dans l'intimité de leurs foyers, même s'ils ne savent pas se servir d'une boucle.

— C'est vrai, admit Damian. Je n'avais pas pensé à ça.

Il palpa une autre paire de menottes en cuir souple rouge bordé de velours noir. Les boucles métalliques, larges et élégantes, étaient liées par des anneaux d'argent. Il imagina aussitôt Nick les poignets entravés dans le dos.

— Regarde cet article, dit Ashley. C'est une ceinture qu'on noue à la taille du soumis en lui croisant les bras dans le dos, attachés aux menottes au niveau de la taille. Une fixation facultative peut se relier au collier. Et s'ajuster aussi pour s'adapter aux cuisses, avec les poignets qui s'y rattachent.

— Très créatif, approuva Damian.

Son regard se fit lointain tandis qu'il visualisait la photo en esprit.

147

— Markie, encore en noir, je pense ; il rendra très bien avec le collier et la ceinture.

— Et rouge pour Nick ? fit malicieusement Ashley.

— Vert pour Derek ? rétorqua Damian.

— Peut-être, en temps voulu, admit Ashley, son regard s'adoucissant tandis qu'il rejoignait le jeune homme dans la cuisine.

Markie boudait en attendant qu'on lui assigne son costume suivant. Il avait espéré qu'Ashley l'apprécierait après leur première nuit passée ensemble, et voilà que ce gamin potelé et court sur pattes au regard étonnant s'était pointé en gâchant tout !

Damian reconnut les prémisses d'une attaque et lança calmement à Markie :

— N'y pense même pas. Tu es payé pour poser, pas pour t'envoyer en l'air. Garde ça pour le club.

Markie hocha la tête.

— Peu de gens manient la canne comme Ashley, ne put-il s'empêcher de répliquer.

— Et il t'a laissé avec un goût de trop peu, pas vrai ? fit Damian en arborant un air de feinte commisération. Mais tu ne voudrais quand même pas te le *mettre à dos* en manquant de professionnalisme, pas vrai ? Ça risquerait d'avoir un impact plus grave sur ton portefeuille que sur le bas de ton dos, mon grand.

— Vous avez raison, soupira Markie. Un bon Dom, ça ne court pas les rues…

Damian se mit à rire.

— Va t'habiller et reviens vite, que nous puissions te ligoter.

Markie lui lança un sourire contrit.

— Vous n'imaginez même pas combien ces séances peuvent m'exciter !

— On a des cages ou des anneaux, au besoin, badina Damian avec un sourire.

— Ça ira, merci. Je peux me retenir, lança Markie en allant se changer.

— Quelque chose pour moi aujourd'hui ? demanda Nick.

L'eau lui montait à la bouche rien que de voir Damian faire glisser les menottes en cuir souple entre ses doigts fins.

— Je crois que j'aimerais te voir avec ça, répondit pensivement le photographe. Demande à Ashley de te trouver un de ces pantalons en cuir taille basse. En noir, ce serait bien.

148

— Ils sont tous noir, soupira Nick. Quel manque navrant d'imagination.

Damian s'esclaffa.

— Quelle couleur aimerais-tu porter si tu avais le choix ?

— Eh bien, le jaune est ma couleur favorite, mais je ne pense pas que j'aimerais m'exhiber dans un pantalon en cuir jaune vif, plaisanta Nick.

Il tendit la main pour toucher les menottes en cuir rouge.

— Peut-être qu'un rouge foncé serait sympa.

Damian se rappela à l'ordre.

— Bon, tu ferais bien d'aller te changer. Markie est prêt et je dois le ligoter. C'est une bonne chose que je possède des chevaux, avec tous ces harnais que j'ai à attacher.

— C'est un peu… chevalin, pas vrai ? s'exclama Nick.

— Attends de voir ce que je peux faire avec une cravache, pet, ronronna Damian en le regardant battre rapidement des cils. Allez ! Va t'habiller ou…

— J'y vais ! répondit vivement Nick en écartant son postérieur de la main de Damian, et en lui tirant la langue.

Il se demanda comment son maître comptait lui faire payer cette impertinence par la suite. Il avait hâte de le découvrir !

Markie soupirait encore quand il rejoignit Damian, croisant les mains dans le dos.

— Rouge vif ? dit Damian, dubitatif. Ashley t'a donné un short rouge vif ?

— Non, Derek, l'assistant, mais il m'a dit que c'était celui qu'Ashley voulait.

Damian attacha les poignets du jeune homme blond dans son dos et lui tapota l'épaule.

— Désolé, Markie, mais ça n'aurait pas marché si Ashley avait tout le temps pensé à quelqu'un d'autre.

— Je sais. C'est pas cool, mais je m'en remettrai.

Markie secoua la tête comme pour chasser de ses pensées ce qui aurait pu être.

Où voulez-vous que je me place ?

— Juste là, répondit Damian, en le guidant vers une plage de lumière. Je retourne derrière la caméra et tu feras de tout petits pas jusqu'à ce que l'éclairage soit bon, d'accord ?

Ils se remirent au travail, chacun reprenant son rôle de part et d'autre de la caméra.

L'ODEUR CARACTÉRISTIQUE de l'excitation masculine était dans l'air quand Damian libéra les poignets de Nick, liés par une chaînette d'argent qui s'enroulait autour de sa taille puis remontait pour se fixer à un collier. Nick était agenouillé dans une flaque de lumière sur une toile rouge sombre mouchetée, dos à la caméra. Le spot avait éclairé sa tête penchée et la ligne angulaire de ses épaules, son dos élégant réduit à une taille fine. La rondeur luxuriante de ses fesses était soulignée par le reflet du pantalon en cuir.

Damian l'aida à se relever puis fit courir sa main le long de sa colonne vertébrale.

— La hanche va bien ?

— Oui, merci, dit Nick, soulagé que ses poignets soient libérés.

— Va te changer, enchaîna Damian avec désinvolture.

Il se pencha et il lui effleura l'oreille en soufflant :

— Garde les menottes sous ta chemise, pet.

— Euh… oui, Monsieur.

Nick sentit son sang refluer vers son sexe, coupant du coup toute connectivité cérébrale… Damian sourit en se retournant, sachant exactement l'effet que ses intonations de voix exerçaient sur le jeune homme.

— Tu ne devrais pas lui faire ça, Damian, observa froidement Ashley. Il faut qu'il soit attentif et prêt.

— Oh, pour être prêt, il l'est, assura Damian d'un air suffisant.

— Alors, on va dîner quelque part ? s'interposa vivement Derek, conscient d'interrompre quelque chose sans trop savoir quoi.

À ce stade, il était jaloux de Markie, de Damian et de Nick. Dans cet ordre.

— *Couché*, gamin ! le rabroua Ashley – non sans remarquer le léger frisson qui parcourut le jeune homme.

Peut-être que Damian avait vu juste, avec ses jeux d'esprit.

— Renvoyons les modèles et on verra.

Derek se mit à le suivre partout comme son ombre – comme s'il ne faisait plus confiance à Ashley dès que celui-ci était seul avec les modèles, et Damian rit sous cape, trouvant irrésistiblement drôle le comportement de chien de berger du jeune homme.

Nick vint l'aider à couper les blocs d'alimentation, tirant sur ses manches pour cacher les menottes. Damian posa une main dissuasive sur celle du jeune homme.

— Laisse. J'aime les voir sur toi. Ça me rappelle toi, penché sur un de ces bancs, nu et tremblant, tandis que je zèbre tes fesses de mes coups.

Nick prit une vive inspiration, étourdi par le tableau que Damian venait de brosser pour lui par la seule puissance évocatrice de sa voix et de son imagination débridée.

— Regarde tout ça, pet. Chacun de ces instruments, je l'utiliserai sur toi demain, lui promit Damian en montrant la table où Ashley avait exposé toute une gamme de fouets et de cravaches pour le lendemain. Je peux faire chanter le fouet pour toi, si c'est ce que tu désires, pet, murmure-t-il en caressant les fesses de Nick.

Il observa avidement l'effet qu'avaient ses paroles.

— Et quand ce beau petit cul sera rouge et brûlant, je te prendrai, penché sur ce banc, attaché et écartelé. Je te prendrai avec tant de fougue que tu me sentiras encore le jour suivant. Tu te rappelleras à qui tu appartiens à chaque fois que tu t'assiéras. Est-ce que ça te plairait, pet ?

— Oui, s'il vous plaît, Monsieur, haleta Nick, lèvres tremblantes.

— Peut-être plus tard, alors, si tu es vraiment très gentil, lui promit Damian en glissant un doigt dans l'anneau d'une des menottes pour l'entraîner vers la porte.

Après le dîner, au cours duquel Nick ne parla guère, couvant Damian d'un regard anxieux, le photographe le ramena dans l'atelier plongé dans la pénombre. Il verrouilla la porte et se tourna pour étudier son soumis.

— Déshabille-toi.

Rien qu'à entendre cette petite injonction, il se retrouva instantanément le sexe dur et douloureux en se dépêchant d'obéir. Il se tint finalement nu devant son Dom.

Damian montra le sol du doigt. Nick s'agenouilla avec grâce, croisant les mains dans le dos.

— Pet, jusqu'à maintenant, on a simplement joué. Je vais t'emmener un peu plus loin. Une fessée du genre que tu as reçu peut être érotique, mais je vais te faire t'envoler très haut, comme tu n'aurais jamais pu le rêver.

Il fit une pause et contourna le jeune homme agenouillé puis il lui tira les mains en arrière pour les lier aux anneaux qui pendaient aux menottes.

— Tu sens comme tu es impuissant, à genoux devant moi, attendant que je décide ce que je vais te faire ?

Nick frissonna et prit une vive inspiration, excité, guettant ce qui allait se passer maintenant. Damian le surprit en effleurant son sexe douloureusement tendu, avant d'y glisser un anneau pénien.

— C'est pour ta propre sécurité, dit-il l'ait content de lui.

Nick gémit de frustration.

Damian gloussa.

— Il n'y aura pas de soulagement pour toi ce soir, pet. Tu n'auras qu'une préoccupation en tête, mon plaisir. Demain, je te prendrai, penché sur ce banc, et je mettrai le feu à ce joli petit cul. Ça te donnera quelque chose à espérer.

Damian le contourna à nouveau puis caressa ses boucles, faisant courir ses doigts dans les beaux cheveux drus.

— Est-ce que le goût de ma semence t'a manqué, pet ? Parce que la chaleur de ta bouche sur mon sexe m'a manqué.

Il détacha sa ceinture, la retirant de son pantalon, et la fit claquer. Il sourit en voyant les fesses de Nick frémir involontairement à ce son.

— Pas ce soir, pet. Demain. Fais l'amour à mon sexe avec ta bouche.

Il se positionna devant son soumis, caressant d'une main lascive son dard fièrement dressé. Nick le fixa en s'humectant les lèvres. Damian sourit devant son empressement

— Je suis enclin à être miséricordieux ce soir, puisque demain tu goûteras au fouet, dit-il d'une voix rauque. Alors je ne vais pas te pousser à me supplier pour pouvoir me goûter.

Il fit un pas en avant et Nick soupira de contentement quand il fut en mesure de toucher l'érection de sa langue. Il la passa timidement sur le gland.

En levant les yeux, il vit Damian le regarder avec une expression intense qu'il ne put déchiffrer clairement. Il lui suça le gland, heureux de voir la luxure s'afficher sur son visage.

Nu, ligoté et agenouillé comme il l'était, il se sentait paradoxalement libre. Il n'avait qu'une obligation : combler les désirs de son maître. Nick essaya de se remémorer ce qui lui avait plu dans les quelques fellations qu'il avait reçues dans sa vie, et appliqua à l'instant les fruits de son expérience. Il pressa la langue sur la veine gonflée qui courait sous la verge de Damian. Le petit gémissement que suscita sa caresse lui confirma qu'il avait trouvé un point sensible. Il fit tourner sa langue autour du gland, le suçant avidement.

Variant la vitesse et le tempo, Nick prit garde de ne pas effleurer la verge de ses dents, allant et venant sur toute la longueur du sexe excité.

La simple vue de son soumis, la bouche luisante tandis qu'il se concentrait pour lui donner du plaisir, caressant son sexe de ses lèvres si joliment bombées, prit Damian au dépourvu. Il gémit et s'enfonça un peu plus dans la bouche de Nick d'une poussée sur sa nuque.

Ce dernier ne pouvait que se soumettre, relaxant les muscles de sa gorge sous les coups de reins de son maître.

Damian jouit avec un cri aigu en se vidant dans la bouche chaude. Il caressa les cheveux de Nick de ses mains tremblantes en le maintenant immobilisé le temps de se reprendre. Puis il lui tapota la tête.

Merci, pet.

Il pivota pour remettre de l'ordre dans sa tenue. S'il était resté habillé au contraire de Nick, il se sentait pourtant étrangement vulnérable. Exposé, en quelque sorte.

Il se retourna.

— Si tu étais un soumis expérimenté, pet, nous serions déjà en train de négocier notre séance de demain. Mais tu ne connais pas encore assez de choses pour pouvoir fixer toi-même des limites. Quel est ton mot d'alerte ?

— Londres, Monsieur, répondit doucement Nick.

Il était serein, en paix avec lui-même.

Damian croisa les bras.

— J'aimerais te marquer demain – oh, rien de permanent. Juste une estafilade ou deux, qui aura disparu d'ici une semaine. Est-ce que tu t'y opposes ?

— Est… est-ce que ça fera mal, Monsieur ? dit nerveusement Nick, se demandant à quoi il s'engageait.

— Autant que je le déciderai, répondit Damian. Ce n'est pas l'outil qui importe, mais la façon dont on l'utilise. Je peux me servir d'un fouet pour te picoter les nerfs, ou te faire saigner à coups de ceinturon. Je t'apprendrai à aller à la rencontre de la douleur et à la *chevaucher jusqu'au sommet,* si tu veux. À *surfer* sur la souffrance comme sur une vague dans l'océan. Ai-je ta confiance ?

— Oui, Monsieur, assura Nick en le regardant droit dans les yeux. Je vous fais confiance.

— Bien, dit Damian en souriant. J'espère que tu t'en feras une joie par avance.

Il se pencha pour lui délier les poignets et l'aider à se relever.

— Porte-les jusqu'à demain, ordonna-t-il en touchant les menottes en cuir. Tu en auras besoin.

— Mais… j'ai cours demain.

— Je sais, dit Damian avec un sourire malicieux. Amuse-toi bien.

DAMIAN L'AVAIT libéré de l'anneau pénien avant de le renvoyer chez lui, mais lui avait ordonné de ne pas se toucher. À sa surprise, Nick constata que les menottes n'attiraient pas l'attention en cours. Au début, il avait passé son temps à tirer sur ses manches, mais tellement de jeunes portaient des bracelets en cuir… et seule la couleur différait.

Toute la journée, il avait alterné entre rougissements et sueurs froides, parfois terrifié à l'idée de ce que pouvait bien lui réserver Damian, et d'autres fois si excité qu'il devait retourner s'isoler aux toilettes pour presser son sexe et se calmer un peu.

À son arrivée le lendemain, l'atelier était vide, la porte déverrouillée. Une flaque de lumière nimbait le 'banc aux fessées'. Nick frissonna, s'imaginant de nouveau ligoté là, nu et impuissant, soumis au bon vouloir de Damian.

Était-il prêt pour l'étape suivante ?

— Nicholas…

Il se retourna et vit Damian. Pour la première fois, celui-ci n'était pas habillé comme à son habitude d'un jean et d'un tee-shirt, mais il portait un pantalon moulant en cuir, le torse partiellement couvert d'un boléro également en cuir lacé sur le devant, laissant à nu ses épaules bien découpées et ses bras musclés.

Nick frissonna de peur et d'excitation à la vue de cet homme magnifique auquel il s'était livré corps et âme. Puissant, farouche, indomptable, Damian le dominait. Nick faisait-il une erreur en s'abandonnant à un tel homme ?

De toute façon, il ne reculerait plus. Le sort en était jeté.

Les yeux rivés sur lui, Damian fit un pas en avant et lui prit le visage en coupe, embrassant tendrement ses lèvres.

— Merci pour ta confiance, Nicholas. Merci de te soumettre à moi.

Nick ferma les yeux pour contenir ses larmes.

— Tu es mon maître.

Damian lui souleva le menton.

— Je ne te ferai jamais de mal, tu m'entends ? Jamais.

— Je sais, répondit Nick avec une assurance sereine.

Damian se détourna et prit une grande inspiration. Quand il se retourna, il souriait, et ce sourire diabolique confirma à Nick que la scène débutait.

— Très bien, pet. Déshabille-toi pour moi.

Nick se débarrassa de ses vêtements et se mit spontanément à genoux en joignant les mains dans le dos. Son membre érigé pointait vers Damian, se tendant vers le maître de ses plaisirs.

— Si beau, murmura Damian en lui caressant le cou, l'encerclant de ses mains. C'est à toi maintenant, dit-il en sortant le collier rouge de sa poche pour le passer autour de la gorge tendre de son soumis avant d'attacher une laisse à la boucle. Lève-toi, pet.

Nick se remit debout en gardant les mains dans le dos et le suivit dans le studio.

Damian détacha la laisse, exhortant le jeune homme à se rapprocher du banc. Il lui écarta les jambes d'un léger coup de pied et lui attacha les chevilles au banc.

Puis il lui caressa les fesses.

— Si beau, pet.

Sur la table où étaient exposés divers instruments de 'punition', il prit un anneau pénien.

— Tu le garderas jusqu'à ce que je te permette de jouir.

Lui plaquant une main dans le dos, il le fit s'allonger à plat ventre sur la surface rembourrée.

— Tes poignets.

Nick leva les bras sans souffler mot, laissant Damian les lui étirer sur les accoudoirs rembourrés et les menotter aux anneaux qui se trouvaient là.

Damian fit courir ses mains sur le dos nu de Nick, effleurant les muscles tendus qui fléchissaient légèrement sous la peau lisse et dessina chaque bosse de sa colonne vertébrale. Il se sentit submergé par la perfection qui s'offrait à lui. Il pétrit les fesses de Nick à pleines mains, en ayant l'impression de dédier une prière à la divinité qui avait créé une telle beauté.

Puis il fit un pas en arrière, brisant le contact entre eux.

— Et maintenant, pet, permets-moi de parfaire ton éducation.

Damian sélectionna un martinet léger, aux lanières en velours.

— La douleur et le plaisir sont en équilibre sur le fil du rasoir, de part et d'autre d'une seule et même lame. 'Londres' est ton mot d'alerte, mais tu en as besoin d'un autre. Si tu veux que je ralentisse ou que je change ce que je suis en train de faire, qu'est-ce que tu me diras ?

— Jaune, monsieur, répondit Nick, la voix et le corps tremblants.

— *Jaune* pour ralentir, *Londres* pour arrêter. Ne l'oublie pas.

S'écartant du banc, Damian fit claquer le martinet pour en jauger l'aplomb. Nick tressaillit en entendant claquer les mèches, mais ne sentit rien.

— Ceci est un martinet, pet. Je pense que tu vas apprécier, ronronna Damian.

Il arma son bras et regarda les lanières atterrir sur les belles fesses fermes avec un bruit sourd.

— C'est doux, Monsieur, dit Nick, surpris.

— Oui, pet. Je vais commencer par te 'chauffer' un peu.

Le martinet s'abaissa à plusieurs reprises, les lanières se faisant étrangement caressantes. Nick ressentait déjà un picotement lui réchauffer effectivement les fesses.

Damian écoutait les sifflements de plaisir de son soumis à chaque 'caresse'. Il avança d'un pas et toucha la peau laiteuse qui commençait à rosir.

— Celui-là est un peu plus lourd, prévint Damian.

Il prit un martinet de taille moyenne, appliquant une grêle de coups légers qui teintèrent les fesses du jeune homme d'une nuance de rose plus soutenue. Il fit courir sa main sur la peau chaude, s'assurant que son soumis allait bien.

Nick flottait dans une mer de sensations qui faisaient 'danser' les riches terminaisons nerveuses de son postérieur. Ça piquait à peine ; Damian lui avait administré des fessées plus vigoureuses que ça, mais là, cet assaut sensuel le chauffait de manière bien plus agréable. Ses testicules et sa verge étaient douloureusement tendus dans leur carcan de cuir.

Damian sourit devant le léger mouvement de hanches de Nick. Attaché comme il l'était, et écartelé pour le plaisir de son maître, il n'avait guère de liberté de mouvements, et l'anneau pénien bloquait toute jouissance anticipée.

Il prit une cravache qu'il fit siffler dans l'air. Nick tressaillit involontairement.

— Ceci est une cravache, pet. Nous allons voir si tu aimes ça.

— Oui, Monsieur.

Damian sourit en entendant la peur dans sa voix. Une dernière tape de la main sur son postérieur relevé, et il fit un pas en arrière.

Nick se tendit, s'attendant à recevoir une entaille, mais il sentit à la place un pincement aigu alors que l'extrémité de la cravache entrait en contact avec ses fesses. De petites piqûres cuisantes lui zébrèrent la chair en des brûlures qui se révélaient graduellement, se diffusant vers son entrejambe. Il haleta, la douleur se muant en plaisir quand Damian fit courir ses doigts sur sa peau échauffée.

— Un peu plus fort cette fois.

Damian se positionna avec soin et envoya un coup sec.

Nick glapit alors qu'une ligne de feu éclatait sur ses fesses, le consumant. Ça faisait mal, et pourtant il en voulait plus ; les endorphines en folie, il eut une montée d'adrénaline comme s'il venait de courir le marathon. Il redoutait le prochain coup, et y aspirait pourtant, soulevant son cul en une exquise anticipation. Damian le frappa précisément à la même place, ravi du cri d'extase que poussa son soumis.

Il était en sueur maintenant, tout comme le jeune homme, qui luisait sous la lumière, avec deux zébrures rouges sur les fesses.

— Encore un, pet.

Les muscles de Nick se contractèrent par avance, mais Damian attendit que son soumis se détende pour abattre le troisième coup, juste sous la cambrure de son dos. Nick sursauta en hurlant de douleur et d'extase mêlées.

La douleur le traversa avec l'impétuosité d'une lame de fond, l'intensité de la brûlure se transmuant progressivement en le plus exquis des plaisirs.

Damian caressa les zébrures du bout des doigts, griffant légèrement la peau échauffée. Nick soupira.

— Qu'est-ce que tu veux maintenant, pet ? Dis-moi ! ordonna Damian.

— S'il vous plaît, laissez-moi jouir, Monsieur, supplia Nick d'une voix rauque.

Il sursauta en sentant quelque chose de doux et d'humide tracer les courbes en feu de ses fesses, glissant vers son orifice palpitant. Il gémit de façon incohérente, soulevant un peu plus les hanches d'instinct.

Des mains chaudes l'agrippèrent, les doigts s'enfonçant dans ses chairs tandis que, de sa langue, Damian taquinait son ouverture, le léchant doucement. Nick n'avait jamais ressenti pareille sensation et il poussa de longs gémissements plaintifs, évoquant un sensuel chant de lamentation

La langue impudique sonda son orifice, poussant à travers l'anneau serré du sphincter, et Nick se sentit céder sous la tendre invasion. Le muscle habile de la langue de Damian le pénétra et l'explora délicatement.

Des doigts humides et frais étalèrent du gel sur les zébrures brûlantes de son postérieur, glissant vers son orifice ; ils s'immiscèrent aux côtés de la langue, préparant un peu plus Nick à la pénétration. Ligoté comme il l'était, le jeune homme ne pouvait que se soumettre.

Il sentit les doigts de Damian glisser à l'intérieur de ses cuisses pour lui saisir les testicules d'une main caressante. Puis quelque chose de large se pressa à son entrée, l'étirant à son maximum. Nick se soumit à l'invasion, sentant bouger sur son corps les mains qui contrôlaient son plaisir et sa douleur. Damian empoigna son sexe.

Il le pénétra lentement, jusqu'à la garde et se retira avec la même langueur, jusqu'à ce que seul son gland reste inséré dans l'étroite cavité. Puis il donna un puissant coup de reins.

Nick gémit sans discontinuer, sans même s'en rendre compte. Il lutta pour approfondir leur accouplement, tirant sur ses liens, non pour se libérer, mais pour s'assurer au contraire de leur solidité. Déjà, la douleur n'était plus qu'un souvenir cuisant, noyé dans les ondes de plaisir qui l'étreignaient tout entier. Il s'envolait, il planait, plus haut que Damian ne l'avait jamais emmené, esclave du sexe qui pulsait en lui. Au contact de cette verge effleurant sa prostate, siège du plaisir, il sentit l'inexorable montée du coït. Il était si détendu, il ne chercha pas à le combattre histoire de prolonger l'extase ; il le laissa l'envahir, jusqu'à ce que le plaisir atteigne son point culminant avec la force d'une note de musique surnaturelle.

Damian détacha l'anneau de cuir autour de son sexe, et Nick convulsa en sentant son maître s'épancher en lui à travers le préservatif. L'orgasme le plus intense que Nick eût jamais connu le plongea dans l'inconscience.

Tout devint noir.

DAMIAN S'EFFONDRA sur le corps mince, en sueur et pantelant. Nick s'était contracté autour de son sexe avec une telle force qu'il n'avait plus pu retenir son propre orgasme, déversant sa semence dans le jeune homme alors qu'ils jouissaient ensemble. La chaleur du corps souple sous le sien était réconfortante, tandis qu'il flottait dans un bienheureux brouillard post-coïtal.

Il caressa le flanc mince de son soumis, sa paume épousant la courbe de la hanche balafrée en songeant, *le conquérant et le conquis, mais qui est qui ?*

Il se leva en se retirant du jeune homme inconscient pour se débarrasser du préservatif. Il lui ôta rapidement les menottes en caressant le beau visage, ses lèvres ourlées en un sourire satisfait.

Damian prit son amant dans ses bras et le porta dans le bureau, l'enveloppant d'une couverture douce en le berçant, emporté dans la rémanence de son orgasme.

Nick ouvrit les yeux et eut un tendre sourire.

— Tu planes, mon bébé ? demanda doucement Damian.

— Oh, oui, ronronna Nick en se blottissant contre lui. Je n'ai jamais rien ressenti de tel.

— J'en suis heureux, répondit simplement Damian.

— Merci, Monsieur, soupira Nick.

— Nicky, la scène est finie. Je suis Damian et tu es Nick maintenant, dit-il en le câlinant.

— Merci, Damian, alors, répondit-il d'une voix alanguie.

— Viens, bébé. Allons t'habiller et rentrons à la maison, dit Damian en le redressant en position assise.

Nick fit la grimace quand son postérieur entra en contact avec le canapé.

— Aïe !

Damian gloussa, amusé.

— Tu as trois magnifiques zébrures en souvenir de moi.

— Pas de danger que je t'oublie !

En appui sur l'accoudoir, Nick sonda délicatement ses chairs échauffées du bout des doigts, une expression perplexe sur le visage.

— Pourquoi j'ai accepté de faire ça, déjà ?

Damian lui saisit le menton pour le tourner vers lui et le sonda du regard.

— Pour vivre sur le fil du rasoir, Nicholas. N'est-ce pas ce que tu as toujours voulu ? La montée d'adrénaline, le frisson de la peur, ce moment exquis où la douleur se transmute en plaisir et te libère de toutes tes chaînes ?

— J'étais libre… Attaché et à ton entière merci, j'étais *libre*.

— C'est ce pour quoi nous l'avons fait tous deux, chuchota Damian en l'embrassant.

159

Sensible au désespoir de son baiser, Nick se cramponna à son amant. Il tenta de le rassurer par la ferveur de sa réaction, se retrouvant sur les genoux du photographe à la fin de leur baiser brûlant.

— Je ne te ferai jamais de mal, mon bébé, insista Damian en caressant ses hautes pommettes sculptées.

— Je sais, chuchota Nick.

DAMIAN AVAIT conduit le jeune homme tremblant dans les toilettes et lui avait appliqué un gel apaisant sur les fesses avant de l'aider à se rhabiller.

La poussée d'adrénaline était retombée, laissant Nick somnolent. Ses propres pulsions effrayaient Damian ; il serait beaucoup moins dangereux pour lui de tout simplement mettre le jeune homme dans un train et de le renvoyer chez lui, mais ce soir, il avait en quelque sorte besoin de sentir ce corps chaud dans ses bras, en sécurité.

Et sur une note plus pragmatique, Damian voulait s'assurer qu'il n'y aurait pas de contrecoup, physique ou émotionnel. Une fois de plus, il ramena donc Nick chez lui – et dans son lit.

Il lui pressa un jus d'orange puis lui appliqua encore du gel pour apaiser la douleur cuisante de ses zébrures, avant de l'emmener dans sa chambre. Nick accepta tout, se blottissant contre Damian dès qu'il se glissa avec lui sous les draps ; il s'endormit facilement, se sentant en sécurité dans les bras de son amant.

L'ironie de la situation fit sourire Damian ; Nick lui vouait une confiance aveugle.

Alors pourquoi *lui-même* ne se faisait-il pas confiance ?

XII

NICK OUVRIT les yeux sur Damian qui, le menton niché au creux d'une paume, laissait un sourire flotter sur ses lèvres. Il lui rendit son sourire et s'étira, grimaçant dès que son postérieur endolori rentra en contact avec le matelas.

— *Aïe !*

— Sur une échelle de un à dix, dis-moi à quel point tu as mal ?

— Deux, je dirais, hasarda Nick.

Damian sourit béatement.

— Putain, je suis doué ! Tu n'auras même pas de bleus, si ça se trouve !

— Tu te fous de moi ! se récria Nick. Je ne serais probablement plus capable de m'asseoir pendant une semaine !

Damian se mit à rire.

— Vérifie par toi-même.

Manœuvrant avec précaution, et gémissant ostensiblement au moindre tiraillement, Nick sortit du lit et se dirigea vers la salle de bain, en jetant des coups d'œil appuyés par-dessus son épaule pour tenter de voir ses propres fesses.

— Très théâtral, ironisa Damian en lui emboîtant le pas, mais il se trouve que je sais que ça ne fait pas *si mal* que ça. Tiens, regarde.

Il ouvrit l'armoire à linge, dévoilant un miroir de plain-pied. Nick étudia les lignes roses qui lui marbraient les fesses. De façon absurde, il en tirait fierté.

Damian se plaça devant lui, leurs corps s'effleurant à peine, et passa un doigt léger sur chaque zébrure.

— Ça dégonfle déjà ; demain, tout aura disparu. Pas une cicatrice. Si tu avais une peau plus claire, tu aurais peut-être des bleus, mais je ne t'aurais pas fouetté de la même façon.

Nick fit un petit pas en avant, accolant leurs poitrines de manière séduisante. Damian passa les bras autour du jeune homme, qui glissa les mains sur ses épaules musclées. Leurs lèvres se rencontrèrent dans un baiser langoureux et Nick sentit son sexe durcir. Les mains qui l'avaient blessé la veille glissaient maintenant sur son dos, l'attirant plus près ; ce matin, les liens qui le maintenaient en place étaient de chair et de sang plutôt que de cuir, et le contact était plus bienvenu encore.

— Tu as aimé ? murmura Nick entre deux baisers.

— Beaucoup, répondit doucement Damian. Et toi ?

— Ouais. Je suis excité rien que d'y penser.

— J'ai remarqué, dit Damian, en insinuant une jambe entre celles de Nick et en frottant langoureusement leurs érections.

— Tu comptes y remédier ? le provoqua le jeune homme.

— Pourquoi serait-ce toujours à moi d'agir ? le taquina Damian.

— Tu es le Dom, lui fit remarquer Nick. Tu adores me *faire des choses*.

— C'est vrai, confessa Damian. Mais j'ai d'autres plans pour aujourd'hui. Je vais *monter mon cheval*.

— Ça m'étonnerait que je puisse faire du cheval aujourd'hui, répondit Nick, l'air chagrin, en frétillant ostensiblement des fesses.

Que Damian couve leur reflet dans le miroir, *ça*, ça ne lui avait pas échappé.

— Peut-être que tu pourrais *monter* autre chose ?

— Tu penses à quoi ? chuchota Nick.

Damian glissa les mains sur ses fesses, les lui tapotant gentiment.

— Un indice ?

— Surprends-moi, répondit Nick en l'embrassant.

Damian le prit par la main, l'entraînant vers le lit. Ils tombèrent de tout leur long sur le matelas.

— *Aïe !* gémit Nick, se retrouvant sous lui.

— Désolé, dit Damian sans le relâcher.

Il se retourna pour inverser leurs positions.

Se retrouvant pour la première fois dans une position dominante avec Damian, Nick l'embrassa avec agressivité, frottant leurs sexes l'un contre l'autre. Et la fine toison le chatouilla. Tout à ses réminiscences de la veille, Nick brûlait d'impatience. Son excitation s'accrut.

— Bébé, chevauche-moi, chuchota Damian. Prends le contrôle.

Nick s'immobilisa, considérant ce qui lui était offert.

— Comment… ?

— Agenouille-toi, ordonna Damian. Je vais te préparer.

Il tendit la main pour attraper le lubrifiant et Nick se mit à quatre pattes.

162

Sensuellement arc-bouté, le jeune homme sentit des doigts caresser son membre gonflé, câliner ses testicules, puis trouver la voie de ses chairs secrètes. Il arqua un peu plus le dos, se balançant pour encourager les tendres attouchements de son amant.

— Oh oui ! siffla-t-il de plaisir quand les doigts s'immiscèrent dans son orifice.

— Seigneur, tu es si sexy quand tu t'empales sur mes doigts, murmura Damian.

— Attends que je m'empale... sur ton sexe ! haleta Nick.

Damian leva les yeux, surpris, et vit un sourire provocateur sur le visage de son jeune amant.

— Je crois que j'ai créé un monstre, dit-il.

— Non, j'ai toujours été un monstre, badina Nick. Demande à ma mère.

— Est-ce que ça peut attendre que je t'aie baisé comme un fou ? fit Damian quelque peu essoufflé en déroulant le préservatif, tandis que Nick se positionnait au dessus de son sexe dressé.

— Je crois que ça vaudrait mieux, en effet...

Il marqua un arrêt au premier instant de la pénétration afin de se laisser le temps de s'adapter.

— Je veux que tu te concentres... sur ce... qu'on fait.

Damian déplaça ses mains pour soutenir les cuisses tremblantes de Nick.

— Je vais faire de mon mieux, bébé.

— Je suppose que c'est tout ce que je peux attendre de toi, le taquina Nick.

Ses yeux roulèrent dans leurs orbites tandis qu'il se laissait descendre sur le sexe de Damian. Il gémit quand le membre frotta sa prostate. Dans cette position, Damian s'était enfoncé en lui plus que jamais. L'excitation était quasiment insupportable, et Nick s'émerveilla pendant un instant de la capacité de son amant à lui faire ressentir combien il se soumettait alors même qu'il le chevauchait.

Il se pencha pour embrasser Damian, son gland pressé sur son entrée, juste avant que son maître ne le pénètre pour la deuxième fois.

— Chevauche-moi, bébé, ordonna Damian.

Pressé de lui obéir, Nick se souleva pour mieux laisser la gravité faire son œuvre, et la verge dressée l'envahir plus profondément encore.

163

D'un puissant coup de reins, Damian plongea en son jeune amant, le baisant vite et fort. Nick avait le regard brillant d'un désir féroce. Damian claquait leurs chairs l'une contre l'autre.

— Caresse-toi !

En appui sur une main, Nick se masturba de l'autre au rythme des violentes poussées. Il éjacula dans un râle, sa semence giclant sur la poitrine de Damian en assombrissant les boucles de sa toison.

Les contractions de son canal firent éjaculer Damian à son tour.

Nick s'affaissa mollement, sans force, et se blottit contre l'épaule de Damian.

— Seigneur !..., gémit-il.

— Donne-moi un petit moment, bébé, et je suis ton homme, plaisanta faiblement Damian.

— Oui..., souffla Nick.

Damian se demanda à quoi il acquiesçait. Il réalisa que Nick s'était endormi en entendant un léger ronflement. Épuisé, il laissa tomber le préservatif par terre à côté du lit. Ils se réveilleraient tout collants mais qu'importait ! Il serra son amant dans ses bras et s'abandonna à son tour au sommeil.

ILS PASSÈRENT un week-end de farniente à paresser, à faire la sieste, manger et buller devant la télévision, en coupant parfois le son pour bavarder tranquillement.

Damian posa la main sur la hanche balafrée de Nick.

— Comment tu t'es fait cette cicatrice ? Tu as dit que c'était un accident ?

Nick ferma brièvement les yeux.

— Je suis désolé, ajouta vivement Damian. Tu n'es pas obligé de m'en parler si ce sont des souvenirs douloureux.

— Je m'en souviens à peine, soupira Nick. L'expression de ma mère quand j'ai repris connaissance à l'hôpital... Tu vois...

Il s'interrompit, la voix tremblante, et contempla le plafond.

— Les médecins lui avaient dit que je ne remarcherais peut-être plus jamais.

Horrifié, Damian lui serra la main, tentant de lui manifester sa compassion par le geste plutôt que par la parole.

Nick déglutit péniblement, lâchant un petit rire mal assuré.

— J'étais allongé là, à me demander si j'allais contempler des plafonds pour le restant de mes jours.

Que s'est-il passé ?

Nick haussa les épaules avec une feinte nonchalance.

— J'étais à moto, et j'allais bien trop vite, selon la police. Qui avait probablement raison. J'ai toujours adoré la vitesse. J'ai raté un virage et fait une mauvaise chute. Je ne m'en rappelle pas les causes. J'ai fracassé ma moto – *et* ma hanche.

Damian prit une grande inspiration.

— Je suis sûr que ta mère était terriblement inquiète pour toi.

— Ouais, et mon père aussi. Hémorragie interne, fracture de la hanche qui a dû être réduite, deux plaques et seize vis. Des mois de rééducation pour me remettre sur pied, énuméra Nick en secouant la tête, l'air dégoûté. Ma sœur était en rogne contre moi, mais elle assistait toujours à mes séances.

— On dirait que tu as une famille sympa, hasarda Damian, non sans hésiter.

— C'est bien le pire, soupira Nick. Je n'ai jamais voulu leur causer autant de soucis.

Devinant intuitivement ce que le jeune homme passait sous silence – la peur de finir sur une chaise roulante, les souffrances qu'il avait dû endurer tout au long de sa convalescence, le regret d'avoir causé du chagrin à ses parents et à sa sœur par ses folles imprudences – Damian préféra changer de sujet.

— Et le tatouage ?

Nick baissa les yeux sur l'oiseau fabuleux aux ailes déployées, au plumage auréolé de flammes.

— Quand j'ai su que j'allais remarcher…

— Un phénix, dit doucement Damian.

— Il me représente. Je me suis écrasé et consumé, puis j'ai réussi à renaître de mes cendres, ironisa le jeune homme.

— Ça exige du courage, Nick. C'était une bonne façon de commémorer ta victoire sur ce qui a dû être un véritable challenge.

— Merci.

Nick eut l'air heureux, comme s'il n'aurait jamais cru que sa victoire sur les coups du sort puisse susciter l'admiration.

— Alors, comme ça, tu aimes la moto.

— Et le surf, le parachutisme, le snowboard…

Le regret transparaissait dans sa voix.

165

— Le skateboard ?

— Je déchirais, mec !

— Tu es un drogué de l'adrénaline, diagnostiqua Damian. Comment ça se fait que tu ne pratiques plus aucun de ces sports ?

— J'ai promis à mes parents que je ne leur causerais plus jamais de soucis de ce genre, soupira Nick. Fini la moto.

Damian gloussa.

— Ce n'est pas drôle ! protesta le jeune homme. Tout cela me manque. Je me débrouillais toujours pour trouver des petits boulots et m'offrir ces activités.

— Je ne me moquais pas de toi, je me disais juste que si tu n'avais pas fait cette promesse, tu ne serais jamais tombé entre mes griffes.

— Que veux-tu dire ? demanda Nick, même s'il commençait à comprendre.

— Rien d'autre ne te vaut une telle montée d'adrénaline, pas vrai ?

Nick le fixa, l'esprit en ébullition.

Damian se demandait s'il n'était rien d'autre qu'un substitut à tous ces sports extrêmes. Peut-être que lorsque l'attrait de la nouveauté s'estomperait, Nick irait chercher ailleurs d'autres sensations fortes. Il soupira et détourna le regard. La nouveauté d'apprendre à connaître ce jeune homme fascinant et complexe s'estomperait-elle pour lui aussi ?

— Je n'y avais jamais réfléchi en ces termes.

Damian se mit à rire.

— Qu'y a-t-il de si drôle ?

— J'étais juste en train de penser à ce que tes parents diraient si tu leur parlais de ton nouveau 'hobby'.

Damian sourit devant son expression de stupeur.

— Ouais, je suis sûr qu'ils en seraient enchantés !

Son expression horrifiée avait fait place à un rire joyeux.

— Ils voudraient probablement te rencontrer, pour s'assurer que tu 'joues' avec moi en toute sécurité. Ce n'est pas ce que tu ferais si tu avais un enfant ? ajouta Nick.

— Mon fils est encore un peu jeune pour ça, mais oui, je voudrais m'assurer qu'il a assez d'amour-propre pour rester hors de danger. Je ne considérerais pas avoir bien fait mon travail si Wyatt s'aventurait dans ce monde qui est le mien et était blessé, ajouta très sérieusement Damian.

— Tu as un enfant ? s'exclama Nick, stupéfait, avec un mouvement de recul. Je croyais que tu étais gay ?

— Je le suis, mais je ne l'ai pas toujours su, lui expliqua Damian. Mon ex et moi, on s'est mariés jeunes. J'avais dix-sept ans et elle dix-huit. Je croyais avoir trouvé la femme parfaite. C'était un garçon manqué et une athlète, grande et dégingandée. Un peu comme un garçon, dit-il en secouant la tête avec regret. C'est elle qui a compris que j'étais gay, et elle m'a ouvert les yeux.

— Cela a dû être... dévastateur, dit Nick d'un ton hésitant.

— Surtout qu'on venait juste d'avoir notre fils. Elle pensait qu'elle ne pouvait pas avoir d'enfant à cause des courses qu'elle disputait, mais ... surprise !

Damian regarda par la fenêtre et prit une vive inspiration.

— Le plus dur, c'est de ne pas pouvoir vivre avec mon fils, de ne pas le voir grandir et changer chaque jour.

— Comment tu gères ça ? demanda Nick, plein de compassion.

— Je fais avec.

Damian avait pris un ton dur. Il se radoucit.

— Ça n'aurait pas été bon pour Wyatt qu'on sache que j'étais son père. Mon travail commençait à attirer l'attention et je n'ai jamais voulu lui faire subir le genre de publicité qui va de pair avec une vie sexuelle controversée. Ce genre d'attention indésirable peut faire beaucoup de mal à un enfant. C'est pourquoi j'ai également changé de nom.

— Damian n'est pas ton vrai nom ?

— Pas plus que 'Wolfe'. J'ai pensé que ça me donnerait une aura de danger, dit Damian en riant, semblant en cet instant tout sauf menaçant.

— Quel est ton vrai nom, alors ?

Damian gémit.

— Thomas Reynaud.

— J'aime bien, dit Nick, pensif.

— Ça ne le fait pas ! Alors que 'Damian Wolfe', ça a de la gueule !

— Non, en effet, mais c'est joli. Et le nom de ton fils ?

— Wyatt Reynaud, répondit Damian, sa voix se radoucissant de nouveau.

Il tendit le bras pour que Nick puisse voir les initiales W.R. tatouées à l'intérieur de son poignet.

— C'est un gentil garçon. Très créatif, très doux.

— Il doit te manquer.

— Beaucoup. Je retourne aux États-Unis au moins une fois par mois pour lui, ou alors il vient me rejoindre ici. Juste avant que je ne t'engage, il est resté avec moi plusieurs mois pendant que sa mère faisait le circuit des courses.

Damian se leva pour aller prendre une photo encadrée.

— C'est lui.

Nick gloussa à la vue du portrait typique sur fond bleu de l'école ; venant du célèbre photographe, il se serait attendu à quelque chose d'un peu plus... bohème.

— Il est mignon.

— Il est super !

Damian reprit la photo et la fixa comme s'il pouvait sentir la présence de son fils rien qu'à la contempler.

— J'ai l'intention de l'immortaliser moi-même sur pellicule photo.

— Je parie que sa mère va adorer ça, lui dit Nick. Une chance de voir son fils à travers tes yeux.

— Ouais, j'en suis sûr.

Damian reposa la photo sur l'étagère, surpris par la perspicacité de son jeune amant.

— Est-ce qu'elle... ? Comment est-ce que vous... ?

Nick ne savait comment formuler sa question.

— Elle s'est montrée étonnamment compréhensive à ce sujet et nous sommes toujours amis. En fait, elle était déjà tombée amoureuse de quelqu'un d'autre, et ce fut donc plus facile pour elle que pour moi. J'ai dû m'adapter à cette nouvelle façon de penser à moi. Un homosexuel.

— Qui aime fesser les gens.

— Pas les gens. Les hommes.

Damian sourit malicieusement à Nick.

— Après avoir accepté le fait que j'étais gay, accepter que j'aime donner la fessée était facile.

— Facile pour toi, grommela Nick en se frottant les fesses.

— Viens ici. Je peux t'aider avec ça.

Damian courba Nick sur ses genoux et baissa son pantalon de pyjama sur ses cuisses.

— Tu ne vas pas encore me donner une fessée, pas vrai ?

— Bien sûr que non. Je vais juste appliquer un peu de gel dessus. Que feras-tu une fois ton diplôme en poche ?

— J'aimerais continuer à travailler pour toi, si ça te convient, répondit Nick en hésitant. Je vais devoir trouver un travail. Voire même un atelier.

Ça coûte cher d'avoir son propre four, alors peut-être que je pourrais le partager avec quelqu'un.

— Je peux voir ton travail ? demanda Damian.

Il s'en voulait de ne pas le lui avoir demandé plus tôt.

— Est-ce que ça t'intéresse vraiment, ou tu me demandes ça juste parce qu'on… baise ? demanda Nick en rougissant. Je ne suis pas aussi talentueux que toi. Je ne suis qu'un étudiant.

— J'aimerais vraiment voir ton travail. J'aime déjà ton sens de l'esthétique, et je pense que tu as de l'instinct, assura Damian.

Il décida que dorénavant, il ferait son possible pour soutenir Nick et l'aider à prendre son envol artistique. Il se reprochait, dans son désir de coucher avec le jeune homme, d'en avoir omis de s'intéresser un tant soit peu à sa vie.

Nick était un bon soumis, mais c'était aussi un homme complexe, intéressant, et créatif. S'il était également talentueux, Damian se promettait de promouvoir son œuvre ; il était déjà difficile de trouver sa voie en tant qu'artiste, et tout particulièrement si on voulait en faire son gagne-pain.

— Comment le saurais-tu ? demanda Nick, plein de suspicions.

— La façon dont tu réagis devant mon travail. Les suggestions que tu as faites, les problèmes que tu as résolus pour moi, expliqua Damian. L'art est subjectif. S'il trouve une résonance ne serait-ce qu'auprès d'une seule personne, alors c'est déjà un succès.

— Je n'y connais pas grand-chose en art, mais je sais ce que j'aime, dit Nick, ironique

— Oui, répondit Damian avec sérieux. Dans ce cas-là, c'est la vérité. C'est tout ce qu'il faut pour qu'une œuvre soit un succès. Je fais ce que j'aime, et j'ai eu la chance de tomber sur des personnes qui appréciaient ma démarche artistique au point de délier les cordons de leur bourse.

— Donc, ça se résume à faire ce que tu aimes ? demanda Nick en se tournant sur le côté afin de dévisager son amant.

Il leva la main pour caresser la barbe naissante sur la mâchoire de Damian.

— Si tu n'aimes pas ce que tu fais, tu seras malheureux, alors pourquoi le faire ?

— Attention, question piège ! Je vais devoir y réfléchir.

Damian admira son magnifique amant, plus détendu qu'il ne l'avait jamais été.

Bien sûr, pensa-t-il non sans une pointe d'humour, *je ne suis pas en train de le terrifier en ce moment.*

— Je ne crois pas que nous ayons autant parlé jusqu'à maintenant.

Nick gloussa.

— Je crois que je t'avais trop énervé jusqu'à présent, à force de faire tomber des trucs ou de trébucher sur ton équipement. Comment ça se fait que tu ne m'aies pas renvoyé ?

— Il y a quelque chose en toi, Nicky, quelque chose qui m'a toujours parlé, avoua Damian.

— Tu veux dire, tu savais que j'étais… que je suis… un soumis… depuis le début ? demanda Nick, mal à l'aise.

— Non, bien sûr que non, bien que tu aies toujours été un sale gosse ! gloussa Damian. Tu as honte de désirer te soumettre à moi ?

— Pas quand on est tous les deux, mais je ne crois pas que j'aimerais que les autres le sachent, avoua Nick en hésitant.

— Il n'y a pas de raison d'avoir honte, Nicky. Un homme doit être fort pour se soumettre, tu sais, lui fit remarquer Damian en caressant ses magnifiques cheveux drus. Tu devrais être fier d'avoir le courage de faire valoir tes désirs au lieu de trembler de peur.

— Tu ne penses pas que ce que nous faisons est bizarre ?

— Le comportement humain a plusieurs facettes. C'est juste que nous tendons plus vers une extrémité du spectre que la plupart des gens, observa Damian. Les gays sont une minorité, je te le rappelle. Mais nous ne faisons de mal à personne…

— À part à moi, plaisanta Nick.

Damian se mit à rire.

— Tu me surprends toujours.

— Tu *me* surprends toujours ! s'exclama Nick. C'est ce qui est tellement… excitant.

— Crois-moi, je peux t'assurer que tu vas retenir toute mon attention, dit Damian avec regret.

Un silence malaisé s'installa entre eux quand il réalisa que son commentaire impliquait qu'ils avaient un futur ensemble.

— Je l'espère, répondit tranquillement Nick, en se détournant afin que Damian ne puisse pas lire dans ses yeux.

Ce dernier reprit précipitamment la parole :

— Même si tu décides de ne pas continuer les fessées, je finirai toujours par te dominer au lit, je pense. Je suis comme ça. Et à mon avis, il est naturel pour toi de me laisser prendre les rênes.

— Oui, en effet, mais…

— Mais ?

— J'ai aimé ce que tu as dit à propos de collaboration, dit Nick, sans être vraiment sûr d'exprimer correctement ce qu'il ressentait.

— C'est un partenariat. Je ne pourrais rien faire sans ton accord.

Damian se tut brusquement en réalisant qu'il avait failli appeler Nick *mon amour*. 'Pet' n'était pas approprié dans cette situation et 'bébé' semblait trop désinvolte. Mais il n'était pas encore prêt à se déclarer ; il avait besoin d'un peu de temps pour analyser ses propres sentiments.

— C'est bon à savoir, dit Nick pensivement.

Il attrapa la télécommande de la télévision et se mit à zapper.

Damian se demanda s'il cherchait tout simplement à éviter un terrain miné, bien qu'à ses yeux, les choses soient loin d'être réglées entre eux.

— Qu'est-ce que tu regardes ?

Nick tint la télécommande hors de portée de Damian.

— *Laura.*

Damian regarda l'écran avec perplexité.

— C'est un film de nanas.

— C'est un classique du film noir ! s'exclama Nick. Il est fabuleux !

— 'Fabuleux' est un mot tellement gay, et c'est toujours un film de nanas.

— Je suppose que ça prouve que je suis gay après tout, pas vrai ? dit Nick en souriant.

— Personne ne devient gay en une nuit, répondit Damian, ne sachant trop ce qu'il voulait que Nick lui oppose comme argument. Est-ce que tu avais déjà fréquenté un mec avant ?

— Je n'y ai jamais pensé, admit Nick. Je suis sorti avec beaucoup de filles, mais je n'ai jamais vu d'étoiles, si tu vois ce que je veux dire. Le sexe était pas mal, plutôt plaisant…

— Plaisant ? grogna Damian. C'est tragique ! Le sexe devrait être extraordinaire, prodigieux, comme un tremblement de terre…

— Oui, eh bien, je ne le savais pas.

Nick prit le temps de réfléchir.

— D'une certaine manière, ça n'a pas vraiment marché avec elles. Et certaines étaient vraiment de gentilles filles.

171

— Belles ? le taquina Damian.

— J'ai eu ma part, soupira Nick. Mais je n'ai jamais ressenti de réelle connexion avec elles. Je n'avais vraiment pas envie de leur consacrer tout mon temps.

Damian eut peur de lui demander si c'était différent avec lui. Sa propre lâcheté lui inspira un sourire triste, mais il ne voulait pas entendre la réponse.

— Que crois-tu que tes parents diraient ?

— Du moment que je ne risque pas ma vie, ils seraient contents pour moi. C'est drôle comme un accident qui aurait dû être mortel remet les choses en perspective.

— C'est vrai. Je suis sûr qu'ils préféreraient que tu sois gay plutôt que mort... Tu as des regrets à propos de ça ? ajouta Damian avec une feinte nonchalance.

Un sourire illumina le visage de Nick. Et il attira Damian à lui pour l'embrasser.

— À ton avis ? chuchota-t-il contre les lèvres de son amant.

Toutes les pensées et les doutes s'envolèrent de l'esprit de Damian tandis que leurs langues se rencontraient.

XIII

— ALLEZ, NICK, on est déjà en retard ! maugréa Damian en consultant sa montre avec un mouvement d'impatience.

Nick regarda à regret l'oreiller qu'il avait trimballé avec lui pendant tout le dimanche.

— Si je ne craignais qu'Ashley exige de reluquer mes fesses, j'emporterais cet oreiller avec moi.

Damian gloussa.

— Tu as raison à propos d'Ashley. Il adore les petites allusions perfides, mais je suis sûr que tu seras très bien sans l'oreiller. Assure-toi juste de choisir une chaise rembourrée et évite de te jeter dessus si tu ne veux pas faire jaser.

— Facile à dire pour toi, grommela Nick, en faisant la grimace tandis qu'il s'asseyait dans la voiture de Damian. Je doute de pouvoir poser comme modèle aujourd'hui.

Ce n'était pas tant les douleurs épidermiques qui le tourmentaient maintenant que les crispations musculaires.

— Pas besoin, répondit Damian d'un ton léger. Je ne ferai pas de photos aujourd'hui. On doit présenter ce soir les clichés à Ashley et à son partenaire financier. Tu pourras garder tes vêtements.

Nick poussa un soupir de soulagement. Il ne voulait pas rendre tout cela public alors qu'il n'avait pas encore mesuré toutes les implications que cela allait entraîner pour lui. Certaines fois, il était parfaitement à l'aise avec ce qui se passait ; à d'autres, il se surprenait à toiser Damian comme s'il était un étranger et non quelqu'un qui le connaissait de manière plus intime encore que purement sexuelle.

S'il avait cru qu'une journée sans Ashley serait plus détendue, Nick constata rapidement que ce n'était pas le cas. Damian lui ordonna d'aligner des tables sur toute la longueur de l'atelier afin d'y exposer ses divers clichés.

Il était encore plus incongru que la collection de jouets pour adultes, bancs, menottes de toutes sortes et fouets, soit présentée à l'opposé, le long de l'atelier. On pouvait ainsi se partager à volonté entre photos et objets du catalogue.

Avant qu'Ashley n'arrive, Damian alla trouver Nick et le prit dans ses bras un moment.

— Comment va ton postérieur ? demanda-t-il en caressant d'un geste apaisant cette partie charnue de son anatomie.

— Un peu endolori, admit Nick en posant la tête sur l'épaule de son amant.

— Ouais, tu as beaucoup bougé. J'en suis désolé. Pourquoi tu n'irais pas t'asseoir et prendre une aspirine ?

— *M'asseoir* ? le taquina Nick.

Damian gloussa.

— C'est vrai, j'oubliais. Eh bien, comme tu voudras, mais je te préviens, si tu dînes debout ce soir, sois certain qu'Ashley ne se privera pas de faire des commentaires salaces !

— Je vais tout de suite prendre de l'aspirine, dit fermement Nick.

Frémissant à la perspective qu'Ashley se moque de lui toute la soirée, il se dirigea vers la salle de bain.

Damian ouvrit la porte quand il entendit frapper et découvrit Ashley avec son partenaire financier, un homme de haute taille à la peau noire et à la musculature très développée.

— Crispin, le salua Damian en lui serrant la main.

— Damian ! C'est un plaisir de vous revoir, lança joyeusement le dénommé Crispin. Ashley m'en a tellement parlé que je suis impatient de voir ce que vous avez.

Il serra la main de Damian pendant que Derek rejoignait Nick.

— Hé, mec, ça va ? Est-ce qu'il n'est pas follement pervers ? À côté de lui, Ashley et Damian ont l'air de vrais petits chatons !

Nick acquiesça, conscient de l'aura de pouvoir que dégageait l'homme qui paraissait si enthousiaste. Avec ses abords avenants et son nez étrangement pointu, son expression amicale démentait son air menaçant.

— Comment tu le sais ? Qu'est-ce qu'il a fait ?

Derek frissonna.

— Qu'est-ce qu'il ne ferait pas ? Mais attends que son… petit ami arrive. Il nous rejoint plus tard.

— De quoi il a l'air ? le questionna Nick, se demandant si tous les gens qu'il connaissait maintenant étaient gays.

— Tu verras, éluda Derek en hochant la tête avec suffisance, appréciant d'avoir pour une fois l'avantage sur l'autre jeune homme.

Crispin suivit Ashley et Damian dans l'atelier. Il examina les photographies étalées sur les tables, puis se tourna vers Damian pour lui serrer la main à son tour.

— Vous êtes un véritable artiste, dit-il solennellement, avant de pivoter ensuite vers Ashley pour lui serrer également la main. Et tu avais raison ; c'est absolument incroyable. Cela va nous démarquer de tous les autres fabricants d'objets pervers.

Il éclata de rire.

— Mon vieux père se retournerait dans sa tombe s'il savait que la société de harnais en cuir qu'il a fondée s'est lancée dans ce genre de choses.

— Mais il en apprécierait sûrement les bénéfices, intervint malicieusement Ashley.

— Sans doute, acquiesça Crispin. Ça rapporte beaucoup plus que la section 'cheval'.

Les trois hommes sursautèrent comme la porte se rouvrait avec fracas, la poignée claquant contre le mur.

Du seuil de la cuisine où ils se tenaient, Nick et Derek jetèrent un coup d'œil circonspect au nouveau venu : très musclé, vêtu d'un jean et d'un débardeur, il était d'une beauté rude. Ses cheveux auburn foncé hérissés sur le crâne, il avait des sourcils épais, et une barbe de trois jours lui mangeait le menton.

— Hé, les deux petites tapettes, où est Crispin ?

Nick fronça les sourcils en serrant les poings. Derek le retint par le bras et lui répondit :

À l'arrière !

— Pour qui il se prend, celui-là… ? s'écria Nick, ulcéré.

— Tais-toi. Allons voir ça de plus près, dit Derek d'un ton qui se voulait apaisant. Tu ne fais pas le poids contre lui.

— Je suis aussi grand que lui ! cracha Nick.

— Ce n'est pas la taille qui compte mais la carrure. Eddy travaille dans le bâtiment, ajouta Derek dans un murmure. Attends de voir comment Crispin le mate. C'est un régal.

Les deux jeunes gens virent alors Eddy se diriger vers l'arrière du local, en ignorant les objets et les photos exposés.

— Crispin, ça roule ? demanda Eddy en riant de sa propre boutade.

Crispin l'embrassa avec légèreté.

175

— Bonjour, Eddy, mon amour. Ça fait un.

— Oooh, j'ai peur ! ricana Eddy. Et qui sont ces deux 'concierges' ?

— Eddy, un peu de tenue ! le rabroua Crispin en lui passant un bras autour des épaules. Tu connais parfaitement bien Ashley, alors ne joue pas à ce petit jeu avec moi. Et voici Damian Wolfe, notre photographe.

— J'ai entendu parler de vous, grommela Eddy en serrant de mauvaise grâce la main que lui tendait Damian.

Il se dégagea et s'écarta de Crispin, jetant un coup d'œil aux photos.

— C'est sacrément suggestif, hein ?

Crispin leva les yeux au ciel.

— Reprenons tout depuis le début. Ashley, quel est ton schéma d'attaque ? Ta vision d'ensemble ?

Il inspecta un des clichés où figurait Nick, avant de relever les yeux vers lui.

— Et voilà notre modèle, j'imagine ?

Nick acquiesça avec un sourire timide.

— C'est mon assistant, Nick Sayers, confirma Damian. Ashley et moi avons décidé qu'il serait parfait dans ce rôle et nous l'avons prié d'étendre un peu la description de son poste.

Crispin se redressa et serra la main du modèle.

— Ravi de faire votre connaissance, Nick. Je suis Crispin Merrick, le partenaire d'Ashley en coulisse. Je fabrique les produits et je me tiens à carreau pendant qu'il court les shows.

— Ravi de vous rencontrer, monsieur, répondit Nick.

Ils se retournèrent tous les deux en entendant applaudir. Un sourire crispé sur le visage, Eddy ricana :

— C'est sacrément poli. La di *da*, et *oh*, monsieur Merrick, je suis sacrément ravi d'embrasser votre putain de cul ! Puis-je me pencher et vous lécher les couilles tant que j'y suis ?

Nick rougit de colère en serrant les poings. Ce type lui flanquait des envies de meurtre. Il aurait voulu le battre jusqu'à ce qu'il morde la poussière. Normalement, il n'était pas du genre agressif.

Crispin croisa les bras en lui lançant une doucereuse mise en garde :

— Ça fait deux, Eddy. Ne me pousse pas à bout.

Ce dernier lui fit un sourire arrogant mais ne répliqua rien. Surpris, Nick vit Eddy lui décocher un clin d'œil avec un haussement d'épaule contrit. Il se retourna vers Derek, qui se contenta de secouer la tête en chuchotant :

— Tu vas voir.

Ashley montra à Crispin son cliché préféré, celui où Nick était agenouillé avec le collier rouge, la laisse enroulée autour d'une main dans l'ombre.

— Je pensais à celle-là comme couverture, Crispin. Qu'en penses-tu ?

— Elle me plaît beaucoup. J'aimerais voir tous ces clichés avant de prendre une décision finale, mais tu sais que je me fie à tes instincts, ajouta Crispin en examinant le cliché. C'est vachement bien.

Eddy se rapprocha de son amant et se frotta délibérément à sa hanche.

— J'ai faim. Et je peux savoir pourquoi tu ne m'as jamais demandé de poser ?

Il couvait Nick d'un regard brûlant de jalousie.

— Pourquoi ce ne serait pas moi qui figurerais sur cette foutue couverture ?

— Edward, boucle-la, murmura Crispin, en repoussant gentiment le jeune homme.

— NON ! S'ÉCRIA Eddy d'un air de défi. Tu as travaillé tard toute la foutue semaine, tu as dit qu'on dînerait ensemble ce soir, et je te retrouve en train de traîner avec ces pédés, comme s'ils valaient mieux que moi ! Amuse-toi donc à jouer les grands hommes d'affaires. Moi, je me barre !

D'une volte-face, Crispin plaqua Eddy sur une table couverte de cravaches.

— Et de trois ! Ne *me* défie pas, esclave. À genoux !

Les yeux ronds, Nick et Derek virent Eddy tomber aussitôt à genoux en envoyant valdinguer les cravaches dans sa chute. Tête basse, il joignit les mains dans le dos.

Crispin attrapa le premier collier qui lui tomba sous la main et qui se trouvait très chargé, avec des pointes en argent ; il l'attacha au cou d'Eddy, y accrocha une laisse et tira dessus. Il reprit d'un ton autoritaire très calme :

— Tête au sol. Je ne veux plus t'entendre dire un mot ou tu porteras un bâillon-boule durant tout le dîner.

Eddy se pencha et son front toucha le sol. Nick admira son contrôle ; il n'avait pas bronché. Il avait juste obéi dans un mouvement fluide, les mains tendues devant lui et les fesses dardées en l'air.

Crispin se remit à déambuler aux côtés d'Ashley, Eddy en laisse, en longeant les tables, examinant chaque photographie et discutant d'un ton animé. Eddy 'rampait' derrière Crispin sans un bruit.

— Ça me flanque la chair de poule, chuchota Derek.

— Pourquoi est-ce qu'il fait ça ? s'étonna Nick.

Il se sentait mal à l'aise devant la démonstration de puissance de Crispin et la totale soumission dont faisait preuve l'autre homme.

— C'est un *esclave*, répondit Derek, les yeux brillants d'excitation *et* de peur mêlées. Crispin est son maître, libre de lui faire tout ce qu'il veut.

— Pourquoi il accepte *ça* ? demanda Nick, atterré.

— Je ne sais pas, mec, mais ça me fait réfléchir à deux fois à ce que je fais avec Ashley, assura Derek sans donner de détails.

Nick ne tenait pas à en savoir plus, n'étant pas prêt à échanger des confidences.

Damian, Ashley, et Crispin avaient atteint l'extrémité des tables et continuaient de parler, Eddy toujours soumis.

— J'aimerais y réfléchir, fit Crispin. Je peux prendre ces clichés ?

— Je pourrais vous les envoyer par e-mail si vous préférez, proposa Damian.

— Entendu. Vous les mettrez en copie pour Ashley. Ils sont numérotés, je suppose ? ajouta Crispin en retournant quelques clichés pour s'en assurer lui-même. Super. Comme ça, quand on se parlera au téléphone, on sera sur la même longueur d'onde. Et maintenant, voudriez-vous vous joindre à moi pour dîner ? Vos garçons également, bien sûr.

Nick rougit, se demandant comment Crispin savait – il n'était pas certain d'apprécier d'être appelé le 'garçon' de Damian.

— C'est très aimable à vous, Crispin, répondit le photographe. Laissez-moi juste vérifier si Nick n'avait rien d'autre de prévu pour la soirée.

Ashley et lui rejoignirent les deux jeunes gens qui se tenaient toujours dans l'embrasure de la porte de la cuisine.

Crispin se tourna vers Eddy.

— Debout. Pantalon baissé. Sur la table. Douze au mieux. Six pour la grossièreté, six pour avoir tenté de manipuler la situation à ton avantage.

Eddy obéit, baissant son pantalon et se penchant sur la table la plus proche. Nick fut surpris de constater qu'il portait une cage, un peu comme celle que lui avait mis Damian, mais Eddy avait en outre une ceinture avec des chaînes reliées à un godemiché inséré dans ses fesses ; les autres chaînes, sur le devant, disparaissaient sous sa chemise.

Torse plaqué sur la table, Eddy émit un petit grognement en agrippant les bords à pleines mains.

Crispin avait pris une canne qu'il fit siffler en l'air. Il posa la main sur la cambrure d'Eddy.

— Tu vas être puni pour quoi ?

La voix étouffée d'Eddy était parfaitement respectueuse quand il répondit :

— Six pour avoir été impoli envers les autres, six pour avoir essayé de vous forcer la main, Maître.

— Tu ne me forces à rien, esclave, c'est pour mon plaisir et ta punition. Je pourrais me contenter de t'enchaîner et te laisser ici pendant que je vais dîner. Est-ce bien clair, esclave ?

— Oui, Maître.

Crispin fit un pas en arrière et prit son élan avant de lui asséner un coup de canne sur le postérieur. Eddy haleta, sans laisser échapper la moindre plainte.

Nick frissonna ; il était certain de ne pouvoir supporter une telle chose, et rien que l'idée d'être battu en public, devant des gens qu'il ne connaissait pas, le rendait nauséeux.

— Merci, Maître. Puis-je avoir le suivant ? fit Eddy d'une voix extraordinairement calme.

Crispin arma son bras et Nick se détourna, trébuchant dans sa hâte à quitter les lieux. Damian le suivit immédiatement, laissant la porte se refermer derrière eux en étouffant les sons de la scène qui se déroulait dans l'atelier.

— Est-ce que ça va ?

— Comment peut-il… ? Pourquoi est-ce qu'il… ?

Nick secoua la tête, les bras frileusement serrés autour de son torse ; il se sentait glacé.

Damian se rapprocha ; le mouvement de recul du jeune homme ne lui échappa pas, mais il l'enlaça quand même.

— Eddy est un esclave, Nick. C'est très différent de ce que nous faisons. Eddy est un homme tourmenté ; il buvait, se droguait, et se bagarrait sans cesse. Il a agi comme un sale gosse avec presque tous les Dom du club de Crispin, jusqu'à ce que ce dernier le prenne en main. Eddy a besoin de quelqu'un qui le maîtrise, qui force sa soumission. C'est comme ça qu'il trouve la paix.

— La paix ! se récria Nick. C'est sacrément hystérique ! Douze coups de canne ? Ça ne me semble pas 'pacifique' pour passer une soirée, moi.

— Et ça ne le serait pas pour toi, effectivement. Mais ça l'est pour lui. C'est *son* choix, tu sais.

Damian se demanda comment lui expliquer les choses.

— Tu te souviens comment tu te sentais samedi soir ?

Nick hocha machinalement la tête.

— La plupart des gens ne considéreraient pas ça amusant, mais à la fin, tu planais, lui fit remarquer Damian.

Il avait le sentiment que Nick s'éloignait de lui et il pesta férocement *in petto*... Si seulement Crispin n'était pas aussi dominateur, jamais Nick ne se serait demandé s'il était 'acceptable' qu'Eddy soit traité de la sorte !

— Crispin se voit comme un 'chevalier blanc' volant au secours d'Eddy pour le sauver de lui-même. Et Dieu sait qu'Eddy a besoin de quelqu'un vers qui se tourner ; comme il paraît incapable de se maîtriser, peut-être que jouer les esclaves sexuels lui convient parfaitement. Ça ne marcherait pas pour moi, mais apparemment, ça marche pour eux deux. Ils sont ensemble depuis trois ans.

— Es-tu en train de me dire... qu'Eddy *voulait* être... puni devant nous tous ?

Damian gloussa mais son amusement s'envola quand il réalisa combien Nick était ébranlé.

— Il l'a cherché depuis qu'il est arrivé. Il sait très bien qu'il ne doit pas ouvrir les portes – ou sa bouche – comme ça.

— Putain de merde..., jura doucement Nick.

Il se blottit dans les bras de Damian, oubliant qu'ils étaient dans le couloir, où les autres locataires de l'immeuble pouvaient toujours les voir.

La porte se rouvrit et Ashley passa la tête par l'entrebâillement.

— Crispin s'excuse, il n'a pas pensé à demander ta permission avant de sévir, Damian. Il espère que vous accepterez son invitation à dîner.

Damian consulta son *garçon* du regard.

— Qu'en dis-tu, Nick ? Tu veux y aller ou tu préfères que je te ramène chez toi ?

— Chez moi, s'il te plaît, répondit Nick en fermant brièvement les yeux.

Il espérait qu'il n'avait pas eu là un aperçu de son propre avenir.

Damian était déçu, mais il espéra quant à lui que Nick avait juste besoin d'un peu de temps seul pour réfléchir.

— Je dépose Nick chez lui et je vous rejoins, Ash. Où est-ce que vous allez ?

Ashley lui donna le nom du restaurant et Damian hocha la tête.

— Je vous rejoins, répéta-t-il. Il faut que je ferme tout d'abord.

Il serra Nick dans ses bras une dernière fois.

— Viens, bébé. Allons nettoyer un peu et je te ramène chez toi.

Nick suivit Damian dans l'atelier, voulant s'assurer qu'Eddy ne garderait pas de séquelles de sa punition. Tel le témoin oculaire d'un accident, il éprouvait une fascination morbide, incapable d'en détacher le regard.

Il fut surpris de voir Eddy agenouillé près de Crispin. L'autre homme lui caressait les cheveux et Eddy avait une expression apaisée, presque rêveuse. Il avait laissé tomber sa voix agressive et ses réponses aux questions de Crispin étaient presque inaudibles.

Après avoir rangé l'atelier, Nick monta en voiture avec Damian. Replié sur lui-même, il gardait les yeux fixés droit devant.

Damian soupira.

— Parle-moi, Nick. Ne me mets pas à l'écart.

Le jeune homme secoua la tête.

— C'est trop tôt… Je dois réfléchir.

— Ce ne sera jamais comme ça entre toi et moi, l'assura Damian avec fermeté. Je ne te frapperai pas comme ça avec une canne. Je ne te punirai *jamais* non plus. Je ne fais pas ça pour des raisons disciplinaires. Tu es adulte et seul responsable de ta vie. Tu ne te retrouveras *jamais* à la place d'Eddy.

La main glacée de Nick chercha la sienne.

— Je sais. Et merci de me ramener chez moi.

— Je te vois demain ? demanda Damian, plein d'espoir.

— J'ai cours demain. Jeudi, répondit Nick.

Un instant, Damian redouta qu'il le quitte sans même un baiser mais Nick se tourna et l'embrassa brièvement. Puis il fut hors de la voiture, et gravit les escaliers de son immeuble quatre à quatre.

Damian soupira et redémarra. Maître ou pas, Crispin allait entendre parler du pays ce soir ! Ce qu'il avait fait à l'atelier était inexcusable. S'en prendre à Crispin et lui dire son fait l'empêcherait peut-être de repenser au jeune homme qu'il avait peur d'avoir perdu ?

C'était tout ce que Damian espérait.

NICK NE savait plus où il en était… Tantôt il voulait désespérément revoir Damian, tantôt il se demandait s'il était fou d'accorder sa confiance à un tel homme. Il devait tout de même admettre que, bien qu'il ait fréquemment énervé Damian avant qu'ils ne commencent à *faire des choses*, son maître n'avait montré aucun signe de vouloir le punir ; il s'était contenté d'ironiser sur ses lacunes.

Il se rendit compte avec consternation que l'obéissance aveugle d'Eddy, une fois que Crispin l'avait rappelé à l'ordre, l'avait quelque peu excité malgré lui. Ce qui l'avait troublé ? Le voir se pencher spontanément, cul nu, et accepter la punition de Crispin. Quand était apparue la première zébrure sur le postérieur d'Eddy, Nick s'était demandé ce qu'il ressentirait à la place de ce soumis. Cela le troublait plus encore que tout ce que Damian avait pu lui faire jusqu'à présent.

Il se demandait…

DAMIAN AVAIT rappelé Nick plusieurs fois tout au long de la journée, mais le jeune homme n'avait jamais décroché. Son anxiété ne fut donc apaisée que lorsque Nick se présenta enfin comme d'habitude au travail le jeudi matin.

— Viens ici, bébé, dit Damian, soulagé quand Nick se jeta dans ses bras. J'ai eu peur que tu ne reviennes jamais.

— Je suis désolé, Damian. C'est juste que… j'étais si… je ne sais pas.

— Confus, je sais. Je ne savais pas ce que Crispin allait faire, sinon je l'en aurais empêché. Quoi qu'il en soit, je lui ai dit le fond de ma pensée, ajouta Damian d'un air sombre.

— Qu'est-ce qu'il a répondu ?

— Qu'il était désolé, mais qu'il allait falloir que tu t'y fasses si tu comptes intégrer notre monde, dit Damian, d'un air d'excuse.

Nick se dégagea et alla se camper devant la fenêtre.

— Comment ça se fait que tout le monde est au courant ?

— *Tout le monde* n'est pas au courant, juste les initiés.

Damian soupira, se demandant là encore comment expliquer les choses.

— Dans le regard d'un soumis, il y a quelque chose… Je suppose que tu apprends à les reconnaître. Il n'y a pas si longtemps, les clubs de ce genre étaient encore rares. Il fallait être capable de les repérer.

— Est-ce que tu me donnerais des coups de canne ?

Damian ne s'était pas attendu à une telle question.

— Non ! s'exclama-t-il. Pas comme ça.

— Parce que tu ne sais pas t'y prendre ?

— Non, je sais très bien, au contraire ; c'est juste que je n'en ai pas envie. Et encore moins avec toi ! Eddy est un mec résistant, ajouta Damian, en réalisant à la seconde même où les mots sortaient de sa bouche que ce n'était vraiment pas la chose à dire.

— Parce que, *moi*, je ne suis pas 'résistant', c'est ça ? le défia Nick en croisant les bras.

— Ce que je veux dire, c'est que tu es différent. Tout le monde n'a pas la même résistance à la douleur, c'est bien connu. Toi, il se trouve que tu es plus sensible qu'un type comme Eddy.

Il grommela plaintivement, se rendant compte qu'il venait encore de mettre les pieds dans le plat.

— Je veux le ressentir. Je veux explorer mes limites et affronter le pire ! s'obstina Nick.

Réalisant qu'en fait le jeune homme était terrifié, Damian voulut le reprendre dans ses bras, mais Nick le repoussa.

— Je suis sérieux ! Je veux le ressentir.

— J'ai promis que je ne te ferais jamais de mal…

— Je veux le ressentir, insista Nick, la mâchoire crispée.

Se surprenant lui-même, Damian l'attrapa par le bras et le traîna dans la salle de maquillage où il le poussa sans ménagement contre la table qui se dressait au centre de la pièce.

— Penche-toi là, pantalon baissé ! exigea-t-il avant de foncer dans l'atelier.

Nick avait peur, mais les mains tremblantes, il s'exécuta.

Damian revint avec la canne maléfique dans ses mains d'artiste. Nick regretta alors de l'avoir poussé à faire quelque chose qui, manifestement, lui répugnait.

Damian avait l'air triste.

— Nicholas, je ne tolère pas que mes soumis cherchent à dominer leur Dom. Je vois bien que quelque chose te tracasse, mais je ne peux pas t'aider si tu ne me dis pas ce qu'il en est. On peut en parler ; on n'est pas obligés de faire ça.

Nick détourna la tête, refusant de croiser son regard ou de lui répondre.

— Très bien. Peut-être que ça t'éclaircira les idées. Ce sera la seule fois. Agrippe la table. Ne bouge pas. Tu vas en recevoir trois.

Nick trembla en agrippant la table si fort que les bords lui coupèrent la paume des mains, et il se tendit, se demandant si Damian allait prendre son élan comme l'avait fait Crispin.

Il sentit la canne lui tapoter légèrement les fesses, comme si le photographe mesurait la distance. Il réalisa soudain qu'en règle générale, son maître le touchait un peu partout avant de le fesser, mais cette fois, ils ne jouaient pas.

Tout d'abord, il y eut le sifflement de la canne qui fendait l'air, puis la douleur, atroce, quand elle s'abattit sur son postérieur. Le souffle coupé, Nick se cabra en griffant la table, tétanisé par la douleur. Il haleta, cherchant frénétiquement son souffle. Et s'affaissa lentement, en sueur.

Il aurait voulu recourir à son mot d'alerte, mais son sens de l'honneur l'en empêchait, dans la mesure où il avait – littéralement – forcé la main de Damian. Et son maître l'avait prévenu qu'il en recevrait trois. Nick frémit, la douleur irradiant dans tout son corps jusqu'à ce qu'il ne soit plus que souffrance.

Supporterait-il deux coups de plus ?

Le silence de l'expectative était à lui seul une torture pire encore que le coup suivant. Nouveau sifflement qui le fit se recroqueviller d'instinct… Sauf que cette fois, il ne sentit rien.

Damian lâcha la canne et se pencha sur le jeune homme, ses larmes tombant sur la chemise de Nick.

— Je ne peux pas faire ça, Nicky. Ce n'est pas ce que je suis.

Il posa gentiment la main au creux de ses reins.

— Je suis désolé. Je n'ai jamais voulu te faire de mal.

Nick ploya sous la caresse réconfortante et se remit à trembler, mais il n'y avait pas de larmes dans ses yeux, tandis qu'il se redressait péniblement.

— Je suis désolé, Damian. Je n'aurais jamais dû te demander de faire ça.

Damian l'attira dans une étreinte désespérée.

— J'ai eu si peur de ce qui pouvait te passer par la tête ! Jamais aucun soumis ne m'avait poussé à ce genre d'extrémités ! Je te promets que si tu récidives, je te fesserai jusqu'à ce que tu ne puisses plus t'asseoir pendant une semaine tellement ce sera douloureux ! Mais pas de canne. Ça, c'est fini.

— Je ne le ferai plus, je ne le ferai plus ! s'écria Nick en éclatant en sanglots. Je ne sais pas ce qui m'a pris...

Damian frotta doucement le postérieur maltraité.

— Allons appliquer un peu de gel là-dessus. J'aurais dû te forcer à me parler, à m'ouvrir ton cœur... Je devrais savoir ce qui se passe dans la tête de mon soumis.

Puis, avec un éclair de lucidité, il ajouta :

— Tu avais peur d'aimer ça.

— Pas seulement, non, l'humiliation, la façon dont Crispin l'avait traité...

Damian secoua la tête.

— Ce n'est pas pour moi. Je ne pratique pas l'humiliation, ni en public, ni en privé. Je suis un Dom. Je veux un soumis, pas un esclave.

— Quelle est la différence ?

— Viens avec moi que je puisse te soigner, Nicky, murmura Damian en tenant le jeune homme serré contre lui. J'essayerai de t'expliquer.

— D'accord, répondit le jeune homme dans un soupir.

C'était tellement agréable d'être à nouveau dans les bras de Damian.

NICK ÉTAIT couché sur le flanc. Il couina lorsque Damian étala un peu plus de gel sur son postérieur douloureux.

— Bien fait pour toi, sourit Damian. Je ne t'ai même pas frappé aussi fort que j'aurais pu. Ce n'était qu'une 'demi-vitesse'.

— Et Crispin a *pris son élan* avec Eddy pour le frapper de toutes ses forces..., gémit Nick. Comment Eddy peut-il supporter pareille douleur ?

— Nick, ce n'est pas un sport de compétition, avec une médaille décernée à qui supportera le mieux la douleur ! Eddy n'est pas toi, et tu n'as pas à subir ce qu'il *choisit* de subir. Ses démons ne peuvent être réduits au silence que par ce que lui inflige Crispin.

— Il devrait suivre une thérapie.

— C'est ce qu'il fait, lui dit Damian en souriant devant l'air étonné du jeune homme. Certains thérapeutes comprennent ce mode de vie, et Crispin l'avait justement envoyé en consulter un. Il semblerait que les douleurs dues aux coups de canne libèrent et purgent des émotions qu'il gardait enfouies au fond de lui. Tu aurais dû venir dîner avec nous, tu sais.

— C'est Crispin qui t'a dit tout ça ?

— Non, Ashley. Mais Eddy s'est montré parfaitement courtois au cours de la soirée. C'est en fait un gars très sympathique.

— Comment Derek a-t-il pris tout ça ?

— Avec des yeux ronds ! s'esclaffa Damian. Il se trouve que je sais qu'Ashley aussi lui a promis qu'il ne recherchait pas un esclave.

— Bien, soupira Nick, soulagé. Je ne suis pas sûr de vouloir y repenser.

— En fait, ajouta Damian en déposant un baiser sur son front, je suis d'avis qu'il est terriblement malséant d'imaginer la vie sexuelle des autres, donc, n'en parlons plus, mon bébé. De toute façon, tu as bien besoin d'une sieste, pet.

— Oui, Monsieur, répondit Nick en bâillant.

Il sourit, déjà tout ensommeillé.

— Je suppose que j'aurais dû t'en parler.

— Oui, tu aurais dû. Maintenant, va dormir, bébé. On en reparlera plus tard, conclut Damian en faisant courir ses doigts dans les boucles de Nick, sachant que la sensation l'aidait à s'assoupir.

Ensuite, il le regarda dormir, se demandant si ce qui venait de se passer entre eux ne marquerait pas malgré tout la fin de leur histoire.

XIV

Nick roula sur le dos en gémissant. Ses fesses étaient en feu et il se rappela soudain pourquoi.

Damian entra et tira les rideaux, laissant entrer à flot le soleil doré de l'après-midi. Nick plissa le front.

— Pourquoi chaque muscle de mon corps me fait mal ?

— Tu t'es cramponné à la table comme si un tsunami allait te frapper, lança joyeusement Damian, le retournant sur le ventre et suivant des doigts l'unique ligne qui colorait ses fesses. Celle-là va te valoir une ecchymose. Je suis désolé, bébé. Je n'aurais pas dû faire ça.

Nick se sentit terriblement coupable.

— C'est de ma faute, Damian. Tu ne l'aurais pas fait si je n'avais pas agi aussi…

— … Stupidement ?

— Eh bien, oui, admit Nick à contrecœur.

Damian attrapa le tube de gel et entreprit de l'appliquer sur la meurtrissure. Nick soupira de soulagement.

— Écoute, Nick. Je suis un Dom. J'aime jouer avec un soumis, *jouer* étant le maître mot ici.

Damian frotta l'excès pour l'absorber dans ses mains puis s'allongea à plat dos. Nick posa la tête sur sa poitrine ; il aurait voulu que Damian l'enlace.

— Tu es un soumis, pas un esclave, continua le photographe. Je pourrais exiger que tu sois toujours nu en ma présence, à genoux, et que tu ne prononces jamais un mot sans ma permission, mais ce n'est pas comme ça que j'aime jouer. Je t'ai aussi prévenu que je ne tolérerais jamais qu'un soumis tente de me dicter ma conduite. Est-ce clair ?

— Oui, Monsieur, répondit doucement Nick, se blottissant dans la douce étreinte de Damian, là où il se sentait tellement en sécurité.

— Je n'ai jamais frappé quelqu'un sous l'empire de la colère mais j'étais dangereusement près de le faire aujourd'hui, admit Damian. Et *dangereux*, ça l'est, crois-moi. Je t'ai dit que tu ne connaissais pas encore assez tes limites. Ce n'est pas une compétition qui te mettrait en concurrence avec d'autres soumis histoire de retenir mon attention. Je veux t'apprendre ce que tu as besoin de savoir ; ainsi, tu ne t'attireras pas d'ennuis.

À cette mise en garde, le cœur de Nick se serra. De toute évidence, Damian ne comptait pas le garder trop longtemps ; il s'estimait responsable de son éducation sexuelle. Ensuite, Nick serait livré à lui-même.

Damian sentit que quelque chose tracassait son jeune amant et plus que jamais, il aurait voulu que celui-ci lui ouvre son cœur. Il fit lentement courir ses mains le long de son épine dorsale.

— Tu as une très jolie zébrure sur ton postérieur, lui offrit-il en guise de consolation.

— Je peux voir ?

— Plus tard. Elle ne va pas s'envoler. Je prendrai même une photo pour toi, car c'est la seule que tu auras jamais de moi, le taquina Damian, en lui mordillant le lobe d'oreille.

Un petit soupir... délicieux prélude à l'excitation sexuelle.

— Puis-je...? hasarda Nick en glissant la main sous la chemise de Damian.

Il adorait la sensation légèrement rugueuse de son torse velu sous ses doigts.

— On dirait bien que tu es en train de récupérer, bébé, gloussa Damian comme l'érection de son amant s'enfonçait dans son ventre.

Nick déboutonna la chemise de son maître, dénudant son torse. Il se pencha pour aspirer avec gourmandise un mamelon rose, réjoui d'entendre Damian hoqueter. Ses mains errèrent plus bas ; il ouvrit son jean qu'il baissa. Le photographe souleva obligeamment les hanches, aidant Nick à dévoiler son boxer où s'étalait déjà une tache humide caractéristique.

Damian allongea sur lui le jeune homme qui imprima à ses hanches un lent mouvement de rotation. Le contact de leurs peaux nues porta l'excitation de Damian à son comble. Pour un peu, il l'aurait possédé sans attendre une seconde de plus ! Mais il lui avait déjà fait assez de mal comme ça pour aujourd'hui, et il chercha une position qui ne fasse pas pression sur le postérieur meurtri.

Nick glissa la main entre eux, et sentit le gland de Damian poindre hors de la ceinture élastique de son boxer. Sensible au sursaut des hanches de l'autre homme quand il caressa son gland humide, il repoussa le boxer, voulant tout voir.

Damian l'immobilisa d'une poigne de fer, se débarrassant seul de son boxer. Nick hoqueta lorsque leurs verges gonflées dans leur gaine de velours glissèrent l'une contre l'autre.

Nick se sentit de nouveau merveilleusement en sécurité alors que le bras de son amant l'enlaçait. Le jeune homme écarta les cuisses et l'embrassa, avide d'aspirer sa langue dans sa bouche. Il la suça avec frénésie tandis qu'ils ondulaient ensemble en gémissant.

Nick agaça la lèvre inférieure de Damian. Le jeune homme se mouvait rapidement sur lui et il adorait le tenir tout contre lui, dans son besoin désespéré de savourer leur étreinte passionnée, peau contre peau. Dans un de ces instants magiques de soudaine perspicacité, Damian comprit que Nick avait besoin de rétablir leurs affinités particulières dans toute leur intimité. Il passa la main sur le flanc mince, glissant vers leurs hanches aux ondulations frénétiques. Il pressa leurs sexes ensemble, les caressant jusqu'à ce qu'ils atteignent tous deux un orgasme dévastateur.

La chaude semence se déversa sur Nick, et Damian le serra encore un peu plus tandis qu'ils planaient doucement des sommets de leur pic orgasmique.

Nick accabla Damian de doux baisers, jusqu'à ce qu'ils s'immobilisent, lèvres à lèvres, et partagent un même souffle.

— Dors, chéri, chuchota Damian.

— Tu vas dormir aussi ?

— Oui.

Mais Damian fut incapable de trouver du réconfort dans l'oubli du sommeil. Il contempla le beau visage de Nick, lèvres légèrement ourlées sur un sourire satisfait, et se demanda si le jeune homme avait encore confiance en lui.

Il avait fait beaucoup d'erreurs avec lui, mais aucune ne lui semblait aussi irrémédiable que celle d'avoir accepté sa demande d'être battu à coups de canne. Damian gémit doucement ; qu'est-ce qui lui avait donc pris ? Normalement, il savait interpréter en virtuose les réactions de ses soumis, sachant s'arrêter dès qu'ils atteignaient leurs limites, tout en les catapultant avec lui au pinacle de l'extase. Or, il venait de montrer qu'il perdait tous ses repères habituels avec Nick, qu'avec lui, il ne pouvait même plus se faire confiance. Dans leur intérêt, à Nick comme à lui, il allait devoir mettre un terme à tout ça. Si du moins il en trouvait la force.

— J'en veux trop, chuchota-t-il dans la nuit.

— Je devais être complètement fou ! gémit Nick en s'examinant dans le miroir de la salle de bain.

— C'est vraiment très joli sur ton beau petit cul, déclara Damian, en tapotant légèrement cette partie charnue de son anatomie.

— Je suis raide comme un piquet !

Nick se contorsionna, déclenchant l'hilarité de son amant.

— Tu es tellement fier de toi ! Regarde-toi un peu, en train de t'admirer dans la glace !

— Eh bien, tu m'as dit que ce serait la seule et unique fois, protesta Nick. Je l'apprécie tant que je le peux. Et j'ai même survécu pour pouvoir en parler !

Damian se rapprocha, croisant leurs membres turgescents en le plus tendre, le plus exquis des duels.

— Je t'ai promis que je l'immortaliserais sur papier glacé pour la postérité et je le ferai. Dès demain, ton joli petit cul sera d'une magnifique couleur prune. Alors si tu as le temps de passer à l'atelier et que tu veuilles bien me laisser prendre un cliché…

— Ce n'est pas pour le catalogue ! protesta Nick, affreusement embarrassé à l'idée que ses fesses marquées puissent finir en expo privée sur la table basse d'un quidam libidineux quelconque.

Non, c'est seulement pour moi. Que je puisse l'admirer en souvenir quand…

Damian se tut brusquement

… *Quand tu me quitteras.*

Voilà la terrible vérité qui avait encore failli lui échapper.

— Tu comptes le montrer à quelqu'un ?

Damian fut surpris de l'éclair de jalousie qui le transperça.

— *Non !* Personne ne le verra à part toi et moi.

— Alors, dans ce cas, c'est d'accord.

Nick sourit avec satisfaction, puis soupira. Peut-être que Damian se rappellerait de lui avec tendresse quand il le plaquerait pour le prochain bellâtre qui lui taperait dans l'œil… Il aurait tant voulu être assez beau ou assez malin, ou *autre*, afin que Damian ne se lasse jamais de lui. Mais ça, c'était sans doute trop demander.

— Habille-toi. Je vais commander une pizza. Et n'oublie pas ton coussin ! le taquina Damian, en fonçant dans la salle de bain avant que Nick puisse lui lancer un truc à la tête.

LE JOUR suivant, Nick se rendit à l'atelier après ses cours d'une démarche raide. Il avait dit à ses collègues qu'il avait un peu trop forcé sur les séances d'entraînement et qu'il avait des courbatures. Aucun d'eux n'étant heureusement du genre à lui taper sur les fesses, il avait ainsi échappé à toute *stimulation* supplémentaire de son pauvre postérieur tout endolori.

Il poussa la porte et Damian l'entendit.

— Nick ? cria-t-il depuis la pièce du fond.

— Ouais, Ian, c'est moi.

— Verrouille et viens voir ça.

Nick obéit avant de venir le rejoindre dans l'atelier.

— C'est quoi, ce bordel ? s'exclama-t-il, les yeux ronds.

Damian avait installé une plate-forme où trônait un grand lit, drapé d'une bande de soie rouge brillante. Il sourit triomphalement à Nick.

— Déshabille-toi et *hop*, au lit !

Ses mains volant spontanément sur la braguette de son jean, le jeune homme hésita pourtant.

— Je ne crois pas que je vais pouvoir…

— Il n'est pas question de sexe, Nicky. C'est pour la photo de la seule et unique morsure de canne que tu auras jamais. Dépêche-toi ; déshabille-toi.

Damian passa derrière la caméra, pressant subrepticement une main sur son entrejambe. Rien qu'à l'idée de voir Nick exposé, il commençait déjà à bander. Et il secoua – figurativement parlant – la tête.

Nick se débarrassa de ses vêtements, qu'il déposa sur une chaise proche. Il se dirigea lentement vers le lit tendu de rouge, passant un doigt sur le chatoiement irisé de la soie.

— C'est pour moi ?

Une soudaine bouffée de chaleur, dans son dos… Il comprit que Damian s'était rapproché et venait de camper juste derrière lui.

— Rien que pour toi, bébé. Imagine la façon dont la soie va contraster avec la douceur dorée de ta peau.

— Que veux-tu que je fasse ?

Nick se retourna et éclata de rire en voyant la lueur malicieuse qui dansait au fond des yeux de son amant.

— Peut-être que je n'aurais pas dû demander ça comme ça…

— Oh, que si, lui assura Damian. Mais pour l'instant, saute là-dessus et prends la pose.

Nick se mit à quatre pattes sur le lit. Un éclair phosphorescent l'aveugla et il s'écria :

— Tu n'as pas *osé !*

— Si, et c'est le parfait cliché montrant tes fesses avec cette superbe ligne qui les zèbre, jubila Damian, l'air content de lui. Juste pour moi, rappelle-toi.

— Parfait. Sale pervers ! grogna Nick en rampant sur le lit.

Damian éclata de rire, soulagé que son amour ait retrouvé assez de *peps* pour le prendre aussi bien.

— Tout ce que tu voudras ! Maintenant, à plat ventre… *ouais*, comme ça. Je vais faire un ou deux tests, pour régler l'exposition.

Attrapant le Luxmètre [5], il le fit passer au-dessus de son modèle, prenant les mesures de la tête aux pieds. Il ajusta le niveau sur le bloc d'alimentation et fit un autre test.

— Très bien, reste étendu comme ça. Laisse-moi faire tout le travail.

Nick resta immobile, sentant un léger souffle sur sa peau comme Damian drapait la soie autour de lui. Sensible à la chaleur des mains qui l'effleuraient, il aurait voulu se voir à travers ses yeux.

Il savourait la caresse du tissu souple sur son dos, ses bras, et le long d'une de ses jambes, frissonnant de sensualité alors qu'il s'offrait ingénument aux regards de son amant, la marque du coup de canne complètement exposée.

— Très bien, ne bouge plus.

Damian recula, vérifia le viseur et… hoqueta de désir en découvrant le tableau à l'érotisme torride que son génie visuel venait de créer et de mettre en scène.

Ainsi qu'il l'avait prévu, la soie rouge soulignait à merveille l'éclat de la peau de Nick. Le jeu d'ombres et de lumières dissimulait le visage du jeune homme, renvoyant un soupçon de reflet sur sa luxuriante chevelure.

---

5 *Luxmètre* : C'est un capteur permettant de mesurer simplement et rapidement l'éclairement réel, et non subjectif

La soie épousait amoureusement les courbes et les vallons de ce corps svelte et délié en formant de gracieux plis – mais pas aussi gracieux que l'arrondi de cette mâle beauté tout alanguie dans son cocon amarante. Un éclat doré mettait en valeur une épaule savamment dénudée, une jambe fine et nerveuse ; éclat qui attirait l'œil vers les deux globes parfaits soulevant la soie telles des lunes jumelles dans un ciel enténébré. La ligne meurtrie laissée par la canne était subtilement ombrée afin qu'au premier coup d'œil, on n'ait d'yeux que pour le corps nu d'un magnifique jeune homme assoupi. La fine meurtrissure ajoutait une tonalité aussi inquiétante que sensuelle à la sublime composition, un soupçon de piquant. De danger.

C'était, et de loin, la photo la plus érotique que Damian ait jamais prise bien que Nick soit en grande partie drapé dans la soie. Si ce n'était la zébrure sur ses fesses, cela aurait pu être une photo grand public, pouvant s'exposer n'importe où. Naturellement, Damian n'avait pas l'intention de laisser quiconque la voir.

Damian prit la photo puis guida Nick dans toute une série de mouvements, sans parvenir à retrouver la perfection initiale de la première pose. Néanmoins, le photographe était satisfait.

— C'est bon, c'est dans la boîte !

Nick gémit, tout ensommeillé, et se blottit un peu plus dans la soie.

— Je pourrais finir par aimer ça, murmura-t-il.

— Viens, je te ramène chez toi, dit Damian en faisant courir une main légère sur les courbes parfaites de ses fesses nues.

Nick fut consterné quand son amant s'arrêta devant son immeuble, mais il ne fit aucun commentaire. Il l'embrassa, descendit, et debout sur le trottoir, regarda la voiture s'éloigner. En vérité, il ne savait plus trop ce qui se passait au juste entre eux.

SANS QUE l'un ou l'autre n'aborde le sujet, Damian avait pris l'habitude de ramener Nick chez lui les jours où il était censé travailler ses cours. Et Nick, lui, avait ses doutes… L'incident de la canne aurait-il dégoûté Damian au point qu'il ne supporte plus de voir cette zébrure sur ses fesses ? Nick se tordait le cou tous les jours pour tâcher de suivre l'évolution de l'hématome, virant du violet au jaune… Comment prévenir Damian, le jour où la marque aurait enfin disparu ? Ce jour-là, son maître accepterait-il de 'jouer' de nouveau avec lui ?

Que d'interrogations, que d'incertitudes…

Il sourit tristement en s'imaginant entrer dans le bureau de Damian et baisser son pantalon en lançant avec bravache :

Je suis comme neuf, patron ! On peut de nouveau monter en selle !

Rejoueraient-ils *jamais* ensemble ? Recoucheraient-ils ensemble ? Connaître l'étreinte de Damian, se sentir rempli jusqu'à la garde, fouaillé sans merci par la verge de son maître, revendiqué, possédé... Tout cela lui manquait cruellement. Se retrouver agenouillé, pantelant d'impatience, avide de découvrir ce que Damian allait lui faire...

Au travail, Damian se montrait prévenant et ne lui donnait jamais d'ordres, se contentant de lui présenter des requêtes...

Et Nick en était profondément déprimé.

Une fois encore, il redoutait d'avoir tout gâché sans savoir exactement ce qu'il avait fait pour mériter si cruelle déception.

— Ashley, je peux te dire un mot ?

— Eh bien, c'est pas trop tôt ! s'écria ce dernier en levant les mains au ciel en signe d'exaspération. Aurais-tu enfin repris tes esprits ?

— De quoi tu parles ?

— *Ashley Winthrop, Conseiller des Doms en Détresse*, pour vous servir, mon brave ! Je devrais faire imprimer des cartes, tiens, ajouta Ashley, impénitent, avec un sourire extatique. Qu'est-ce que tu as encore fait pour tout foutre en l'air cette fois ?

— Ce n'est pas uniquement de ma faute, se défendit Damian.

— Tu es le Dom, par conséquent, c'est *toujours* de ta faute.

Damian lui décocha un regard noir, piqué au vif par l'absolue conviction d'Ashley qui s'ingéniait à rejeter immanquablement le blâme sur lui. Même s'il avait raison.

— Disons que j'ai mal géré une scène. Et maintenant, on s'éloigne l'un de l'autre.

Avec son humour habituel et son don pour porter des jugements sagaces en un éclair, Ashley mit tout de suite le doigt sur le problème.

— Est-ce que tu veux encore jouer avec lui ?

— Oh, oui ! avoua Damian en baissant la tête d'un air misérable. Mais je ne suis pas sûr que *lui* le veuille encore, par contre. Comment pourrait-il continuer à me faire confiance...

— Il n'y a qu'une façon de le savoir, décréta Ashley avec force. C'est *toi* le Dom, et *lui* le soumis. N'oublie pas que tout ça est nouveau pour lui, il ne sait pas encore comment agir pour obtenir ce qu'il veut. C'est à *toi* de prendre l'initiative. Il ne tient qu'à toi que ça se passe bien.

— Mais j'aurais pu le blesser !

L'expression d'Ashley se radoucit et il passa un bras affectueux autour de ses épaules.

— Tu aurais pu, oui, mais tu ne l'as pas fait. Tu t'es assez contrôlé pour t'arrêter à temps.

— Je n'avais jamais autant merdé avec un soumis auparavant ! Je ne sais même pas pourquoi il m'affecte à ce point…, marmonna Damian.

— Tu ne le sais pas ?

— *Toi* si ?

— Tu l'aimes.

Damian eut une telle expression de pure terreur en entendant cela qu'Ashley éclata de rire.

— Ne me dis que ça ne t'avait pas effleuré l'esprit, tout de même ?

— Comment est-ce que *toi*, tu peux le savoir alors que je n'en suis pas sûr moi-même ?

Ashley prit le temps de peser ses mots.

— Tu connais l'expression 'qui aime bien châtie bien' ?

Damian acquiesça, en se détournant du regard perçant d'Ashley.

— Quand tu aimes quelqu'un, tu lui donnes un pouvoir sur toi. Tu as été aux commandes depuis si longtemps, tout simplement en gardant ton cœur bien enfermé, que maintenant, tu ne sais même plus quoi faire. Est-ce que Nick t'aime ?

— Je n'ai pas osé le lui demander. Il peut le croire, ajouta Damian, troublé. Mais il est trop jeune. Il ne sait pas…

Ashley leva les yeux au ciel en signe d'exaspération.

— Il est assez grand pour reconnaître un homme bon et décent quand il en croise un. Bien sûr, tu as un physique agréable, mais il est assez intelligent pour voir au-delà et apprécier les qualités réelles qui font un homme. Et étant un Dom dans ce mode de vie, si tu es bon – et tu l'es – on devient très sensible à l'autre, à son partenaire. Avec ton habileté à déchiffrer les réactions d'un soumis, tu diminues les chances que vous vous sépariez.

— Comment est-ce que tu sais tout ça ? demanda Damian, comme s'il ne demandait qu'à se laisser convaincre.

— Si Nick avait eu le moindre penchant à l'autodestruction c'est moi qu'il aurait choisi, répondit Ashley en riant. Je suis un beau diable et un Dom impatient, je n'aurais pas été un bon maître pour lui.

— Tu penses que moi, je suis bon pour lui ?

Ashley ne le montra pas, mais son cœur se serra devant le besoin désespéré de son ami d'être rassuré.

— Vous êtes faits l'un pour l'autre. Maintenant, tu n'as plus qu'à te sortir la tête du sable.

— Tu penses que je devrais dire…

— Vas-y en douceur. Laisse-lui le temps de déployer ses ailes et de se… *développer !*

Ashley rit de son petit jeu de mots sur les techniques de la photographie, même si Damian ne sembla pas le remarquer.

— Ne te contente pas de le déposer à son appartement. Invite-le donc à jouer. Je t'assure qu'il sautera sur… l'occasion.

— Merci, Ash.

Ce fut tout ce que Damian dit, mais Ashley se sentait déjà bien payé de ses peines en voyant son ami retrouver à l'instant une démarche souple et féline de prédateur, pleine d'assurance. Il se frotta les mains de satisfaction.

— *Ashley Winthrop, pourvoyeur de jouets coquins et remède infaillible aux Doms qui doutent…* Je devrais vraiment me faire imprimer de nouvelles cartes de visite, moi.

XV

CETTE NUIT-LÀ, après que Damian eut fini de sélectionner les clichés pour le catalogue, il appela dans son bureau Nick qui ne s'attendait pas à ce que quelque chose se passe entre eux – rien de plus que quelques instructions pour le lendemain.

Assis à son bureau, Damian en caressait la surface polie d'une tapette en bois qu'il maniait de ses longs doigts racés, un fin sourire malicieux sur les lèvres.

— Déshabille-toi !

Nick hoqueta, l'excitation se propageant dans ses veines à la vitesse d'une traînée de poudre. Les genoux flageolant, les mains tremblantes, il arracha ses vêtements et se mit à genoux sans même attendre qu'on lui en donne l'ordre.

— Très bien, pet, ronronna Damian en se levant. Je pense t'avoir dit que je ne permettais pas à mon soumis de chercher à me diriger. Ce soir, tu as le choix. Tu peux te rhabiller et partir, ou…

Damian fit une pause en appréciant le petit frisson qui traversait le corps de son soumis à ces mots.

— … ou tu restes et acceptes tout de ma part. Tu n'auras pas d'avertissement, et je ne te demanderai pas ta permission. Ton seul objectif sera de me faire plaisir.

Oui, Monsieur, accepta Nick avec empressement.

Il aurait détesté que Damian perçoive la moindre hésitation chez lui.

— Tu as bien compris que tu acceptes d'être sous mon entier contrôle jusqu'à ce que je déclare la scène terminée, pet ? insista Damian.

Il se réjouit à la vue de la rougeur délicate qui se propagea sur tout le corps du jeune homme ; Nick tremblait d'excitation mal contenue, tel un chiot s'apprêtant à partir en promenade.

— S'il vous plaît, Monsieur, faites ce que vous voulez, mais faites… *quelque chose*…

Damian ferma un instant les yeux de soulagement. Il avait refoulé aussi longtemps qu'il l'avait pu ses pulsions douteuses, et s'était résolu à ne plus jamais fesser Nick. Mais il ne se sentait plus la force de résister à un si séduisant soumis. Il avait commis tellement d'erreurs ce jour fatidique ; accéder à la demande de son pet de le battre à coups de canne, avoir négligé de préparer la scène pour lui, lui avoir promis trois coups et ne pas les avoir délivrés… S'il avait pu avouer à Ashley tout ce qui s'était réellement passé, son ami lui aurait retiré son statut de Dom, si une telle chose était possible.

Damian était plein de gratitude envers un tel ami ; sans son conseil, il n'aurait jamais pu revoir le somptueux tableau que lui offrait un Nick nu et agenouillé, vibrant de désir.

— Oh, je vais faire quelque chose, pet. Tout ce dont *moi,* j'ai envie !

Damian tira la chaise droite au centre de la pièce.

— Sur mes genoux, pet.

Il réprima un éclat de rire devant l'empressement avec lequel Nick se releva pour se précipiter sur ses genoux.

Et Nick grimaça quand une main ferme s'écrasa sur ses fesses. Il était complètement guéri depuis leur séance avec la canne, mais c'était comme remonter à cheval après une mauvaise chute. Toutefois, Damian ne lui laissa pas le temps de souffler ; il lui chauffa les fesses avec une succession de claques sans négliger un seul centimètre de chair frémissante.

Damian fit une pause pour caresser la peau douce qui rougissait sous ses attentions.

— Ce soir, pet, tu vas te tortiller comme un fou tellement je vais te les chauffer, tes petites fesses ! Je doute que tu sois très à l'aise pour t'asseoir demain, mais c'est ce que tu as accepté et c'est mon plaisir de te fesser autant qu'il me plaira.

Nick se dandina sur les genoux de Damian, sous la main qui le caressait, ravi de sentir un renflement caractéristique sous lui.

— Oui… Monsieur.

Damian le repoussa.

— Agenouille-toi, pet.

Nick se mit en position, frémissant d'une excitation tout juste contenue. La courte fessée n'avait fait qu'aiguiser ses appétits.

Damian lui saisit le menton, le forçant à croiser son regard.

— Lève les yeux.

Nick obéit, surpris quand Damian se mit à genoux, puis il sentit ses mains sur son sexe.

Damian se releva.

— Très bien. Baisse les yeux.

Nick obéit et découvrit un anneau pénien à la base de son membre, entourant ses testicules.

— Juste au cas où tu n'arriverais pas à te contrôler, fit Damian avec un sourire machiavélique. Debout.

Nick se leva et son maître le conduisit près du mur.

— Mains contre le mur, pieds écartés, fesses offertes, pet. Je vais me servir d'une tapette pour frapper ton joli petit derrière jusqu'à ce que tu en redemandes.

Dès qu'il fut en position, Nick sentit les mains de Damian courir sur son postérieur, s'insinuer entre ses cuisses pour se refermer sur ses testicules, les faisant rouler entre ses doigts.

— Je vais te chauffer encore un peu avant de te rafraîchir, pet. Garde les yeux face au mur.

Il attrapa la tapette et en caressa la surface polie puis se campa près du jeune homme, glissant un bras autour de sa taille élancée pour le soutenir, en regardant les globes parfaits se tendre.

— Dix pour commencer, pet. Ce petit postérieur va être d'un très beau rouge.

Nick se serait tortillé si le bras passé autour de lui ne l'en avait empêché. Il se crispa dans l'attente du premier coup. Il sursauta quand la tapette entra en contact avec le bas de son dos ; il s'était attendu à un coup brutal, mais en prélude, Damian avait eu la main légère. Plus de peur que de mal… Puis les coups allèrent crescendo, les picotements se multipliant.

Au dixième, Damian repassa la main sur les fesses fermes.

— Tu rougis joliment, pet, commenta-t-il. Dix de plus, je pense.

Nick aurait accepté n'importe quoi, pourvu que Damian touche son sexe qui se tendait dans l'anneau, implorant un peu d'attention.

Les dix coups suivants furent plus forts. Les sensations cuisantes le faisaient vibrer tout entier, et il en redemandait.

— Plus… plus… s'il vous plaît, Monsieur ! supplia Nick.

Damian sourit, ravi de la réaction de son pet, se réjouissant de chaque gémissement. Entre deux coups, il passait les doigts sur la peau surchauffée. Nick se tortillait sous le mélange de douleur et de plaisir, associé à la chaleur cuisante qui pulsait en contrepoint de son sexe encagé. Toutes ses appréhensions s'évanouirent, et il n'était plus que *sensation*. Il gémit quand Damian relâcha sa taille.

— Il est temps de te rafraîchir, pet.

Nick acquiesça, dans l'incapacité de lui demander ce qu'il voulait dire par là. Il tendit un peu plus les fesses en arrière, espérant ressentir encore cette sensation intense, mais un morceau de glace appliqué sur sa nuque puis descendant lentement le long de sa colonne vertébrale, lui coupa le souffle.

— Ton cul a l'air très chaud, pet. Et j'ai encore tellement de choses prévues pour toi ce soir.

Nick frissonna sous la morsure du glaçon le long de son dos, des gouttelettes froides glissant sur la courbe de ses côtes. Sensuellement arc-bouté, il siffla comme le glaçon oscillait à la naissance de sa raie. Du pied, Damian lui écarta les jambes afin d'ouvrir la voie à la progression de la glace entre ses fesses. Il gémit tandis que le glaçon rafraîchissait son ouverture puis ses testicules que Damian moulait légèrement en frottant le glaçon contre la peau délicate de son scrotum.

Puis il remonta pour titiller sa raie.

— Tu es si chaud, pet, tu fais même fondre la glace, le taquina Damian, amusé. Je devrais peut-être prendre un autre glaçon. Finissons quand même avec celui-là en premier.

Nick gémit en sentant le glaçon inséré dans son orifice. Et Damian gloussa en voyant son soumis se tortiller en réaction.

— Ton cul a toujours l'air aussi chaud, pet.

Le contact de la glace sur ses fesses enflammées fit sursauter Nick, avant qu'il ne soupire de soulagement. Le brasier, à l'intérieur *comme* à l'extérieur de son corps, en fut apaisé. Le contraste était vraiment revigorant.

Damian sourit tandis que Nick frissonnait.

— J'ai bien peur que tu ne sois trop rafraîchi maintenant, pet. Il est temps de mettre tes fesses en feu. Tu as eu la tapette ; tu vas avoir droit à la sangle.

— S'il vous plaît, Monsieur, supplia Nick, soudain apeuré.

— Très bien. Tu es impatient. Dix avec la sangle, pet.

Nick trembla d'appréhension, se demandant à quel point cela allait lui faire mal. Le claquement du cuir contre son postérieur fut une surprise ; il produisit un bruit plus sourd que la tapette, avec un claquement moins cuisant.

Damian fut ravi de voir Nick tendre les fesses en arrière, comme pour venir à la rencontre de chaque coup. Il continua, faisant augmenter habilement l'excitation du jeune homme, lui caressant la peau entre deux coups. Nick inclinait la tête en arrière en haletant à mesure que la tension sexuelle, la nécessité de jouir, s'enroulaient plus étroitement en lui à chaque sensation contraire. Le contraste entre plaisir et douleur excitait ses terminaisons nerveuses tandis que son sexe se tendait douloureusement. Les trois derniers coups lui valurent une sensation cuisante, avivant la brûlure causée par la tapette.

Il sentit encore vaguement Damian lui caresser la peau à vif.

— Quel dommage, dit ce dernier. Tu es de nouveau brûlant.

Nick hoqueta lorsque ses mamelons furent attaqués à leur tour, le premier durcissant instantanément sous l'application du glaçon, tandis que le second était aspiré par Damian qui le suça et le mordilla jusqu'à ce qu'il soit lui aussi douloureusement érigé.

Les mains de son Dom se promenèrent sur son corps, et Nick sentit de la glace sur son dos. Le contraste entre chaud et froid était presque trop intense pour lui.

Damian l'observait attentivement, chaque hoquet et halètement l'assurant que Nick était tourmenté presque au-delà du supportable, mais pas encore vraiment tout à fait… Le sexe en érection du jeune homme lui collait au ventre. Damian souffrait lui aussi d'une exquise souffrance, tant il était impatient de posséder son garçon jusqu'à la garde.

Se saisissant du lubrifiant, il prépara Nick. La glace avait fondu, consumée par la flamme qui brûlait en lui. Damian caressa la raie ces fesses rougies, et s'inséra dans son orifice, effleurant le siège de son plaisir simplement pour voir Nick fermer les yeux et gémir.

De l'autre main, Damian taquinait et pinçait tour à tour ses mamelons tout en poursuivant son 'monologue' sensuel d'une voix rauque :

— Tu as vraiment un beau cul, pet. Si beau et si chaud. J'adore un postérieur fraîchement fessé. Et tu sais ce que j'aime faire juste après t'avoir fessé, pet ?

— Me baiser… ! gémit Nick. Oh, s'il vous plaît… s'il vous plaît… !

— Ravi qu'on s'entende si bien !

Damian inséra un autre doigt tremblant dans l'orifice étroit de Nick, regardant la peau ridée s'étirer pour l'accueillir. Il ne pouvait se retenir plus longtemps. Retirant les doigts en espérant avoir suffisamment préparé le jeune homme, Damian l'écarta du mur.

— Mets-toi à quatre pattes, pet. Je veux ce petit cul rouge effronté tendu en l'air rien que pour moi.

Nick obéit, la tête inclinée au-dessus de ses mains, les coudes posés sur la moquette, les fesses en l'air.

— Oh, mon Dieu, oh s'il vous plaît… remplissez-moi… prenez-moi !

Se délectant de la vue magnifique de Nick en train de le supplier, les oreilles remplies des gémissements de son garçon, il se rappela juste à temps d'enfiler un préservatif, remerciant sa bonne étoile de son réflexe salutaire, et s'agenouilla derrière le beau soumis, en caressant ses fesses couleur rouge feu. N'y tenant plus, il le pénétra d'un seul élan, ravi de voir Nick se cambrer et se tendre vers lui. Il saisit les hanches minces pour s'enfoncer aussi profondément que possible dans le passage étroit.

Nick délirait de bonheur ; il adorait être à genoux tandis que Damian le remplissait, le dominait de tout son poids. Il se sentait en sécurité sitôt que son maître le pénétrait en une longue poussée, excitant le point névralgique qui lui procurait tant de satisfaction.

La chaleur et les coups de butoir de Damian contre ses fesses brûlantes avivèrent encore le feu qui couvait en lui. Il voulait que l'autre homme l'utilise pour son plaisir ; c'était si érotique d'être écartelé et empalé par son Dom. Il se balança en arrière pour aller à la rencontre de chaque poussée, s'abîmant tout en entier dans la jouissance indicible que Damian lui procurait.

Les muscles internes ondulèrent, enserrant la verge dans leur poing de velours. Damian se perdait lui aussi dans les sensations du canal étroit qui se contractait autour de lui. La chaleur et la constriction lui firent accélérer le rythme jusqu'à ce qu'il s'enfonce frénétiquement en Nick, se positionnant de façon à toucher son point secret à chaque poussée.

Nick était submergé par les sensations : la morsure aiguë des dents de Damian sur son épaule, les mains implacables qui le maintenaient en place, les doigts agrippés à ses hanches, les claques des cuisses de Damian contre les siennes… Chaque butée du sexe imposant contre son point sensible le transportait toujours plus haut, chaque nerf de son corps était en feu. Sa soumission à l'autre homme forgeait une connexion plus profonde que tout ce que Nick avait pu connaître jusque-là, et il s'y abandonnait corps et âme. Il sentit Damian tâter son aine pour lui enlever l'anneau pénien. Il avait oublié qu'il en portait un, et le soulagement instantané le fit crier.

Damian le tint serré contre lui, poussant toujours plus profondément en lui avant de jouir dans un râle. Cela suffit pour que Nick cède à son tour à la jouissance tandis que son maître s'écriait :

— Viens maintenant, *jouis avec moi !*

Nick pleura en atteignant le point culminant de son orgasme puis s'affaissa sur la moquette, le souffle coupé sous le poids mort de Damian. Sa dernière pensée cohérente avant de s'évanouir fut, *Ne me quitte pas !*

Damian haletait, conscient d'écraser Nick, mais incapable de bouger. Il avait l'impression que tous les os de son corps lui avaient été chirurgicalement retirés ; il n'avait jamais connu jouissance si sauvage de toute sa vie. Après quelques instants, il réussit à se mettre à quatre pattes, cherchant toujours son souffle.

Se moquant de lui-même, il se dirigea en chancelant dans la salle de bain, se débarrassa du préservatif, se nettoya, puis rinça son visage en sueur en examinant son reflet dans le miroir.

— Qu'est-ce que je vais faire sans lui quand il m'aura quitté ? marmonna-t-il à voix haute, avant de chasser cette terrible perspective. Tu y penseras plus tard. Pour l'instant, prends soin de lui.

Il retourna dans le bureau et fit basculer Nick sur le dos. Ses yeux, aux cils à demi baissés, étaient voilés.

— Bébé, ça va ?

— Un baiser....

Souriant, Damian se pencha pour l'embrasser tendrement.

— Tu peux te lever ? Je te ramène à la maison.

Une expression qu'il ne sut déchiffrer passa sur le visage de Nick, lui voilant de plus belle le regard.

— Oui, Monsieur.

— La scène est finie, bébé. Viens ; lève-toi.

Damian aida le jeune homme à s'asseoir, le laissant prendre appui sur lui.

— Debout maintenant.

Il se leva et tira Nick à lui, le rattrapant par la taille quand ses genoux lâchèrent.

— Désolé, murmura Nick.

Il avait une expression béate qui fit glousser Damian. Il glissa un bras sous ses genoux.

— Je crois bien que je t'ai baisé à mort, mon bébé !

Nick enroula les bras autour du cou de Damian et posa la tête sur son épaule puissante.

— *Mmm-hmm*, dit-il doucement d'une voix pâteuse.

Damian le porta dans l'atelier où il avait repoussé contre le mur le lit de leur dernière séance photo.

— Voilà, repose-toi un peu, bébé, et puis je te ramènerai chez toi.

Nick murmura indistinctement en fermant les yeux.

Damian roula sur le matelas en riant tandis que son garçon se blottissait dans ses bras.

— Nick, il faut que tu te réveilles.

— Mmm, soupira Nick en se blottissant plus près de lui.

— Oh et puis merde ! abdiqua Damian.

Ils étaient au lit, et lui aussi était fatigué. Il prit Nick dans ses bras et s'endormit à son tour.

NICK OUVRIT les yeux, un peu groggy, avant de se rappeler où il était et ce qui s'était passé la veille. Il s'étira dans un soupir en se frottant les fesses contre les draps pour savourer les courbatures persistantes.

— Hé, Ian, dit-il doucement quand le photographe lui apparut vêtu d'un jean.

Il passait une serviette dans ses cheveux mouillés.

— Va prendre une douche, pet, et rejoins-moi au bureau.

Nick se redressa, surpris par le ton autoritaire que son amant venait de prendre. C'était donc que la scène n'était pas finie ? Mal à l'aise, il se demanda ce que Damian lui réservait maintenant ; il doutait fort que son pauvre postérieur en supporte beaucoup plus aujourd'hui.

— Je t'ai donné un ordre. Tu n'as pas à réfléchir, juste à obéir.

Damian avait prit un ton doucereux qui n'augurait rien de bon ; sur ses gardes, Nick bondit hors du lit et fonça dans la salle de bain. Il prit une douche rapide et chercha ses vêtements du regard, avant de se rappeler qu'il s'était déshabillé dans le bureau la veille.

Il revint sur le seuil, cherchant de plus belle ses vêtements.

Damian montra le sol et Nick s'agenouilla avec inquiétude. Son maître se rapprocha d'une démarche féline, passant les doigts dans les boucles humides.

— Tu es très beau ce matin, pet, déclara-t-il d'une voix rauque.

Il sortit de sa poche le collier de Nick et le lui attacha autour du cou.

— Tends les mains.

Nick leva obligeamment les bras et Damian fixa à ses poignets des menottes faites du même cuir rouge que son collier.

— Lève-toi.

Nick se remit sur pied en le regardant lui passer des menottes aux chevilles.

— Si beau, répéta Damian, en faisant glisser un doigt de sa clavicule à sa gorge où reposait le collier. Aujourd'hui, j'ai décidé de profiter de ta soumission toute la journée. Tu resteras nu et à genoux en ma présence tant que je ne te donnerai pas d'autres ordres.

Il désigna derechef le sol d'un index impérieux et Nick se remit à genoux, mal à l'aise de ne porter que son collier et des menottes en plein jour alors que son maître était habillé. Et si quelqu'un entrait ?

Damian fit le tour de son bureau et s'assit, puis sortit quelques papiers. Il travailla consciencieusement, levant les yeux de temps à autre pour admirer de tout son soûl le magnifique jeune homme. Après une heure, il reprit :

— Va faire du café, pet.

Nick fonça dans la cuisine.

Il se blottit dans un coin en entendant frapper à la porte d'entrée. Damian ne voulait sûrement pas qu'on voie son pet comme ça ! Il soupira de soulagement quand il vit son maître réapparaître, seul, sur le seuil en tenant un carton plat.

— Assieds-toi, pet. J'ai commandé le petit déjeuner.

Nick servit le café et s'assit à côté de Damian pour manger avec lui, en silence.

— Nettoie la cuisine et viens me rejoindre au bureau lorsque tu auras fini, déclara Damian quand il eut terminé.

Nick grogna intérieurement. Il se remémora le jour où Damian lui avait ordonné de faire ses devoirs, harnaché de la cage de chasteté, en lui précisant que son obéissance pouvait consister à faire la vaisselle. *Au moins, je ne porte pas cette foutue cage*, soupira Nick en son for intérieur. Il dut se faire une douce violence pour tâcher de contrôler son sexe indiscipliné qui persistait à bander rien que d'y repenser.

Damian gloussa devant l'expression déconfite de Nick qui revenait se remettre à genoux devant son bureau. Il était tout à fait normal qu'il ait un peu de mal, au début, avec les aspects moins sexuels de la soumission. On ne lui avait jamais demandé d'obéir pendant une si longue période, et Damian s'amusait de le voir se tortiller.

Il rejoignit son soumis agenouillé et caressa les deux mamelons alléchants, les pinçant en position érectile ; Nick en eut le souffle coupé.

Damian alla chercher un coussin, qu'il déposa près de lui.

Le jeune homme poussa un petit soupir de soulagement ; même avec la moquette, la position devenait douloureuse pour ses genoux après un certain laps de temps. Il sursauta comme Damian passait la main sur son postérieur.

— Encore un peu rose et chaud. Estime-toi heureux que je ne te fasse pas t'asseoir sur les fesses toute la journée, pet, gloussa Damian.

— Merci, Monsieur.

Damian sourit, charmé par les velléités de rébellion qu'il entendait percer dans la voix de son soumis.

— Que fais-tu à genoux, nu, portant mon collier et mes menottes, pet ?

Nick ouvrit la bouche et… réfléchit avant de répondre.

— Je vous sers, Monsieur ?

— *Très* bien, pet.

Après une dernière caresse sur ses boucles brillantes, Damian retourna à son bureau, paraissant oublier jusqu'à la présence de Nick.

L'ESPRIT DE Nick battait la campagne, oscillant entre la colère, l'inconfort, la gêne, et finalement l'acceptation. Il se rendit compte que lorsqu'il cessait de combattre son désir de se soumettre, il se sentait beaucoup plus à l'aise. Il atteignit presque un état transcendantal quand il concentra son attention sur Damian, étudiant le beau visage à la sauvage beauté et la plastique des plus avantageuses.

La fierté et l'admiration qui brillaient dans les yeux d'un bleu profond l'aidèrent à se réconcilier avec sa position humiliante. Et le bureau était suffisamment chauffé pour qu'il soit à l'aise.

Le photographe perçut le relâchement de la tension qui habitait le corps de Nick au moment où celui-ci acceptait enfin le fait qu'il lui appartenait corps et âme pour la journée. Il respirait plus facilement et ses muscles s'étaient détendus.

Damian se leva et lui tapota la tête, sentant le jeune homme reporter le poids de son corps sur sa jambe.

— Très bien, pet. Tu commences à comprendre. Chasse toutes tes préoccupations et remets-t'en à moi.

Il se pencha pour effleurer la face intérieure de sa cuisse, et vit le sexe de son soumis frémir sous la caresse.

— Prends le coussin et assieds-toi sur cette chaise. Je t'y autorise.

Nick se releva en tremblant, reconnaissant que Damian, d'une main sur son bras, l'aide à se remettre sur pied. Les genoux et le derrière ankylosés à force de maintenir la position, il s'effondra sur la chaise et croisa pudiquement les jambes.

— Non, pet. Écarte-les. Je veux tout voir.

Une rougeur se propagea sur le visage de Nick. Ce n'était pas comme si Damian ne l'avait jamais vu nu auparavant, et dans des positions beaucoup plus embarrassantes, mais qu'on lui dise de s'ouvrir complètement pour que tout soit exposé au regard son maître accentuait simplement sa soumission.

Il réalisa que c'était exactement ce que voulait Damian. Et c'était difficile pour lui, mais il le fit.

— Très joli, pet, le complimenta Damian, et Nick s'arqua imperceptiblement, fier de lui faire plaisir.

Cela dit, la journée promettait d'être très longue pour lui.

APRÈS UN délicieux après-midi passé à tourmenter son pet avec des caresses aléatoires et des claques occasionnelles, Damian boucla son travail et constata avec surprise qu'il avait accompli davantage qu'il ne l'aurait espéré.

— Eh bien, pet…, dit-il d'une voix traînante. Aujourd'hui aura été un vrai plaisir pour moi. Et ce soir, j'ai un cadeau pour toi. Habille-toi. Garde le collier et les menottes.

Nick frissonna d'anxiété, se demandant ce que Damian allait bien pouvoir exiger encore de lui.

— Oui, Monsieur, dit-il doucement.

Il se leva pour prendre le tas de vêtements que Damian avait posé sur le bureau. Il interrogea son maître du regard.

— Je suis censé porter ça ?

— *Monsieur*, lui rappela fermement Damian.

— *Monsieur*, je suis censé porter ça ? répéta Nick.

Il n'avait vraiment pas envie d'aller où que ce soit habillé comme ça. Avec le collier et les menottes, par-dessus le marché !

— Oui, pet. Et pourquoi ça, d'après toi ?

— Parce que vous le dites, Monsieur, répondit Nick, résigné.

— Habille-toi.

Nick tira sur le pantalon en cuir rouge foncé avec lequel il avait posé pour le catalogue. Il avait oublié combien il était moulant et tombait bas sur les hanches. Il boutonna la fine chemise blanche en soie qui montait au ras du cou, se remémorant le jour où, au restaurant, Damian lui avait fait porter le collier sous sa chemise. Il glissait les pans de chemise sous la taille de son pantalon moulant quand Damian se rapprocha de lui.

— Non, pet, le gronda-t-il. Pas comme ça.

Damian ressortit la chemise pour qu'elle flotte librement au-dessus du pantalon et la déboutonna presque entièrement, exposant le collier et le tendre torse doré. Il laissa deux boutons fermés juste au niveau de la taille. Nick s'abstint de baisser les yeux, de peur de constater que la ligne foncée de ses poils était visible. Puis Damian lui retroussa les manches, exposant les menottes qui encerclaient ses poignets.

— Tu es si beau, ronronna-t-il, en caressant son torse dénudé du plat de la main.

Il glissa les doigts sous la chemise et lui pinça un mamelon, puis l'autre, lissant la soie contre les deux pointes érigées.

— Superbe. Je serais presque tenté d'ajouter des bijoux, mais pas ce soir.

Nick laissa échapper un souffle irrité. Damian gloussa. Et le fit pivoter afin de flatter le pantalon étroit qui moulait les courbes appétissantes de ses fesses.

— Les bottes, pet. Attends-moi ici, ordonna-t-il avant de disparaître.

Nick s'assit pour enfiler les bottes. Le cuir était assez souple pour s'adapter aux menottes des chevilles, les serrant de sorte qu'il les sente à chaque pas qu'il faisait.

Il hoqueta d'admiration quand Damian réapparut sur le seuil. Il portait un pantalon en cuir noir et un tee-shirt assorti qui moulait son buste taillé en V, mettant en valeur sa toison. Le cuir foncé soulignait à merveille sa virilité naturelle, et Nick sentit aussitôt son sexe gonfler de désir, piégé comme il l'était dans le pantalon serré. Une sangle pendait de la ceinture de Damian, qui tenait une laisse dans ses mains gantées. Nick déglutit d'appréhension *et* d'excitation ; il voulait sentir ces mains gantées sur son corps, glissant sur sa peau, le penchant, le fessant… Tout en étant terrifié à l'idée que Damian ose le traîner en public au bout d'une laisse.

Il envisagea de prononcer un des ses mots d'alerte, mais hésita. Désirait-il vraiment que tout s'arrête là, tout de suite ?

Comme s'il lisait dans ses pensées, Damian s'approcha en laissant la laisse glisser entre ses doigts gantés.

— Tes mots d'alerte, pet ?

— *Jaune* pour ralentir, *Londres* pour arrêter.

Damian accrocha la laisse à l'anneau du collier de Nick.

— Suis-moi, pet.

Nick hésita, tirant sur la laisse.

— Où… où allons nous… *Monsieur ?*

— Tu le découvriras en temps et en heure, pet. Je crois que je t'ai donné un ordre, ajouta Damian avec une légère menace dans la voix.

Nick le suivit en priant que les autres locataires de l'immeuble ne le voient pas ainsi. Il fut soulagé quand personne ne monta dans l'ascenseur avec eux. Damian appuya sur le bouton du sous-sol, l'entraînant dans le parking souterrain.

Il y avait quelques voitures garées ; d'un regard nerveux à la ronde, Nick s'assura que les lieux étaient déserts.

— Monsieur ?

Damian ne répondit pas, se contentant de l'entraîner vers sa voiture.

— Monsieur ?

— Chut. Pas de questions, pet.

Damian le poussa contre le capot. Mal à l'aise, Nick était très conscient que ses fesses présentaient une cible tentante pour son Dom, et il espéra que Damian n'avait pas l'intention de le fesser dans le garage. Il ferma les yeux, imaginant déjà combien chaque claque résonnerait entre les murs de béton. Si un des résidents de l'immeuble descendait au parking maintenant, il ne pourrait pas rater la scène.

À son immense soulagement, Damian ouvrit la portière côté passager et tira sur sa laisse.

— Allez, pet. Monte.

Nick obéit, bouclant sa ceinture de sécurité avec des mains tremblantes. La nuit, même si d'éventuels observateurs se penchaient pour regarder à l'intérieur de l'habitacle, ils ne se rendraient probablement pas compte que le jeune passager portait un collier et une laisse.

Damian s'installa au volant, démarra, et sortit du parking.

— Nous allons au club de Crispin ce soir, pet ; il nous a invités. J'ai décidé que tu devais avoir un aperçu de la façon dont les autres jouent, dans le cadre de ton éducation.

Nick s'affola aussitôt, terrifié à l'idée que Damian lui ordonne de se déshabiller ou même le punisse devant d'autres. Il haleta, à court d'oxygène, incapable même de prononcer ses mots d'alerte.

Damian freina et se gara, lui posant une main réconfortante sur la cuisse.

— Respire profondément, pet. Respire pour moi. Et dis-moi ce qui a provoqué cet accès de panique !

Nick déglutit, essayant de se calmer. C'était Damian, se rappela-t-il, celui qu'il avait réussi à arrêter dans son élan d'un simple mot d'alerte.

— Vous n'allez pas… pas me… me fesser devant… devant… !

Damian se pencha et le prit dans ses bras.

— Bien sûr que non, mon bébé. Je ne t'imposerai pas cette épreuve. Je veux juste que tu expérimentes un autre aspect de ce mode de vie pour voir si ça te plaît. Tu resteras habillé, et je ne te fesserai devant personne.

— Merci, répondit Nick d'une voix faible, en s'affaissant de soulagement dans les bras de son maître.

—Tu crois peut-être que je n'avais pas remarqué à quel point tu détestes ce genre d'exhibition ? murmura Damian. Je voudrais juste que tu voies dans quoi tu t'engages, Nick, pas te rendre malheureux. Ne t'inquiète pas. Rappelle-toi, c'est toi qui as le contrôle. Tu peux m'arrêter d'un seul mot.

Nick acquiesça, retrouvant une respiration normale.

— Merci Damian.

— Fais-moi juste savoir quand tu voudras partir, et on s'en ira immédiatement, lui promit Damian. Tu crois que tu peux faire ça ?

— Ouais, dit Nick en hochant la tête. Finissons-en.

Damian se mit à rire.

— Ça ne sera pas si terrible. Tu verras. Tu pourrais même vouloir retourner au club de temps à autre. Bon, maintenant, n'oublie plus de m'appeler *Monsieur*.

— Oui, Monsieur, répondit Nick, encore sous l'effet d'un immense soulagement.

— C'est bien, pet.

APRÈS QUE Damian eut garé la voiture, Nick réalisa qu'il allait devoir marcher jusqu'au club. Avec un collier et une laisse. Une laisse très visible. Les liens d'argent brillaient comme autant de diamants sous la lumière des réverbères.

— Mal à l'aise, pet ?

Nick hocha la tête sans se retourner, mais son maître lui saisit le menton, le forçant à croiser son regard.

— Ce collier est ma protection là-dedans, pet. Tu comprends ?

Nick baissa les yeux sans mot dire.

Damian soupira.

— Je ne fais pas ça pour te contrarier. Tu es un très beau jeune homme, Nick, et un soumis. Si je te laisse entrer là-dedans tout seul, sans signe d'appartenance, tu risques de ne pas aimer ce qui se passera Tu ne seras pas blessé, mais tu pourrais avoir à repousser quantité d'admirateurs *persistants*. Je ne te mettrai pas dans cette position, tu comprends ? De cette façon, les autres Doms sauront que tu m'appartiens, et tu seras en sécurité.

— Oui, Monsieur, répondit calmement Nick.

Damian était frustré ; la connexion qu'ils avaient alors qu'ils baisaient semblait disparaître quand Nick, mal à l'aise, redevenait muet.

— Parle-moi, mon bébé.

Le terme affectueux sembla marquer une rupture dans la scène, aux yeux de Nick, et il fut plus à même d'exprimer ce qu'il ressentait.

— Est-ce qu'on ne pourrait pas juste rentrer à la maison ?

— On ne restera pas longtemps, bébé, mais Crispin nous a invités et Ashley sera là avec Derek. Je leur ai dit que tu viendrais avec moi. J'aimerais qu'on rentre les saluer. Peux-tu au moins faire ça pour moi ?

— Oui, Monsieur, répondit Nick tristement.

— Tu es un bon garçon. Allez, viens.

Damian sortit de la voiture, se résignant à traîner un soumis boudeur dans le club, mais, quelle que soit son attitude, Nick attirerait l'attention et susciterait l'envie de beaucoup de Doms. Non que le jeune homme ait le moindre désir d'attiser les convoitises – cela aussi, Damian en avait particulièrement conscience. Le malaise de Nick le préoccupait.

Peu désireux de l'exposer aux regards des curieux quand les passants apercevraient la laisse, il fit presser le pas à son soumis.

Il ouvrit la porte et l'agent de sécurité le reconnut, le laissant passer avec un respectueux :

— Bonsoir, M. Wolfe. C'est un plaisir de vous revoir.

Damian hocha la tête et fit une pause pour laisser à Nick le loisir de découvrir les lieux. Des scènes perverses se déroulaient dans des salons privés au fond de la salle ; il n'y avait donc pas de balancelles, ni d'esclaves baisés des deux côtés, et les stocks de jouets sexuels n'étaient pas visibles.

211

Cependant, deux Doms semblaient se livrer à une sorte de compétition, leurs soumis penchés sur des tables et recevant un nombre déterminé de coups avec l'instrument de prédilection de leurs maîtres respectifs. Chaque Dom fouettait le soumis de l'autre, l'idée étant de voir quel soumis crierait grâce le premier.

Quelques hommes recevaient une fellation discrète dans des cabines sombres et des soumis non-revendiqués se tenaient debout ou à genoux contre le mur, avec l'espoir qu'ils auraient de la chance ce soir-là.

Nick parut choqué et un peu effrayé.

— Tu m'appartiens, pet, souffla Damian à son oreille. Personne ne te fera quoi que ce soit.

— Merci, Monsieur, chuchota Nick.

— Quand on arrivera à la table de notre hôte, tiens-toi debout derrière ma chaise, à moins que je ne te dise de t'asseoir, d'accord ?

Nick hocha la tête et fit à Damian un sourire mal assuré. Sa mine s'éclaira cependant quand il vit Ashley et Crispin attablés. Crispin aussi était tout de cuir vêtu mais, contrairement à Damian, d'une teinte fauve qui correspondait mieux à son teint. Ashley portait du cuir bleu foncé, parfaitement adapté pour lui.

Damian faillit éclater de rire en voyant la tête que fit Nick en avisant Derek. Agenouillé près d'Ashley, le jeune soumis portait un collier et une laisse comme Nick, et il était sanglé dans un harnais de cuir. Il avait un pantalon en cuir et une chemise déboutonnée, comme Nick là aussi, et il lui sourit joyeusement quand il le vit arriver.

Ashley baissa les yeux et caressa les cheveux de Derek.

— Tu peux lui dire bonjour, chiot.

À cet instant, Nick fut immensément reconnaissant à Damian de l'appeler 'pet' plutôt que 'chiot'. Être constamment traité de 'chiot' l'aurait rendu malade, mais Derek, lui, semblait très à l'aise, et d'humeur volubile maintenant que son maître lui avait donné la permission de saluer son ami.

— Hé, Nick, c'est pas cool ? Je ne savais même pas que ce club existait, et pourtant je passe devant tous les jours pour aller travailler. C'est excitant, non ?

Malgré toutes ses protestations, Derek semblait avoir adopté ce nouveau mode de vie avec un enthousiasme joyeux que Nick lui enviait.

Nick jeta un coup d'œil à Damian, presque soulagé qu'il lui refuse la permission de parler d'un léger signe de tête. Il se campa derrière sa chaise, très conscient de la laisse qui oscillait entre son collier et la main de son maître.

Ashley sourit à Nick sans lui adresser la parole, ni cesser de caresser la tête de Derek. Ce fut Crispin qui l'examina avec attention, souriant à son tour de voir Nick tellement embarrassé par son regard scrutateur.

— Vous avez beaucoup de chance, Damian. Je ne me rappelle pas avoir vu un soumis plus beau que celui-là. Le collier et les menottes accroissent véritablement sa désirabilité. C'est une bonne chose que vous lui ayez mis une laisse ; il aurait suscité bien des convoitises s'il était venu ici sans collier.

Damian rit de bon cœur.

— Merci, Crispin. Je me sens très chanceux.

— Je sais que c'est la première fois pour votre garçon ; mon esclave va aller nous chercher des boissons.

Crispin claqua des doigts, et Eddy s'agenouilla. Nick ne l'avait pas vu, car il était prosterné sur le sol sombre du club.

Il pâlit en découvrant son accoutrement ; le torse musclé était pleinement mis en valeur vu qu'Eddy ne portait pas grand-chose. Des pinces à seins étaient reliées à son large collier clouté ainsi qu'à une ceinture en cuir bouclée à la taille par des chaînes. Son anneau pénien était également relié aux pinces par des chaînes et il avait le sexe violacé. Les chaînes s'enroulaient entre ses jambes et Nick supposa que son maître lui avait inséré un godemiché dans le rectum.

Crispin lui ordonna d'aller chercher cinq bières au comptoir, et Eddy hocha la tête, incapable de parler à cause du bâillon-boule qu'il avait dans la bouche.

Quand il se remit sur pied, Nick vit qu'il avait les mains attachées dans le dos, et qu'il était effectivement empalé sur un large godemiché. Des poids se balançaient entre ses jambes ; choqué, Nick réalisa qu'ils étaient en quelque sorte attachés à ses testicules. Quelque peu nauséeux, il décida qu'il ne tenait décidément pas à savoir *par quel moyen*.

Eddy était bien marqué, les lignes rouges s'entrecroisant sur ses globes musclés. Malgré cela, il avait l'air serein, en paix avec le monde entier – un peu comme s'il était drogué. Il se dirigea vers le bar. Nick se demanda comment il allait bien pouvoir passer la commande avec ce truc dans sa bouche, et tout rapporter ensuite avec les mains liées dans le dos.

— Les yeux baissés, pet, lui rappela Damian, et Nick obtempéra avec soulagement, ne voulant rien voir de plus.

Un serveur se présenta avec un plateau, et déposa les chopes de bière sur la table pendant qu'Eddy s'agenouillait de nouveau derrière la chaise de Crispin.

Ce dernier était encore en train de l'examiner ; bien qu'il trouvât que ses vêtements l'exposaient de manière provocante, Nick réalisa que sa tenue était en fait fort modeste comparée à celle des membres du club.

— Vous l'avez déjà échangé ? demanda Crispin avec désinvolture.

Nick espéra désespérément que ce commentaire ne voulait pas dire ce qu'il s'imaginait. Se soumettre à Damian était une chose ; il n'aurait jamais envisagé que sa soumission puisse l'inciter à l'offrir à d'autres.

Il jeta un regard suppliant à son maître, s'attirant une petite claque pour la peine.

— Les yeux baissés. Et tu ferais mieux de t'agenouiller, pet, persifla Damian entre ses dents.

Yeux baissés, souffle heurté, Nick se laissa tomber au sol.

Ashley prit la parole.

— J'ai bien peur que Nick soit le soumis d'un seul homme. Il appartient seulement à Damian, et il ne pourrait obéir à un autre que lui.

— Il pourrait être brisé, argumenta Crispin. Mais je ne suis pas surpris que vous refusiez de l'échanger. Il n'a pas son pareil. Dites-moi, tout son corps est-il aussi magnifique que ce qu'on en aperçoit ? Est-il aussi beau quand il se soumet ?

— Est-ce qu'Eddy l'est ? rétorqua Damian.

— Comme vous pouvez le voir, dit Crispin en haussant les épaules. Eddy n'est jamais plus beau que lorsqu'il souffre. Lève-toi. N'est-ce pas, esclave ?

Il tira sur les chaînettes des mamelons d'Eddy, qui gémit en fermant les yeux.

Crispin sembla y voir un acquiescement. Derek se recroquevilla derrière Ashley, anxieux de ne surtout pas attirer l'attention de l'autre Dom.

Nick avait envie de pleurer, mais pas question de faire honte à Damian de cette façon. Luttant, il cligna des yeux rapidement en fixant le sol.

Damian déchiffra le malaise aigu qui transparaissait sur son visage.

— Il est intelligent aussi, dit-il à Crispin. Quelle est la ville la plus peuplée dans l'Union Européenne, pet ?

Nick leva les yeux, croisant le regard de Damian.

— *Londres*, Monsieur.

Damian acquiesça.

— Vous voudrez bien nous excuser, Crispin, et merci pour l'invitation. Nous avions oublié une affaire à régler.

Crispin gloussa.

— Ne soyez pas trop dur envers lui, Damian.

Ce dernier se contenta de sourire poliment et imprima une légère saccade à la laisse ; Nick se releva avec grâce.

— Tu es sûr ? chuchota-t-il.

— Oui, *s'il vous plaît*, monsieur, répondit Nick.

Rien qu'à son ton, Damian comprit qu'il était au bord des larmes.

Nick s'efforçait de garder une mine impassible en fixant le sol, effrayé à l'idée de croiser le regard d'un tiers. Il se colla tout contre Damian en sentant une main insolente lui effleurer les fesses.

D'habitude, cela lui aurait valu au moins un reproche, si ce n'est une claque, mais Damian se contenta d'accélérer, en débouchant à l'air libre.

Nick marchait sur ses pas, malheureux. Il entra en collision avec lui quand Damian pila sans qu'il s'en rende compte.

— Désolé, Monsieur, marmonna-t-il.

— Nicky. Regarde-moi. La scène est finie.

Nick releva les yeux, en tâchant de ravaler ses larmes.

— Je suis désolé, je suis désolé ! Je sais que tu voulais… tu étais bien là… j'ai tout gâché…, balbutia-t-il.

Damian leva la main pour essuyer les larmes sur sa joue.

— Le but de tout ça est que nous appréciions ce que nous faisons. Je ne peux pas avoir de plaisir si je sais que tu es malheureux, dit-il en se sentant presque impuissant. Je veux que tu sois heureux.

Nick renifla en espérant que son nez ne coulait pas.

— Tiens. Mouche-toi, dit Damian en lui tendant un mouchoir.

Nick obéit et se recroquevilla dans l'ombre tandis qu'un couple passait par là, son attention attirée par le scintillement de la laisse que Damian tenait toujours en main.

— Je suppose que tu n'es vraiment pas un exhibitionniste, commenta Damian en détachant la laisse et en l'enroulant pour la glisser dans sa poche.

Il fit mine de lui enlever le collier, mais Nick l'arrêta d'une main hésitante.

— S'il vous plaît, Monsieur, laissez-le en place, l'implora le jeune homme.

— Rien ne t'y oblige, tu sais. Ce n'est pas une honte de ne pas aimer quelque chose. Nous avons essayé, et nous savons maintenant que le club n'est pas pour toi, dit Damian d'une voix rassurante. Tu n'as pas besoin du collier ici.

— Je l'aime bien, Monsieur. Il me fait sentir que je vous appartiens, avoua timidement Nick.

— Tu m'appartiens, que tu portes ou non mon collier, Nick, répondit Damian en l'attirant dans ses bras dans une étreinte féroce.

Il était incapable de supporter plus longtemps la détresse de son amant.

— Merci.

Non sans hésiter, Nick répondit à son étreinte, l'enlaçant à son tour.

Tournant la tête, Damian lui donna le plus doux, le plus tendre des baisers qu'il lui ait jamais donnés.

— Tu trembles, bébé. Tu veux que je te ramène à la maison ?

Nick secoua la tête, mais son regard était dans l'ombre et Damian ne put y lire le désir comme il l'avait fait si souvent.

— Non, je veux que vous... vous m'emmeniez... me mettiez dans votre lit... et... et... haleta Nick, comme s'il était effrayé par sa propre audace. Faites-moi l'amour, Monsieur, supplia-t-il, plein d'espoir.

Damian le serra sur son cœur. Il était *terriblement* heureux ; Nick voulait *plus* que sa domination ; il voulait *son amour*.

— Est-ce que tu m'aimes, Nick ? demanda-t-il d'un ton dur.

— Oui, oh oui ! s'écria le jeune homme, le souffle court.

Damian l'attira sous un réverbère pour scruter son visage.

— Regarde-moi bien, Nick. Je suis plus âgé que toi, et tu as encore toute la vie devant toi. J'ai des rides, et des maux qui me tourmentent. Quelquefois, je ne suis capable de jouir qu'une seule fois par nuit. Je ne serai peut-être pas en mesure de te satisfaire éternellement sur le plan sexuel. Et je suis une vieille buse perverse ! Te plaquer sur mes genoux et te 'chauffer les fesses' me fera toujours bander. Je ne peux pas te promettre de vouloir arrêter un jour de te fesser.

— Tu n'es pas vieux ! se récria Nick, indigné. Et je ne suis pas si jeune que ça. Tu es beau à mes yeux, et ma hanche me fait parfois souffrir. Tu n'es peut-être en mesure de jouir qu'une fois par nuit, mais tu sais faire durer le plaisir, pas moi. Tu prends soin de moi. Et j'aime quand tu me 'chauffes les fesses'. Je ne veux pas que tu t'arrêtes.

— Tu sais dans quoi tu t'engages, pas vrai, bébé ? demanda anxieusement Damian. Je suis d'accord pour jouer, mais quand je donne mon cœur, c'est pour toujours. Si tu l'acceptes, tu seras à moi jusqu'à ce

216

que la mort nous sépare. Nul autre que moi ne verra ces fesses, tu peux me croire.

— Je sais dans quoi je m'engage, Damian, l'assura Nick les yeux brillants. Je ne veux pas que quelqu'un d'autre voie mes fesses Et tu m'appartiens autant que je t'appartiens, termina-t-il fièrement.

— C'est vrai, admit Damian. Je suis la triste coquille d'un homme, Nicky. C'est ce que tu as fait de moi. Battu à mon propre jeu. J'ai bien peur de ne plus pouvoir me passer de toi.

— Je t'aime, Ian, dit courageusement Nick.

Damian secoua la tête avec une feinte tristesse.

— Ashley avait raison. C'est le Dom qui est l'esclave dans l'histoire.

Plein d'assurance, Nick éclata de rire.

— Ouais, c'est ça. Ramène-moi à la maison, esclave ! badina-t-il.

— Je vais te ramener et te baiser à te faire hurler, lui promit Damian.

— Non, fais-moi juste l'amour, répondit Nick en lui touchant doucement le visage.

— Avec grand plaisir, sourit Damian, ravi de le voir de nouveau heureux et plein d'espoir après l'expression malheureuse qu'il avait eue au club. Promets-moi que tu n'accepteras pas de faire quelque chose r en que pour me faire plaisir.

— Je le promets, Monsieur, jura solennellement Nick.

— Je t'aime, Nicky, plus que je ne saurais le dire, dit-il en le serrant un peu plus fort sur son cœur.

— Je t'aime aussi, Damian, répondit Nick en souriant.

— Rentrons à la maison, mon bébé.

ÉPILOGUE

DAMIAN DÉVERROUILLA la porte et fit entrer Nick, qu'il plaqua aussitôt contre elle, attaquant fougueusement ses lèvres comme s'ils ne s'étaient jamais embrassés auparavant.

Nick batailla pour dominer Damian, exigeant sa part avec avidité.

Damian l'agrippa par les cheveux, rompant leur baiser afin de croiser ses beaux yeux sombres.

— En dépit de tout ça, tu m'aimes quand même ?

— Et toi, est-ce que tu m'aimes ? riposta Nick avec audace.

— Je t'ai aimé à la seconde même où mes yeux se sont posés sur toi. Je ne faisais que me mentir à moi-même, admit Damian. J'ai tellement envie de toi…

— Prends-moi ! s'écria Nick. Je suis tout à toi.

— Pas ici. Dans notre lit.

Damian l'entraîna rapidement à l'étage, sans même allumer, jusqu'à ce qu'ils arrivent dans la chambre. Il relâcha Nick juste le temps d'allumer des bougies.

Il se retourna alors vers son amant, le soulevant de ses mains en coupe sur ses fesses. Nick enroula les jambes autour de sa taille et l'embrassa, tandis que Damian le portait vers le lit.

Il gloussa quand son amant le jeta sur le matelas, le faisant presque rebondir de l'autre côté.

— Pas question de laisser mon soumis glousser ! dit Damian avec une feinte sévérité. Il va falloir que je te donne une leçon.

— Oui, donne-moi une leçon, maître, répondit Nick, tremblant de désir.

Il ouvrit les bras ; Damian se pencha pour l'embrasser sauvagement.

L'agrippant derrière le genou, son maître l'attira au bord du matelas, les fesses quasiment dans le vide. Il ouvrit le pantalon en cuir qu'il fit glisser le long des jambes minces. Nick l'aida de son mieux à faire passer son pantalon par-dessus ses bottes. Avec un cri de triomphe, Damian s'en débarrassa enfin.

Il arracha la chemise sans se soucier de 'subtilités' comme des boutons, et se pencha pour revendiquer chaque mamelon tentateur, mordillant et agaçant la chair tendre jusqu'à ce que son amant le supplie en se convulsant de désir.

Damian le relâcha pour se dénuder à son tour en grognant.

— C'est pour ça que je déteste porter du cuir. C'est vachement collant, surtout quand on meurt d'envie d'être nu ! Occupe-toi du matériel !

Nick gloussa de plaisir en voyant son amant sautiller à cloche-pied, une jambe en sueur coincée dans son pantalon jusqu'à ce que la force brute l'emporte. Nick lui tendit le lubrifiant et leurs doigts se touchèrent.

Leurs yeux se croisèrent, et le sourire mourut sur les lèvres de Nick face à l'intensité du regard que lui lançait Damian.

— Je t'aimerai toujours, Nicholas.

— Je t'aimerai toujours, Damian. Je t'ai toujours aimé.

Damian hissa sur son épaule une des cuisses fuselées de son amant et Nick laissa retomber l'autre en s'offrant complètement au regard du photographe.

— Si beau, et tout à moi... À moi pour toujours, murmura Damian, se délectant de ce corps doré qui reposait là, attendant qu'il le revendique.

Il s'humidifia les doigts, étonné de constater qu'il tremblait comme si c'était sa première fois avec Nick.

Il fit jouer ses doigts à l'entrée du jeune homme, l'étirant doucement, bien qu'il tremble de l'ardent désir d'enfoncer son sexe au plus profond de son amant. Retirant les doigts, il posa le genou droit près de Nick, jambe gauche en appui au sol pour faire levier. Il se pencha et fit glisser avec précaution sa verge dans la gaine veloutée à l'exquise chaleur. Nick souleva les fesses à la rencontre de son tendre envahisseur, faisant courir les mains sur les bras de Damian. Il rivait sur l'homme qui était en train de le prendre de grands yeux où ne brillait nulle appréhension.

Damian s'émerveilla que Nick ne dissimule rien de ce qu'il pouvait ressentir durant leurs rapports sexuels, ses yeux étant comme les miroirs de ses sentiments. L'immense confiance que le jeune homme lui témoignait ne pouvait que le troubler ; Nick lui offrait toute liberté de jouir de son corps à sa guise en le laissant exercer pleinement sa domination sur lui – et ce n'était jamais aussi vrai que lorsqu'ils faisaient l'amour. Ce soir cependant, il désirait donner à Nick un plaisir différent, afin de l'assurer qu'ils trouveraient toujours mille et une façons de faire l'amour.

Damian se retira pour mieux plonger encore en son amant, touchant son point névralgique et Nick s'arc-bouta tout entier dans un râle de plaisir. Damian dévia légèrement le mouvement de rotation de ses hanches, caressant chaque centimètre des parois veloutées, stimulant chaque point sensible.

Nick était au paradis ; la jambe enroulée autour de la taille de Damian, il le talonnait pour l'inciter à le posséder plus profondément encore. Il fit de nouveau courir ses mains sur les bras de Damian, sentant ses muscles se contracter et se détendre au gré de ses coups de reins.

Il ne s'était jamais senti aussi *rempli*, aussi *revendiqué*.

— Caresse-toi, mon bébé. Touche-toi pour moi.

Nick suivit le regard de son amant qui l'observait avidement en train de se masturber en rythme avec ses poussées. Les yeux de Damian volaient de la main de Nick à son visage tandis qu'il approchait du point de non-retour.

Nick cria quand Damian changea brusquement de rythme, frottant avec force le siège de son plaisir. Arc-bouté, paupières closes, de longues giclées nacrées de sperme l'éclaboussèrent au ventre et au torse.

La vue du jeune homme en extase et celle de son orifice contracté sur son membre précipitèrent Damian dans une frénésie de luxure. Muscles tétanisés, il plongea en lui avec une force accrue en jouissant à son tour.

— Je t'aime ! cria-t-il, galvanisé par la jouissance.

Puis, peu à peu, il se détendit.

Nick fit lentement glisser sa jambe de l'épaule de Damian, lui enserrant la taille de ses cuisses. Pour la première fois, il sentit le feu du sperme de son amant le remplir.

— Viens ici, dit-il doucement en ouvrant les bras.

— J'ai oublié le préservatif, grogna Damian en s'affaissant sur le corps svelte de son amant.

— Ce n'est pas grave, le rassura Nick. Dès le début, je voulais te sentir jouir en moi. Et je ne baiserai jamais avec quelqu'un d'autre, alors c'est bon.

— Je t'aime, mon bébé, murmura Damian.

Il s'endormit dans le confort des bras de Nick.

Le jeune homme resta éveillé, des larmes coulant de ses yeux pour aller se perdre dans ses cheveux. Il n'avait jamais été aussi heureux de toute sa vie.

— Tu m'appartiens, chuchota-t-il en l'embrassant sur la joue.

Damian soupira dans son sommeil et se blottit contre Nick.

Six mois plus tard.

NICK CLAQUA la porte et s'élança à la recherche de Damian, qu'il trouva finalement dans ce qu'ils appelaient la 'bibliothèque', principalement parce que la pièce en question était remplie de livres.

— J'ai une expo ! s'écria-t-il, en agitant frénétiquement un bristol sous le nez de Damian. Dans une vraie galerie !

Celui-ci leva les yeux avec un sourire affectueux.

— Une expo rien que pour toi ?

— Bien sûr que non, idiot ! le reprit Nick en se jetant sur ses genoux. Je suis juste un des six *nouveaux jeunes artistes dans le vent,* mais c'est génial, non ?

— Fantastique, acquiesça Damian. Quand cette expo a-t-elle lieu ? demanda-t-il, en tâchant d'attraper au vol le document en question.

— Dans six semaines ! Je vais devoir travailler d'arrache-pied ! Je mérite une récompense, pas vrai ? Tu as dit…

— Oui, je l'ai dit, et tu la mérites, mon amour, répondit Damian, amusé. Va prendre ta tapette, et on verra ce que je peux faire pour ce *jeune artiste dans le vent.*

Nick sauta de ses genoux pour foncer dans les escaliers. Damian gloussa devant son empressement en écartant sa chaise du bureau.

Quand Nick réapparut, tapette en main, il lui dit :

— D'accord, pet, je vais baisser ce pantalon et te donner une fessée comme tu n'en as encore jamais reçu ! Je vais tellement faire rougir ce beau petit cul que tu ne seras plus capable de t'asseoir pendant une semaine.

Nick couina d'excitation en accourant pour lui tendre la tapette. Puis il se tint docilement sur sa droite. Damian ouvrit son pantalon et le baissa, le laissant en boxer. Puis il plaqua le jeune homme sur ses genoux et lui descendit son boxer le long des cuisses pour qu'il rejoigne son jean.

Damian caressa la peu laiteuse des beaux hémisphères de sa tapette en acrylique.

— Et maintenant pet, qu'est-ce qu'on dit ?

— Merci, Monsieur, répondit Nick. Je vous aime.

— Je t'aime aussi, mon bébé.

Paf !

CATT FORD vit devant son ordinateur, dans un autre monde où ses amis gays imaginaires obéissent à tous ses ordres.

Elle aime les chats, le chocolat, danser le swing, dormir, les Monty Python, ses amis australiens, les actes insensés, inventer d'autres réalités, et le verre poli par la mer. Elle n'aime pas les chenilles, la fumée de cigarette et les gens impolis qui pensent que des mots comme 'pédé' ou 'pédale' sont acceptables.

Perfectionniste frustrée, elle se console avec la légende des tisserands de tapis persans qui ajoutaient toujours un défaut à leurs œuvres afin de ne surtout pas exciter la colère des dieux, bien qu'*elle* ne le fasse pas toujours exprès ! Il y a immanquablement une erreur ou une autre qui se glisse dans ses romans. La fiction comble son besoin de mener des conversations intelligentes, ce qui n'est possible que lorsqu'on contrôle les deux parties, ainsi que les romans érotiques, où tout se finit toujours bien, la plupart du temps.

La DERNIÈRE CONCUBINE

Catt Ford

Lorsque le frère de la Princesse Lan'xiu la livre, sous la contrainte, à la cour du Général Hüi Wei en tant qu'offrande politique, elle ne se demande une seule chose : combien de temps va-t-il se passer avant que son secret ne soit découvert ? Elle ne se fait pas d'illusions ; quand le général découvrira qu'elle est en réalité un homme, la mort sera son seul avenir… Même s'il ne lui rendra pas la tâche facile. Lan'xiu s'est habillé comme une femme toute sa vie, mais il n'a rien d'une demoiselle en détresse. Il sait manier l'épée aussi bien que son prochain.

Le Général Hüi Wei possède tout ce qu'un homme pourrait vouloir : le pouvoir, la richesse, le succès sur les champs de batailles et un pavillon de concubines. Tout d'abord, il traite Lan'xiu avec suspicion, mais il se trouve étrangement attiré par elle. Quand il découvre que la belle jeune femme est en réalité un homme, sa première réaction consiste à tirer son épée. Mais plutôt que de gâcher une telle beauté, il décide de jouir de la soumission du fougueux Lan'xiu… et allume les flammes d'une passion et d'un désir plus profond que tout ce qu'il a pu ressentir pour ses autres épouses. Mais les intrigues de la cour, les ambitions politiques et les doutes du général seront peut-être trop de choses à surmonter pour leur amour.

www.dreamspinner-fr.com

Par CATT FORD

La dernière concubine
Une poigne de fer

Publié par DREAMSPINNER PRESS
www.dreamspinner-fr.com

Également par Dreamspinner Press

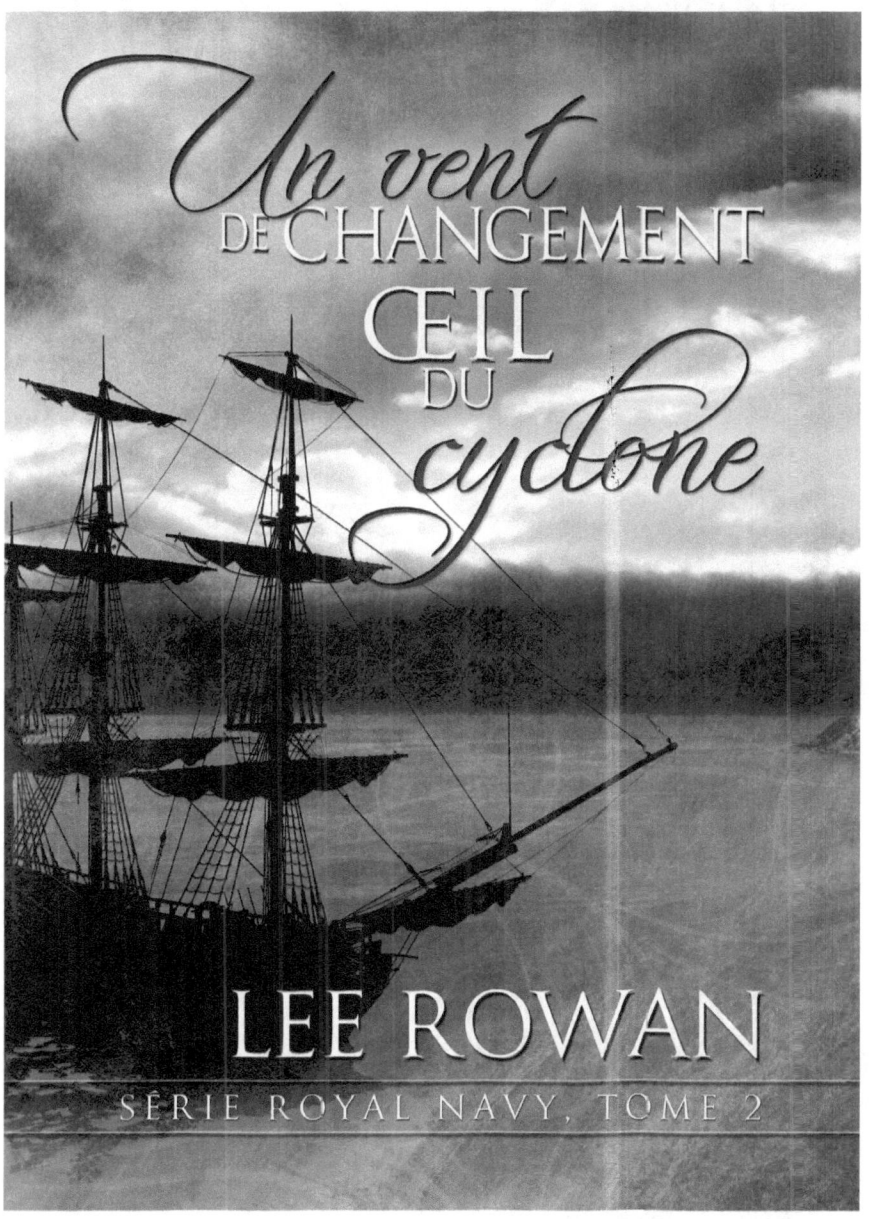

Un vent
DE CHANGEMENT
ŒIL
DU
cyclone

LEE ROWAN

SÉRIE ROYAL NAVY, TOME 2

www.dreamspinner-fr.com